[爱尔兰] 萨莉·鲁尼 著　　钟娜 译

SALLY ROONEY

美丽的世界，你在哪里

BEAUTIFUL WORLD, WHERE ARE YOU

上海译文出版社

当我写点东西时,我通常认为它很重要,而我是个出色的作家。我想任何人都会有种感觉。然而在大脑的一角,我非常清楚自己是谁,知道我是一个很渺小很渺小的作家。我发誓我真的知道。但这对我来说没那么重要。

——娜塔丽亚·金兹伯格,《我的志业》

美丽的世界，你在哪里

一

　　一个女人坐在一家酒店的酒吧里，注视着门口。她穿着整洁，一件白衬衫，浅色头发别在耳后。她扫了眼手机屏幕，上面显示着一个聊天界面，然后重新看向门口。这是三月末的一天，酒吧里很安静，在她右侧窗外，大西洋之上，太阳刚刚开始下沉。现在是七点零四分，然后是七点零五、零六。她短暂地检查了一下手指甲，看上去不是很感兴趣。七点零八分，门口进来一个男人。他身形瘦削，深色头发，窄脸。他环顾四周，目光扫过其他顾客的脸，然后拿出手机，查看屏幕。窗边的女人看见他了，但她只是注视着他，没有特意做什么引起他注意。他们看上去年纪相当，二十八九或三十出头。她任由他站在那里，直到他看到她，走了过来。

　　你是艾丽丝？他问。

　　没错，她答道。

　　好，我是费利克斯。抱歉我迟到了。

　　她用温和的语气答道：没关系。他问她想喝什么，然后去吧台点单。女服务生问他最近如何，他答道：还行吧，你呢？他点了一杯伏特加汤力水、一品脱杯的拉格啤酒。他没等回到桌边，就把那瓶汤力水倒进伏特加杯中，手腕动作利落熟练。女人坐在桌边等他，手指轻轻叩击啤酒垫。这个男人进来后，她的举止变得更警觉，也更生动了。她此刻看向窗外的夕阳，仿佛对它兴趣盎然，尽管此前她并未关注它。男人回到桌边，把酒放下，洒了一滴啤酒，她看着它从他的玻璃杯侧飞快地滚落下来。

你之前说你刚搬过来，是吗？他问。

她点点头，啜了一口酒，舔了舔上唇。

你为什么要这么做？他问。

什么意思？

我是说，没什么人会搬过来，一般来讲。大家都是从这儿搬走，这个更常见。你该不是为了工作搬过来的吧？

噢。不，不算是。

他们的目光短暂交接，可以确定，他在等她进一步解释。她神情闪烁，仿佛在下决心，最后她微微一笑，有点随意，仿佛心照不宣的样子。

这个嘛，我刚好打算搬家，她说，然后听人说城外有栋房子——我有个朋友认识房东。他们好像一直想卖掉，最后决定在找到买家前先把它租出去。总之，我觉得在海边住着挺好的。这个决定可能的确有点心血来潮。所以——但来龙去脉就是这样，没别的原因了。

他边喝酒边听她说话。讲到最后，她似乎变得有点紧张，主要体现在说话有些气短，脸上露出自嘲的神情。他面无表情地看着她的表演，然后放下酒杯。

好吧，他说，你之前住都柏林是吗？

各种地方都待过。我在纽约住过一阵。我是都柏林人，我应该跟你说过。但我去年刚从纽约回来。

那你如今在这儿准备干吗呢？找工作什么的？

她顿了顿。他微微一笑，向后靠在座位上，依然注视着她。

不好意思，我问题有点多，他说，我还是有些不明白。

没关系，我不介意。不过你也看得出来，我不太擅长回答问题。

那好，你是做什么的？这是我最后一个问题了。

她对他回以微笑，笑容紧绷。我是个作家，她说，要不你说说你是做什么的？

唉，没有你的职业那么特别。我很好奇你写什么，不过我就不问了。我在城外一间仓库上班。

做什么？

嗯，做什么，他镇静地重复道，把包裹从货架上拿下来，放到手推车里，再推到前面去打包。没什么意思。

那你不喜欢这份工作咯？

老天，当然不了，他说，我他妈恨死那地方了。但没人会雇我去做我喜欢的事，不是吗？上班就是这么回事，它要是真那么好，免费你都愿意。

她微微一笑，说那倒没错。窗外天空暗了下来，房车停车场那头的灯亮了起来：户外灯散发着清冷的白光，橱窗里则是暖调的黄光。服务生从吧台后出来，用抹布擦拭空桌。这个叫艾丽丝的女人盯着她看了几秒，然后看向男人。

这里的人喜欢玩什么？她问道。

跟别的地方没啥两样。附近几家酒吧。巴利纳那边有家夜店，开车大概二十分钟。当然了，还有游乐园，不过主要是孩子玩的。我猜你在这儿暂时还没什么朋友吧？

你应该是我搬过来后第一个聊上天的人。

他扬起眉毛。你很害羞吗？他问。

你说呢。

他们看向彼此。她现在看上去不紧张了，但有些疏离，他的目光在她脸上移动，仿佛试图得出什么结论。一两秒过去，最后他似乎认为自己没有成功。

我觉得你可能有点，他说。

她问他住哪儿，他说他和朋友合租一栋房子，就在附近。他看向窗外，说从他们坐的地方几乎能看到那个小区，就在房车停车场过去一点点。他俯身靠近桌子，指给她看，然后说外面现在毕竟太黑了。反正就在那头，他说。他凑近她时，他们四目相对。她将视线落到腿上，他坐回原位，似乎忍住一丝笑意。她问他父母是不是也住在本地。他说他母亲去年去世了，至于他父亲在哪儿，只有"上帝知道"。

当然了，他可能就在戈尔韦什么的，他补充道，他又不可能跑到阿根廷之类的地方。不过我有好多年没见过他了。

听说你母亲去世了我很难过，她说。

嗯，谢谢。

我其实也有一阵没见过我父亲了。他——他不是很靠谱。

费利克斯从酒杯上抬起眼来。哦？他酗酒吗？

嗯。而且他——你懂的，他爱编故事。

费利克斯点点头。我以为那是你的工作，他说。

她听后脸很明显地红了，他似乎吃了一惊，甚至有点警觉。很好笑，她说，不提了。你要再来一杯吗？

他们喝完第二杯酒后，又各自要了一杯。他问她有没有兄弟姐妹，她说她有个弟弟。他说他也有个兄弟。第三杯快喝完时，艾丽丝的脸泛起粉色，双眼发亮，透出醉意。费利克斯看起来和刚进酒吧时一模一样，举止和语调没有任何变化。艾丽丝的视线逐渐在四下游走，对周遭表现出更涣散的兴趣，他对她却越来越警觉专注。她摇晃着空杯子里的冰块，自娱自乐。

你想来我家看看吗？她问道，我一直很想向谁炫耀，可是没有人可以邀请。当然，我会请我朋友过来。但他们都不在一处。

在纽约。

大部分在都柏林。

你家在哪儿？他问，走路能到吗？

当然可以。事实上我们只能走路。我不能开车，你行吗？

现在不行。而且我也不能冒这个险。不过我有驾照。

你有是吧，她喃喃道，真浪漫。你是想再来一杯，还是咱们现在就走？

他对着自己皱眉，或许因为她的问题，或许因为她提问的方式，或许是"浪漫"这个词。她正埋着头在手提包里翻找什么。

行，咱们走吧，没问题，他说。

她站起来，开始穿外套，是一件米色单排扣防水风衣。他看着她挽起袖口，使两边对称。站着他其实只比她高一点。

有多远？他问。

她冲他打趣地笑了笑。后悔了吗？她问，你要是累得不想走了，随时可以抛下我回去，我习惯了。我是说，那条路我走惯了。不是说我习惯被人抛下。当然后者也有可能，不过我不会跟陌生人坦白这种事。

对此他没有作答，只是点点头，脸上略显阴沉，带着忍耐的神色，仿佛在和她聊了一两个小时后，他注意到她容易话多，还喜欢表现得很"风趣"，并决定对此视而不见。离开时他和女服务生道了晚安。艾丽丝露出诧异的神色，回过头仿佛想再看她一眼。等他们走上人行道后，她问他是不是认识那个女人。海浪在他们身后拍打堤岸，碎成悦耳的轻响，空气很凉。

在那儿上班的那个女孩儿？费利克斯说，对，我认识她。希妮德。怎么了？

她肯定好奇你为什么会在那儿跟我聊天。

费利克斯用不带任何情绪的语气答道：我敢说她心里有数。咱们往哪儿走？

艾丽丝双手揣进风衣口袋，朝山坡上走去。她似乎从他的语气中读出某种挑衅甚至否认，而它不仅没能让她退缩，反倒让她的决心更加坚定。

怎么，你经常在那里和女人见面吗？她问。

他需要加快步伐才能跟上她。他答道：这个问题问得很怪。

是吗？我想我的确是个怪人。

我在那里见人和你有关系吗？他问。

你的事都跟我无关，这是自然的。我只是好奇。

他似乎想了想她的话，然后以安静一些、不那么肯定的语气答道：对，但我不觉得这关你什么事。几秒后他补充道：是你提议去那家酒店的。你别忘了。我并不怎么去那里。所以，我不会经常在那里见人。行了吧？

行啊，没事儿。我之所以好奇，是因为你说吧台的那个女孩儿会对我们为什么在那里"心里有数"。

好吧，我是说她会以为我们在约会，他说，我就是这个意思。

虽然艾丽丝没有转过来看他，她的脸上却露出前所未有的兴趣，或者说一种不同于以往的兴趣。你不介意认识的人看见你和陌生人约会吗？她问。

你是说因为这个有点尴尬之类的？不，我不介意。

他们顺着沿海公路朝着艾丽丝家走去，路上聊着费利克斯的社交生活，更准确地说，是艾丽丝对此提出很多问题，他斟酌后作答，为了盖过海的响声，两人的音量都比之前大很多。他没有对她的问题表示诧异，轻松地给出回答，但都不是特别长，也没有提供任何多余信息。他说他主要和上学及上班时结识的人往来。这两个圈子有一定重合。他没问她任何问题，或许因为之前她回答问题时有所保留，也或许他对她已经失去了兴趣。

到了，她终于说道。

哪儿？

她拉开一扇小白门的门闩，说：这里。他停下脚步，看向房子，它就立在一个带坡的绿色花园之上。窗户没亮灯，看不清房子正面的细节，但他的表情说明他知道他们在哪儿。

你住在教区神父的房子里？他问。

哦，我不知道你认识这里。不然我在酒吧就跟你说了，我没有故弄玄虚的意思。

她开着门等他进来，他跟在她后面，视线依然停留在房子旁边的雕塑上，它凌驾于他们之上，面朝大海。身侧，暗绿的花园在风中窸窣有声。她步履轻盈地走到小径尽头，在手提包里找房门钥匙。能听见钥匙在包的某处作响，但她好像还没找到。他站在原地，一言不发。她为耽误的时间道了歉，打开手机的手电筒功能，照亮包的内部，为房前的阶梯投下清冷的灰光。他把手插在口袋里，找到了，她说。然后她开了门。

进屋后是一个很大的门厅，红黑相间的地砖。头顶悬着一盏大理石条纹的玻璃顶灯，靠墙立着一张细长的桌子，上面摆了一只水獭木雕。她把钥匙扔到桌上，迅速地扫了一眼墙上挂的昏暗斑驳的镜子。

你一个人租这里？他问。

我知道，它确实太大了，她说，而且光暖气就要花好多钱。但它很不错，不是吗？他们甚至都不收我租金。要不要去厨房？我这就去开暖气。

他跟着她沿着门厅来到一间大厨房，一边是整体橱柜，一边是餐桌。水槽上方开了一扇窗，面朝后花园。他站在门口，她在橱柜里找东西。她转过身看向他。

你如果想坐可以先坐,她说,但要是想站也完全可以。想喝杯红酒吗?酒的话,我这里只有红酒。不过我准备先喝杯水。

你是写什么的?如果你是作家的话。

她转过身,有点困惑。如果我是的话?她说,你该不会觉得我在撒谎吧。我要是撒谎的话会编一个更好的职业的。我是小说家。写书的。

你靠写书挣钱?

她似乎察觉到这个问题蕴含的全新意义,又扫了他一眼,然后继续倒水。没错,她说。他继续看着她,然后在桌边坐下。椅子上垫了细纹毛呢坐垫。一切看上去都很干净。他用食指尖揉了揉光滑的桌布。她在他面前放了一杯水,然后在一把椅子上坐下。

你之前进来过吗?她问,既然你知道这栋房子。

没来过,我知道它是因为我从小在镇上长大。我一直不知道里面住的是谁。

我对他们知道得也很少。是一对年长夫妇。妻子是艺术家,我记得。

他点点头,没说什么。

你要是感兴趣,我可以带你转转,她补充道。

他还是没说话,这次甚至连头都没点。她看上去没有为此感到不安;仿佛它验证了她心中的某种想法,当她再次开口时,她的语气依然干巴巴的,几乎带着嘲弄的口气。

你肯定觉得我一个人住在这儿脑子有问题,她说。

免费住?少开玩笑了,你要是不住才有病,他答道。他满不在乎地打了个哈欠,向窗外望去,确切地说是看向窗户,因为天已经黑了,玻璃上只映出房间内部。我有些好奇,你这儿一共有多少间房?他问。

四间。

你的在哪儿?

面对这个唐突的问题,她起初没有抬眼,而是继续目不转睛地盯着她的水杯,几秒后才抬头直视他。楼上,她说,都在楼上。你想去看看吗?

好极了,他说。

他们从桌边起身。二楼楼梯平台上铺了一张缀着灰色流苏的土耳其地毯。艾丽丝推开她的卧室门,打开一盏小小的落地灯。左手边是一张大双人床,裸露的木地板,靠墙的一边用青玉色的砖砌了一个壁炉。右手边,一扇推拉窗面朝大海,望向黑暗。费利克斯转到窗边,凑近玻璃,身影遮住了反射的灯光。

白天从这儿看出去肯定不错,他说。

艾丽丝依然站在门边。对,很美,她说,傍晚的时候其实更美。

他从窗边转过身来,审视的目光扫过房间的其他部分,艾丽丝注视着他。

很不错啊,他总结道,相当不错的房间。你准备在这儿写本书吗?

我尽量吧。

你的书是讲什么的?

哦，我不知道，她说，关于人吧。

有点模糊啊。你写什么样的人，你这样的？

她平静地看着他，仿佛在告诉他：她知道他在玩什么把戏，或许她甚至会让他赢，只要他遵守游戏规则。

你觉得我是什么样的人？她问。

她波澜不惊的样子似乎让他不安，他发出一声短促尖锐的笑声。好吧，好吧，他说，我才认识你几个小时，我还没想好。

希望你想好了跟我说。

可能吧。

她一动不动地在房间里站了几秒钟，他又转了转，假装四处打量。他们此时都知道接下来会发生什么，尽管两人都说不出他们是怎么知道的。她公允地等他四下张望完，直到最后，他或许再也没有气力拖延那不可避免的结局，于是向她道谢告辞。她陪他走下楼梯，没完全下去。她站在台阶上，看他走出门。这种事可能会发生在任何人身上。他们事后都觉得很糟，但谁都不确定这一晚为什么以失败告终。她独自一人，在楼梯上停留了片刻，回头看向楼梯平台。顺着她的目光看去，卧室门没关，透过扶手栏杆，能看到一块白墙。

二

亲爱的艾琳。你太久没回我的上一封邮件,以至于我现在——你肯定想不到——在收到你回信前已经又开始给你写信了。但我不得不说,我现在积累了太多素材,等到你回信时,我都快把它们给忘了。你知道的,和你通信让我得以把握生活、记录生活,从而保存我在这个正在速朽的星球上的经历,否则它几乎一文不值,或者就是一文不值的……以上这段主要是想让你因为尚未回信而负疚,从而确保我这次能尽早收到你的回复。话说回来,你最近在忙什么呢,既然你没在回我邮件?别跟我说你在上班。

光是想着你在都柏林要交的租金就让我头大。你知道它现在比巴黎还贵吗?另外,恕我直言,都柏林缺的就是巴黎有的东西。其一,都柏林是平的,无论是字面上还是地形上,因此一切都不得不在同一个平面上发生。其他城市有地铁网络提供纵深,还有陡峭山坡或摩天大厦带来高度,而都柏林只有低矮的灰楼和沿街穿行的轻轨。而且和欧陆城市不同,它没有庭院也没有楼顶花园,它们起码切分了表面——即使海拔上没有增添起伏,起码感知上带来了变化。你以前想过这点吗?可能哪怕你没思考过,潜意识里也注意到了。在都柏林,你很难升到极高,也很难降到极低,你很难迷路或与他人分散,很难获得不同的视角。你或许觉得这是一种民主的城市组织方式——它让一切面对面地发生,我是说,在同一个基础上。的确,没人正从高处俯视你们。但这让天空彻底支配了一切。都柏林没有一处的天空被什么东西有意识地刺穿或割裂。你或许会说,都柏林尖塔。我承认,尖塔算是一种打断,不过它本来也是最狭窄的一种打断,它像一把尺子一样晃来晃去,把周围其他所有建筑衬托得格外渺小。天空这种化零为整的效果对那里的人来说不是一件好事。没有任何东西能挡住视野里的天空。它就像死之警示①。我真希望有谁能替你们在天上挖一个洞。

最近我一直在思考右翼政治(谁又不是呢)以及为什么保守主义(的社会力量)会和贪得无厌的市场资本主义联系在一起。这种关联不是显而易见的,起码对我来说并非如此,因为市场并不保存任何东西,而是吸收现有社会关系的方方面面,然后将其作为交易分泌出来,剔除掉所有意义和记忆。这一过程怎么可能是"保守"的呢?但我也意识到,"保守主义"是个伪概念,因为我们无法原封不动地保存任何事物——我的意思是,时间是单向流动的。这个观点非常基本,我刚想到时觉得自己聪明极了,然后又觉得自己是不是白痴。你觉得它有道理吗?我们无法保存任何事物,尤其是社会关系,除非我们改变它们的天性,以一种非自然的方式部分捕获它们和时间的互动。你看保守主义者是怎么看待环境的:他们所理解的保护就是榨取、掠夺和毁灭,"因为我们向来都是这么做的"——但正因如此,我们榨取、掠夺和毁灭的地球已不再是原来那个地球了。你大概会认为我的观点非常小

---

① 原文是拉丁文Memento mori,字面意义为"别忘了,你终将一死",特指向人们提醒或告诫死亡的物件。

儿科,甚至认为我是非辩证的。但这只是我的一些很抽象的想法,我需要把它们写下来,发给你(无论你愿不愿意读)。

今天我去当地一间小店买午饭,突然有一种非常奇怪的感受——一种油然而生的意识,我发现这样的生活是多么不可思议。我想到除我之外的人类——他们绝大多数在你我看来生活在赤贫之中,他们甚至从未见过或踏入过这样一间店。然而这,这一切,都来自他们的辛劳!为了这样的生活方式,为了像我们这样的人!这些各种品牌的塑料瓶装软饮,这些盒装午饭套餐,密封袋装的甜点,门店烘焙的糕点——这便是世上所有劳动力的总和,化石燃料的燃烧,咖啡和甘蔗种植园里腰酸背痛的劳作。都为了这!这间便利店!我一想到这个就感到晕眩。我是说我真的生理上感到难受。仿佛我突然记起,我的生活是一档电视节目的一部分——每天人们为了制作这档节目而死去,以最可怕的死法,包括孩子、女人,就为了让我有丰富的午餐选择,每一种都包在多层一次性塑料包装里。这就是他们的死因——真是一场浩荡的实验。我觉得我要吐了。当然,这种感觉不会持久。或许这一整天,甚至接下来的一周,我会觉得难过——那又怎样?我还是得买午饭。如果你为我担心,大可不必,午饭我还是买了的。

关于我的乡居生活,我再补充一则新闻,就收笔了。这栋房子大得毫无体系,仿佛会自主生成一些全新的、前所未见的房间。它还很冷,有的地方很潮。上文提及的便利店在二十分钟的步行距离之外,我感觉大部分时间我都在这间店和家之间往返,去买我上次忘买的东西。这或许有助于锻炼我的人格,等下次我们再见时，我的品格会好得惊人。大约十天前，我和一个在物流仓库上班的人约会了，他非常瞧不起我。容我为自己说句公道话（我一向如此），我认为我现在已经忘记如何进行人际交流了。我不敢想象，我在假装和他人有日常互动时，脸上究竟是怎样的表情。哪怕此刻写这封邮件时，我也觉得自己有点涣散，游离。里尔克有首诗的结尾是："谁此时孤独，就永远孤独，/ 就醒来，读书，写长长的信 / 在林荫路上不停地 / 徘徊，落叶纷飞。"我想不出能比它更准确描述我当前状态的表达，尽管现在是四月，叶子也还没纷飞。原谅我这封"长长的信"吧。希望你能过来看我。永远永远爱你的，艾丽丝。

三

　　一个周三下午，十二点二十分，都柏林市中心一间共享办公室里，一个女人坐在桌后，用鼠标上下滚动一个文档。她将深色头发用一只玳瑁发夹向后松松抓起，穿着一件灰毛衣，扎进黑色烟管裤。她滚动着电脑鼠标上滑而柔软的滚轮，快速浏览文档，目光在窄栏之间往返，时不时停下来，点击鼠标，输入或删除文字。她经常在人名"WH 奥登"后面插入两个英文句号，将它统一为"W.H. 奥登"。抵达文档末尾时，她打开搜索命令，选择"区分大小写"，然后输入"WH"。没有匹配选项。她重新转回到文档开头，文字段落一闪而过，几乎不可能辨别，而她似乎对此感到满意，保存并关闭了文档。

　　一点钟时，她跟同事说她去吃午饭了，他们坐在电脑屏幕后面，微笑着向她招手。她套上外套，走到办公楼附近一家咖啡店，在邻窗一张桌边坐下，用一只手吃三明治，另一手读《卡拉马佐夫兄弟》。她时不时把书放下来，用餐巾纸擦拭手和嘴，环顾四周，似乎想确认是否有人会回应她的视线，然后继续读她的小说。一点四十分，她抬头看到一个浅头发的高个男人走进咖啡店。他穿着正装，系着领带，脖上挂了一个塑料挂牌，正在打电话。他说，对，他们跟我说是周二，不过我会打回去帮你确认一下。他看到窗边的女人，表情出现变化，迅速扬起没拿手机的那只手，用口形说：嗨。他继续对着手机说：不，他们应该没有抄送你。他看着女人，不耐烦地指了指手机，用手比划人说话的样子。她露出微笑，翻弄着小说的页角。好，好，男人说，听我说，我现在其实不在办公室，等我回去了我就去办。嗯。好，好，很高兴和你通话。

男人结束通话，来到她桌边。她上下打量他，说：西蒙啊，你看起来好显赫，我担心你会被人暗杀。他举起挂牌，审视着它。就是这个玩意儿，他说，它让我觉得自己很重要。你喝咖啡吗？我给你买。她说她正准备回公司。他说：好吧，那我给你买杯咖啡带走，然后陪你走回去如何？有件事我想听听你的意见。她把书合上，说好。他去柜台点单，她起身拍掉腿上掉落的三明治屑。他点了两杯咖啡，一杯加牛奶，一杯没加，并把几枚硬币投到小费箱里。女人来到他身边，取下发夹，重新夹上。洛拉最后试穿得怎么样？男人问。女人抬眼和他四目相对，发出一声奇怪的、窒息一般的声音。哦，还行，她说，你知道的，我妈来了，我们三个明天要碰头去试婚礼着装。

他温和地笑了，眼睛观望着柜台后咖啡订单的进度。有意思，他说，我前几天晚上做噩梦，梦见你要结婚了。

为什么是噩梦？

因为你要嫁给别人了。

女人大笑。你和女同事也这么说话吗？她问。

他转过来，好笑地朝着她，答道：天哪，我会惹大麻烦的。而且罪有应得。不，我从不和同事调情。如果有的话也是她们撩我。

我以为她们都是中年妇女，希望你娶她们的女儿。

我不同意你对中年女性的负面刻画。在所有年龄段里，我觉得我其实最喜欢她们。

年轻女性怎么惹到你了？

就是有一点那个……

他的手在半空中左右晃动，表示分歧、不确定、两性吸引、犹疑，或者平庸。

你没有哪个女朋友是中年女性，女人指出。

我也不是中年男性，暂时还不是，谢谢。

他们走出咖啡店，男人为女人开门，她走出去，没有道谢。你刚才想问我什么？她问。他和她一起走上通往她公司的街，跟她说，他两个朋友之间出了一点状况，他想听听她的意见。女人似乎认识这两个朋友，他们一直住在一起，是室友，后来发展成暧昧的炮友关系。过了一段时间，其中一个开始和别人约会，而单身的这个想搬走，但既没钱也无处可去。女人说，与其说是住房问题，不如说是感情问题。男人同意她的说法，但补充道：话是这么说，我觉得她还是搬出去比较好。你想，据我所知她晚上能听到那两人做爱，实在不太合适。说话间，他们来到办公楼台阶前。你可以借她点钱，女人说。男人说他主动提过，但被回绝了。其实我也松了口气，他说，因为直觉告诉我不要介入太深。女人问起另外那个人是怎么想的，男人说那人觉得自己没做错什么，之前那段关系自然而然走到尽头，他该怎么办，难道打一辈子光棍吗？女人扮了个鬼脸，说：天呐，确实，她的确得搬出去。我帮她留意一下。他们在台阶前逗留了一会儿。男人说，顺便跟你说一声，我收到婚礼请帖了。

哦，对，差不多这周到，她说。

你知道他们让我带一位宾客吗？

她看向他，仿佛要确认他是不是在开玩笑，然后眉毛一扬。那很好啊，她说，他们没让我带，不过考虑到我的情况，他们要是让我带反而不合适。

要不要我也一个人去，和你同舟共济？

她顿了顿，问：怎么，你有想带的人吗？

嗯，我正在交往的这个女孩吧。要是你无所谓的话。

她说：嗯。然后补充道：你是说女人吧。

他微微一笑。啊，对我手下留情吧，他说。

你在背后也管我叫女孩吗？

当然不了。我什么都不叫。别人一提起你，我就坐立不安，夺门而出。

女人假装没听见，问：你们什么时候认识的？

哦，不记得了。大概六周前吧。

该不会又是那种二十二岁的北欧女人吧？

不，她不是北欧人，他答道。

女人露出极度厌倦的神色，把咖啡杯抛进办公室门外的垃圾桶里。男人凝视着她，补充道：你要是想的话我可以一个人来。我们可以隔空眉来眼去。

你把我描述得好可悲啊，她说。

老天，我可没那个意思。

她沉默了几秒，望向车流。最后，她说：她试穿婚纱时很美。我是说洛拉。你刚刚在问。

他依旧望着她，答道：我能想象。

谢谢你请我喝咖啡。

谢谢你的建议。

下午，坐在办公室里，女人继续用刚才的文字编辑界面办公，打开新文件，挪动引号的位置，删除逗号。关掉一个文档、打开下一个之前，她都会查看她的社交媒体推送。她的神情和姿势并未跟随读到的信息而改变，它们包括：关于一场可怕的自然灾害的报道，一张谁家爱宠的照片，一位女记者公开自己受到的人身威胁，一个只有熟悉若干网络梗才能勉强看懂的晦涩笑话，一则激烈抨击白人至上主义的发言，一款孕期保健食品的推特广告。表面上看，她和世界的关系并未发生任何改变，因此观察者无从判断她对摄入的信息作何感想。过了半晌，她毫无征兆地关掉浏览器窗口，打开文字编辑器。有时有同事问她工作相关的问题，她会作出回答，有时有人会跟整个办公室分享一则趣事，大家会一起笑，但大部分时候，工作都在安静中进行。

下午五点三十四分，女人再次从挂钩上取下外套，和留在办公室的同事们道别。她解开缠在手机上的耳机线，插上耳机，沿基尔代尔街向拿骚街走去，然后左转，绕向西面。走了二十八分钟后，她在利菲河北岸一个新建公寓区前停步，打开大门，爬了两层楼梯,打开一扇油漆剥落的白门。家里没人,但房间布局和内部情况表明她不是唯一的住户。客厅狭小昏暗,有一扇面向河流的窗,挂了窗帘,客厅通向一间小厨房,里面有一台烤箱,一个水槽,一台正常尺寸一半大的冰箱。女人从冰箱里取出一只封了保鲜膜的碗。她拿掉保鲜膜,把碗放进微波炉。

吃过饭,她走进卧室。窗外是街道和缓缓流淌的河。她脱下外套和鞋,取下发夹,拉上窗帘。窗帘很薄,黄底绿方格纹样。她脱下毛衣、裤子,任由衣裤堆在地板上,裤子面料闪烁微光。她套上一件棉质运动衫,一条灰色紧身裤。她的深色头发散落在肩上,看上去很干净,有点干。她爬上床,打开笔记本电脑。她刷了一会儿各大媒体的时间轴,有时点开讲海外选举的长文,草草浏览一遍。她面色蜡黄,一脸倦容。门外,另外两人回到公寓,正在讨论点什么外卖。他们经过她的房间,走向厨房,影子短暂滑过门下的缝隙。她在电脑上打开一个隐身窗口,点开一个社交媒体网站,在搜索栏输入"艾丹·拉韦尔"。出现一串搜索结果,她没看其他选项,径直点开第三个结果。屏幕上出现一个新的个人页面,人名"艾丹·拉韦尔"出现在一张照片下面,照片显示一个男人肩部及以上的背影。男人一头浓密的深色头发,穿一件牛仔外套。照片下面配文:本地忧郁小伙。心智健全人士。听听我的音乐空间吧。用户最新动态是三小时前上传了一张照片,街沟里的一只鸽子,头钻进一只薯片袋。配文:难兄难弟。这条动态有一百二十七个人点赞。女人坐在卧室床上,被子没叠,背靠床头,点开那条动态,下面出现回复。其中一条来自"真·死亡女孩"：真的很像你。艾丹·拉韦尔回复道：没错，太帅了。女人点击进入"真·死亡女孩"的页面。她花了三十六分钟阅读完和艾丹·拉韦尔相关的所有社交媒体用户信息，然后关上电脑，躺了下来。

此刻已过了晚上八点。女人枕着枕头，手腕放在额上。她戴着一根细金手链，链子在床头灯下闪着微光。她叫艾琳·莱登，今年二十九岁。她父亲帕特在戈尔韦郡经营一家农场，母亲玛丽是一名地理老师。她有一个姐姐，叫洛拉，大她三岁。孩提时代的洛拉结实、勇敢、淘气，艾琳则焦虑多病。学校放假时，她们会一起精心编织故事，扮演一对进入魔法世界的人类姐妹，洛拉即兴创作主要剧情，艾琳跟着她行动。如果有岁数不大的堂表亲、邻居和朋友的小孩在，她们会招募他们扮演配角，其中包括一个叫西蒙·科斯蒂根的男孩，他大艾琳五岁，住在河对面旧庄园主留下的房子里。他是个极其礼貌的孩子，衣服总是很干净，经常向大人道谢。他患有癫痫，有时要上医院，有一次甚至叫了救护车。每次洛拉和艾琳不听话，母亲玛丽都会质问她们，为什么不能像西蒙·科斯蒂根一样，不仅听话乖巧而且"从不抱怨"，非常有骨气。姐妹俩长大后便不再邀请西蒙或其他小孩加入她们的游戏，而是转移到室内，在记事本上绘制虚构地图，发明密文字母，录制磁带。她们父母对这些游戏友好而淡漠，他们乐于提供纸笔和空白磁带，但对虚构国度的假想居民毫无兴趣。

洛拉十二岁时，从一所规模很小的本地小学毕业，去离家最近的大城镇上的一个女子教会学校读书。艾琳在学校本来就很安静，自此更加内向。她的老师对她父母说她很有天赋，于是她被带到一间特殊教室，每周在那里上两次阅读和数学的小课。洛拉在教会学校交了新朋友，他们来农场找她玩，有时甚至会留宿。一次，他们搞恶作剧，把艾琳在楼上卫生间里关了二十分钟。自那以后，父亲帕特禁止洛拉带朋友来家里，洛拉说这都是艾琳的错。艾琳十二岁时也被送去洛拉就读的学校，那里有好几栋大楼和预制板房，共有六百个学生。她的同学大多是本地人，彼此从小学起就认识，有各自的帮派和情义，没她的份。洛拉和她的朋友年龄更大，中午可以到镇上吃饭，艾琳则独自一人在食堂剥开锡箔纸包装，吃从家里带的三明治。第二年，班上一个女孩玩大冒险游戏，从她身后靠近她，往她头上浇了一瓶水。事后副校长让那个女孩给艾琳写信道歉。洛拉在家里说，艾琳要不是装得像个怪胎，这一切就不会发生。艾琳说：我没有装。

她十五岁那年夏天，邻居的儿子西蒙来她父亲的农场上帮忙。他二十岁了，在牛津学哲学。洛拉刚刚高中毕业，几乎从不着家，但每次西蒙在她家吃晚饭时她都会提前回家，如果运动衫脏了甚至会把它换掉。在学校，洛拉总是避开艾琳，但在西蒙面前，她表现得像个宠溺的大姐，对艾琳的头发和着装过分关心，仿佛她是个小孩子。西蒙没有加入这种行为。他对艾琳总是表现得友好而尊重。她说话时他会认真听，甚至当洛拉试图打断艾琳时，他会平静地注视着艾琳，说类似"啊，很有趣"之类的话。到八月时，她会很早就起床，从卧室窗户看他的自行车来没来，看到后她会跑下楼梯，在后门迎接他。他烧水或洗手时，她会问他各种问题，关于书、他的大学学业、在英国的生活。有一次她问他是不是还会抽搐，他笑着说不会了，那是很久以前的事了，他很惊讶她居然还记得。他们聊一会儿天，十到二十分钟，然后他出门去农场，而她上楼在床上躺下。有的早上她会感到开心、狂喜、双眼发光，有的早上她会哭泣。洛拉跟母亲说，必须管一管了。这简直是痴迷，她说，看不下去了。彼时，洛拉已经从朋友那里听说，西蒙星期天早上都会参加弥撒，哪怕他的父母都不去。他再来时，她再也不回家吃晚饭。玛丽早上开始独自坐在厨房里吃早饭、读报纸。艾琳还是会下楼，西蒙和她问好时一如既往地友好，她回答时却郁郁寡欢，然后飞快地回到自己的房间。回英国的前一天晚上，他来她家道别，艾琳躲在房间里，拒绝下楼。他上楼去找她，她踢了一脚椅子，说他是她唯一能说得上话的人。她说，我生命里唯一的一个。可他们甚至都不让我跟你说话，现在你要走了。我宁愿去死。他站在虚掩的门前，轻轻地说：艾琳，别这么说。一切都会好起来的，我向你保证。我们这辈子都是朋友。

　　艾琳十八岁时去都柏林的一所大学读英文专业。第一年，她和一个叫艾丽丝·凯莱赫的女孩交上了朋友，次年她们做了室友。艾丽丝嗓门很大，穿不合身的二手衣服，似乎看什么都觉得搞笑。她父亲是酗酒的修车师傅，她的童年非常混乱。她和同学处得不好，还因为叫一个讲师"法西斯猪"受了轻度纪律处分。整个大学期间，艾琳耐心地阅读所有课堂资料，在截止日期前提交每份作业，各项考试都充分准备。她几乎收集了每一项她有资格参选的学术奖项，甚至拿了一个全国随笔奖。她有了自己的社交圈，去夜店玩，拒绝男性友人的暧昧暗示，然后回家和艾丽丝在客厅里吃吐司。艾丽丝说艾琳是天才，一颗无价的珍珠，哪怕那些真正赏识她的人也还没认识到她的全部才华。艾琳说艾丽丝是破局者，独一无二，超前于她的时代。洛拉在都柏林别处上大学，从不和艾琳见面，除非在街上偶遇。艾琳上大二时，西蒙搬回都柏林，准备一项法律资格考试。一天晚上，艾琳邀他来公寓，介绍他和艾丽丝认识，他带了一盒昂贵的巧克力和一瓶白葡萄酒。艾丽丝整晚都对他无礼至极，她说他的宗教信仰是"邪恶的"，还说他的腕表很丑。不知为何，西蒙似乎觉得她这种行为非常好玩甚至可爱。自那以后他经常来找她们，他会倚在暖气片上和艾丽丝就上帝进行辩论，愉快地批评她们糟糕的持家技能。他说她们"生活在污秽之中"。他有时甚至会在临走前帮她们洗碗。一天晚上，艾丽丝不在，艾琳问他有没有女朋友，他笑说：为什么问这个？我是个睿智的老人，你忘了？艾琳正躺在沙发上，头也没抬，朝他掷去一只枕头，他双手接住。她说，你只是很老，没有很睿智。

艾琳二十岁时第一次做爱，对方是网上认识的一个男人。事后，她从他家独自一人走回公寓。时间很晚，大概凌晨两点，街上空无一人。到家时，艾丽丝正坐在沙发上在笔记本电脑上打字。艾琳靠在门框上，说：好吧，刚才那个有点怪。艾丽丝停下来。怎么，你跟他上床了？她问。艾琳用掌心揉着胳膊。他让我不要脱衣服，她说，全程都这样。艾丽丝盯着她。你从哪里找到这种奇葩的？她说。艾琳看向地板，耸了耸肩。艾丽丝从沙发上起身。

别难过,她说,没什么大不了的。都不是事儿。过两周就忘了。艾琳把头歇在艾丽丝小小的肩膀上。艾丽丝拍着她的背,柔声说:你跟我不一样。你会过得很幸福的。那年夏天,西蒙住在巴黎,在一个气候危机应对组织上班。艾琳去巴黎找他,这是她第一次一个人坐飞机。他来机场接她,然后同她乘火车进了城。当晚他们在他家喝了一整瓶葡萄酒,她跟他讲了自己失贞的经历。他笑了,然后为此道歉。他们躺在他卧室的床上。艾琳顿了顿,说:我本来想问你是怎么失贞的。但据我所知,你还没做过。他听后笑了。不,我做过了,他说。她静静地躺了几秒钟,脸朝天花板,吸气呼气。可是你信天主教,她说。他们靠得很近,肩膀几乎相碰。对,他答道。圣奥古斯丁说什么来着?上帝,请赐予我贞洁,但不是现在。

毕业后,艾琳开始攻读硕士学位,研究爱尔兰文学,艾丽丝在咖啡店找到一份工作,开始写小说。她们还住在一起,傍晚时艾丽丝有时会在艾琳做晚饭期间,念自己小说里写得不错的笑话。艾丽丝会坐在餐桌边,把额上的头发往后捋,说:听我说。还记得我跟你说过的那个主要人物吗?他妹妹给他发了一条短信。在巴黎,西蒙搬进女友的公寓,她叫纳塔利,是法国人。硕士毕业后,艾琳在一家书店找到一份工作,推着载货的手推车在店内卸货,给畅销小说贴上价签。这时她父母经营的农场陷入财务困境。艾琳回家时,父亲帕特闷闷不乐,坐立不安,反常地在屋里转悠,把开关关了又开。吃晚饭时他很少说话,而且经常没等别人吃完就起身离席。一天晚上,趁她父亲不在客厅,玛丽对艾琳说他们必须采取行动。这样下去总不是办法，她说。艾琳一脸担心地问玛丽说的是财务上的问题还是她和父亲的婚姻。玛丽摊开双手，一脸倦容，看上去比实际年龄苍老很多。所有一切，她说，我不知道。你回家跟我抱怨你的工作，抱怨你的人生。那我的人生呢？谁来照顾我？艾琳当时二十三岁，她母亲五十一岁。艾琳拿指尖轻轻按住一只眼的眼皮，说：你现在不就正在跟我抱怨你的人生吗？玛丽听后哭了起来。艾琳不安地看着她，说：我真的不想看你不开心，我只是不知道你想让我怎么做。她母亲捂着脸抽泣。我究竟做错了什么？她问，我是怎么养出这么自私的孩子的？艾琳向后靠回沙发，仿佛在认真思考这个问题。你希望得到什么结果？她问，我没法给你钱。我没法穿越回过去，让你嫁给别的男人。你想让我听你抱怨？我听啊。我在听。我只是不知道为什么你觉得你的不幸比我的不幸更重要。玛丽离开了房间。

二十四岁时，艾丽丝把书卖给了一家美国出版社，拿了二十五万美元。她说出版业没人懂钱的事，要是他们蠢到会给她这么多钱，她大可贪心地接受。艾琳当时正和一个叫凯文的博士生约会，他帮她找到一份低薪但有趣的工作，在一家文学杂志当助理编辑。最初她只负责审稿，几个月后，他们开始让她约稿，年终时，编辑邀请她写点东西。艾琳说让她想想。洛拉当时在一家管理咨询公司上班，交了个叫马修的男朋友。一天晚上，她邀请艾琳跟他们在城里共进晚餐。一个周四傍晚的下班时间，他们三人在洛拉特别想试的一家新开的汉堡餐厅门外排了四十五分钟队，等到街面越来越暗，越来越冷。他们最后终于吃上了汉堡，味道很一般。洛拉问艾琳的职业规划，艾琳说她在杂志社干得很开心。对，到目前为止，洛拉说，你以后做什么？艾琳说她不知道。洛拉摆出微笑的表情，说：总有一天你得在现实里生活。当晚，艾琳走回公寓，艾丽丝在沙发上写作。她问：艾丽丝，我是不是总有一天要在现实里生活？艾丽丝头也没抬，嗤之以鼻道：老天，当然不会了。你听谁说的？

同年九月，艾琳从母亲那儿听说西蒙和纳塔利分手了。他们当时已经交往了四年。艾琳跟艾丽丝说她本以为他们会结婚的。她会说：我一直以为他们会结婚的。而艾丽丝会答：对，你说过的。艾琳给西蒙发邮件，问他近况，他回信：你最近会不会来巴黎？我真的很想见你。万圣节时她过去和他玩了几天。当时他三十岁，她二十五。他们下午一起去博物馆，谈论艺术和政治。每当她问起纳塔利的事，他都会低调地、轻描淡写地作答，然后转换话题。有一次，他们在奥赛博物馆坐着，艾琳对西蒙说：你知道我的一切，我却对你一无所知。他带着痛苦的微笑答道：啊，你听起来好像纳塔利。然后他笑着向她道歉。那是他唯一一次提起她的名字。他会在早上泡咖啡，晚上艾琳在他的床上睡觉。他们做爱后，他喜欢长久地抱着她。回到都柏林那天，她和男朋友分了手。但西蒙再没和她联系，直到那年圣诞，他来拜访她家，喝了一杯白兰地，欣赏了艾琳家的圣诞树。

第二年春天，艾丽丝的书出版了。它吸引了大量媒体关注，一开始主要是正面的，然后出现一些负面文章，针对之前谄媚的褒奖。那年夏天，在她们的朋友西娅拉家的派对上，艾琳认识了一个叫艾丹的男人。他长着浓密的深色头发，穿着亚麻裤子，脏脏的网球鞋。他们不知怎地坐在厨房里，聊各自的童年直到夜深。艾丹说，我家基本不讨论任何事情。一切都发生在表面之下，什么都不显露。我给你再倒点酒吧？艾琳看着他往她的酒杯里斟上适量红酒。她说，我家基本也不讲这些事情。有时我觉得我们努力了，但不知道该怎么做。那晚结束后，艾琳和艾丹朝同一个方向走路回家，他绕路送她到家门口。道别时他说，好好照顾自己。几天后他们一起喝酒，就他们两个。他是个音乐家兼声学工程师。他跟她讲自己的工作，他的室友，他和母亲的关系，各种他喜欢和讨厌的东西。他们聊天时，艾琳经常笑，看上去很活泼，会拿手碰嘴，身体在座位上前倾。当晚到家后，艾丹给她发短信：你太擅长倾听了！哇！我说太久了，对不起。我们能再见面吗？

　　接下来这周，他们喝了一次酒，然后又喝了一次。艾丹家地板上有很多绕在一起的黑色电线，他就睡在一张床垫上。秋天，他们去佛罗伦萨玩了几天，一起穿过凉爽的教堂。一天晚上，她在晚餐时说了句很风趣的话，他笑得太厉害，要拿紫色餐巾擦眼睛。他对她说他爱她。生命中的一切都美好得不可思议，艾琳给艾丽丝发消息说。我简直不敢相信我居然可以这么幸福。西蒙那时也搬回都柏林，为一个左翼议会党团担任政策顾问。艾琳有时会看见他，在公车上，或正在过街，手臂绕过一个又一个美女。圣诞节前，艾琳和艾丹搬到一起。他替她搬运汽车后面成箱成箱的书，骄傲地说：这是你大脑的重量。艾丽丝来参加他们的暖屋派对，砸了一瓶伏特加在厨房的瓷砖地板上，还讲了她和艾琳大学期间发生的一件趣事，只有她俩觉得有一点点好笑，然后艾丽丝就打道回府了。派对上大多是艾丹的朋友。结束后，艾琳醉醺醺地问艾丹：我为什么没有朋友？我有两个，但他们都很怪。别的都更接近熟人。他用手抚摸着她的头发，说：你有我。

此后三年，艾琳和艾丹住在南城中心一套一室一厅的公寓房里，他们非法下载外国电影，为了如何分摊房租而争执，轮流做饭和洗碗。洛拉和马修订了婚。艾丽丝得了一个大额奖金的文学奖，搬去了纽约，开始白天黑夜在奇怪的时间给艾琳发邮件。然后她的邮件戛然而止，她删掉了所有社交媒体账号，不再回复艾琳的消息。十二月的一个晚上，西蒙打电话给艾琳，告诉她艾丽丝已经回到都柏林，被送进了一家精神病院。艾琳当时坐在沙发上，手机举在耳边，艾丹在水槽边用水龙头洗一只盘子。和西蒙打完电话后，她坐在原处，一言不发，他也一言不发，两人默然。末了，他说，好吧，我不拦你。几周后，艾琳和艾丹分手了。他说发生了太多事，他们都需要空间。他搬回父母家，她搬进北内城一套两室一厅的公寓，和一对已婚夫妇合租。洛拉和马修决定在夏天办一场小型婚礼。西蒙依然会及时回信，时不时带艾琳吃午饭，对自己的个人生活只字不提。四月，艾琳有好几个朋友要么刚离开都柏林，要么正准备离开。她参加他们的送行派对，穿着一条带纽扣的深绿色裙子，或者一条配同款腰带的黄色裙子。在天花板很低、挂着纸灯罩的客厅里，人们跟她聊房地产市场。她会告诉他们，我姐姐六月就要结婚了。他们会说，好让人激动啊，你一定很为她开心吧。艾琳会说，嗯，奇怪的很，并没有。

四

艾丽丝,我觉得我也有过你在便利店里经历的感觉。对我来说,就好像低头看去,第一次发现我原来站在令人眩晕的高处一面极窄的岩脊边,而唯一支撑着我的是地球上几乎所有其他人的痛苦和损害。我最后总会想:我不想在这里。我不需要这些廉价的衣服、进口食品和塑料保鲜盒,我甚至不认为它们改善了我的生活。它们只是创造了垃圾,让我不开心罢了。(我无意将我的不满和真正被压迫者的痛苦相提并论,我只是说,在我看来,他们为我们维系的生活方式甚至都谈不上令人满意。)有人认为社会主义是靠武力——通过强行剥夺他人财产——来维持的,但我希望他们也能承认,资本主义也是靠同样的武力维持的,只不过方向相反,是强行保护现有的资产配置。我知道你会明白这点。我最讨厌用错误的第一原理[①]反复进行同样的辩论。

我最近也在思考时间和政治保守主义的问题,不过角度和你不同。目前我认为,我们可以说生活在一个历史性危机时期,这个看法似乎已被大多数人接受。我的意思是,这场危机的外部症候,比如政治选举中出人意料的大幅变动,已是公认的反常现象。某种程度上,我认为就连一些更"深层"的结构性症状——比如

[①] 第一原理是亚里士多德提出的哲学概念,指最基本的命题或假设,相当于数学中的公理。

难民的大规模溺亡，气候变化导致的气候灾难频发，都开始被视作一场政治危机的表现。我记得有研究表明，过去几年里，人们开始花越来越多的时间阅读新闻，了解时事。比如，我已经习惯了发送这样的短信：蒂勒森[①]被开了笑死我了。我意识到发这种短信不应该是正常的。不管怎么说，这一现象导致的后果是，每一天都变成崭新独特的新闻单元，扰乱并替代前一天的信息世界。我想知道这一切对文化艺术来说意味着什么（你或许会说这二者并无关联）。我的意思是，我们已经习惯和设定在"当下"的文化作品进行互动。但当下的连贯性已不再是我们生活的标志。当下已经失去了连贯性。每天，每天的每个小时，都在取代之前的时间，使之变得无关，而我们生活中的事件，唯有对照不断更新的新闻内容，才能得以阐明。于是当我们看着电影人物坐在餐桌边或开着车四处转悠，计划谋杀或为爱情悲伤时，我们自然想知道他们做这些事是在什么时间节点，和构筑我们当下现实感的灾难性历史事件之间有什么关联。再也没有中立的背景。只剩下时间线。我不知道这是否会带来新的艺术形式，还是只是意味着艺术的终结，至少是我们熟知的那种艺术。

你关于时间的论述让我想起最近在网上读到的东西。据说在青铜时代晚期，大约是公元前一五〇〇年，东地中海地区存在一个中央集权宫廷政体的文明体系，通过复杂且专业细化的城邦经济体对金钱和商品进行再分配。这是我在维基百科上读到的。当

[①] 雷克斯·蒂勒森，特朗普执政初期的美国国务卿，2018年3月遭特朗普解职。

时的贸易路线已经高度发达，出现了书面语言。人们生产昂贵的奢侈品，进行远距离贸易——二十世纪八十年代，土耳其岸边发现了一艘来自该时期的沉船，上面载有埃及的珠宝，希腊的陶器，苏丹的黑木，爱尔兰的铜矿，石榴，象牙。随后，在公元前一二二五年至前一一五〇年这七十五年间，这些文明崩塌了。东地中海的伟大城邦要么毁于一旦，要么被居民遗弃。知识濒临消亡，整个书写体系就此失落。顺带一提，没人确切知道这一切是怎么发生的。维基百科提到一个叫"一般系统崩塌"的理论，它认为青铜时代晚期的文明"高度中央集权，产业细分，体系复杂，且政治架构头重脚轻"，因此非常脆弱，极易崩塌。另外一个理论名字很简单："气候变化"。我觉得我们当前的文明由此看来也很不妙，不是吗？我以前从未认真想过一般系统崩塌这个可能性。当然，我在脑海里知道我们为自己编织的人类文明是一个谎言。但是在现实生活中发现这点就不同了。

　　说句题外话，其实和上一段几乎是九十度的大转弯，你思考过你的生物钟吗？我不是说你应该去想它，只是好奇你想没想过。当然，我们还算年轻。但事实上，贯穿人类历史，绝大多数女人到我们这个岁数已经生了好几个孩子了。不是吗？好像没什么靠谱的方法对此进行核实。我突然意识到，我甚至不确定你想不想要孩子。你想吗？还是说你不知道。十几岁时，我觉得我宁肯去死也不要生孩子，然后等我二十几岁时，我隐约认为这件事迟早会发生在我身上，而现在我快三十了，我开始想：所以呢？没有谁排着队要帮我履行这项生理功能，显而易见。我还有个非常奇怪且完全无法解释的想法，我怀疑自己可能不育。没有任何医学依据。前不久我跟西蒙提起这个，我当时在跟他抱怨我对自己的健康状况有各种毫无根据的焦虑，他说他觉得我无需为此担心，因为他认为我长了一张"很能生"的脸。我笑了差不多一整天。写这封邮件的时候我还在笑。话说回来，我只是很好奇你是怎么想的。不过考虑到文明即将崩塌，你或许会认为完全没必要生孩子。

之所以会想到这些，大概是因为我那天在街上偶然看到艾丹，简直就要心脏病发作，当场死掉。看见他之后度过的每一个小时都越来越糟糕。是不是我此刻的痛苦太过强烈，甚至让我无法重新体验当时的痛苦？一般来说，记忆中的痛苦从来没有当下的痛苦强烈，哪怕它其实严重得多——我们不记得它有多惨了，因为记忆没有体验强烈。这或许是为什么中年人总认为自己的思考和感受比年轻人的更重要，因为他们只能模糊记得年轻时的感受，与此同时让当下的经历来主宰自己的人生观。尽管如此，直觉告诉我，我此刻的感觉比两天前看到艾丹时要糟糕。我知道，我们分手只是一个事件，不是一个象征——它只是一件发生过的事，他对我干的一件事，它并不能无可避免地展示我失败的人生。然而当我看到他时，我仿佛又经历了一次。艾丽丝，我真的觉得自己是失败的，我的人生在某种意义上真的一无是处，只有寥寥无几的人会在乎这经历。有时候我真的看不到人生的意义，我认为有意义的东西原来没有意义，那些本应爱我的人其实并不爱我。哪怕现在写着这封愚蠢的邮件时，我的双眼都含着泪水，哪怕我有接近半年的时间来恢复。我开始怀疑我是不是永远无法恢复。或许在人格形成的某个人生阶段，某种痛苦就是会永远烙印在一个人的自我认知上。就像我直到二十岁时才失贞，当时的经历太过痛苦、尴尬、糟糕，自那以后，我总觉得自己就是会碰上这种事的人，虽然此前我并不这么认为。如今我觉得自己就是那种会在几年后失去伴侣的爱的人，而我不知道如何才能不成为这种人。

你在那个荒郊野岭有没有写新东西？还是只在和性格乖张的本地小伙约会？我很想你！爱你。E.

五

　　费利克斯站在便利店的冷藏区域，浏览熟食专区，表情有点心不在焉。现在是周四下午三点，头顶的白色灯管嗡嗡低鸣。便利店正门开了，他没有回头。他把一份熟食放回货架，拿出手机。没有新提醒。他面无表情地把手机放回兜里，从架子上仿佛随机抽出一只塑料餐盒，到收银台付了钱。出去的路上，他在新鲜水果的货架前停了下来。艾丽丝站在那里挑选苹果，她把苹果一个接一个地拿起来，查看它们的缺陷。认出她后，他的站姿发生了轻微变化，背挺直了些。一开始看不出他会跟她问好，还是不打招呼就离开——他自己似乎也不知道。他一只手提着熟食，心不在焉地用它轻轻拍打着大腿外侧。她或许听到他的动静，或许在余光中察觉到他的身影，她转过身来，注意到他，迅速把头发拢到耳后。

　　你好啊，她说。

　　嗨。最近怎么样？

　　很好，谢了。

　　交到朋友没？他问。

　　完全没有。

　　他笑了，又用熟食拍了拍腿，转身看向出口。可恶，他说，我们该拿你怎么办？你一个人住那儿会疯的。

哦，我本来就疯了，她说，我来之前可能就已经疯了。

你之前就是吗？你当时看起来挺正常的。

很少听人这么形容我，谢谢你。

他们站在原地，四目相对，最后她垂下双眼，又摸了摸头发。他再次转头看向出口，又回身看她。很难说他是在享受她的不适，还是对她感到同情。而她似乎感到不得不继续站在那儿，只要他还想说话。

你不用那个约会软件了吗？他问。

她面带微笑，直视着他，说：对，毕竟上次约会的结果不太鼓舞人心，希望你不介意我这么说。

我让你对男人彻底失望了吗？

哦，不光是男人。各种性别。

他笑了，说：我觉得我没那么糟吧。

不是你的问题。是我。

啊，你还行。

他对着前方的新鲜蔬菜皱起眉。她看上去放松了些，不带感情地注视着他。

你要是想认识人，今晚可以来我家，他说，我有几个同事要来。

你在办派对吗？

他扮了个鬼脸。不知道，他说，我是说，家里会来人，就这样。派对也好，随你怎么叫吧。规模不大就是了。

她点点头，嘴动了动，没有露牙。听起来不错，她说，你再跟我说一次你住哪儿。

你有谷歌地图吗,我直接在上面给你标出来,他说。

她从兜里拿出手机,点开软件。她一面把手机递给他,一面说:你下班了?

他头也不抬地在搜索栏输入地址。对,他说,我这周的排班很乱。他把手机还给她,给她看地址:海丘小区16号。屏幕中深灰背景上显示出一个白色街道组成的网络,旁边的蓝色区域代表海洋。他又说道,有时候他们根本不需要你去。有时候你连续几周都得上班。能把人逼疯。他转头看向收银台,心情似乎发生变化。那就今晚见了?他问。

如果你真想让我来的话,她答道。

你随意。我要是成天到晚一个人待家里的话我会发病的。不过你可能乐意这样。

不,我不乐意。我很愿意来,谢谢你邀请我。

啊,好吧,没啥,他说,反正到时候会来不少人。那就待会儿见,小心点。

他没和她眼神交流,转身离开了便利店。她回头看向那箱新鲜苹果,似乎感觉不应该再仔细端详它们了,仿佛检查苹果外表的伤痕已经变得可笑甚至可耻,她挑了一个苹果,走向冷柜过道。

/

海丘小区16号是一栋双排住宅,左半边向外突出,砌红砖,右半边漆成白色。一道矮墙把水泥前院和邻屋隔开。向街的窗户窗帘紧闭,但里面亮着灯。艾丽丝站在门前,还穿着刚才那身衣服。她脸上扑了粉,皮肤看上去有点干,左手举着一瓶红酒。她按了门铃,等待门开。几秒后,一个和她同龄的女人来应门。她身后的过道明亮热闹。

你好,艾丽丝说,费利克斯住这里吗?

对,没错。进来吧。

女人请她进来,然后关上了门。她手里举着一只磕破边沿的马克杯,似乎装着可乐。我叫丹妮尔,她说。小伙子们都在里面。大厅尽头是厨房,六男两女以不同姿势围桌而坐。费利克斯坐在料理台上的吐司机边,就着易拉罐喝饮料。看见艾丽丝进来后他没起身,只是对她点点头。她跟着丹妮尔走进房间,来到冰箱边,靠近他坐的地方。

嗨,他说。

嗨,艾丽丝说。

屋里有两个人转过来看她,其他人继续在聊天。丹妮尔问艾丽丝要不要用酒杯喝红酒,艾丽丝说好啊。丹妮尔一面在橱柜里找杯子,一面问:你们俩怎么认识的?

我们在 Tinder 上认识的,费利克斯说。

丹妮尔站起来,手拿一只干净的酒杯。所以你觉得这算是约会了?她问,太浪漫了。

我们约过一次会了,他说,她说她这辈子都不碰男人了。

艾丽丝想对上费利克斯的目光,或许她想对他笑一笑,表明她觉得这句话很有趣，但他没在看她。

这可怪不了人家，丹妮尔说。

艾丽丝把带来的酒放在料理台上，看向厨房墙边的CD收藏。有好多CD啊，她说。

对，都是我的，费利克斯说。

她用手指划过塑料CD盒的脊背，稍稍抽出一张，CD盒像舌头似的悬着。丹妮尔已经和餐桌边一个女人聊起天来，另一个男人走过来开冰箱。他朝着她比画了一下，问费利克斯：这谁啊？

这是艾丽丝，费利克斯说，是个小说家。

谁是小说家？丹妮尔问。

这位女士，费利克斯说，她靠写书挣钱。至少据她所说。

你叫什么名字？那个男人问，我用谷歌搜一下。

艾丽丝看着这一切发生，脸上强装漠然。艾丽丝·凯莱赫，她答道。

费利克斯注视着她。男人在一张空椅子上坐下，开始在手机上打字。艾丽丝喝着红酒，环绕房间，仿佛毫不在意。男人埋头看着手机，说：快看，她很有名啊。艾丽丝既没回答，也没回应费利克斯的视线。丹妮尔俯身查看屏幕。她说，瞧瞧，人家有维基百科页面的。费利克斯从料理台上滑下来，从他朋友手里拿过手机。他笑了一声，但笑声听起来不太真诚。

文学作品，他大声读道。作品改编。个人生活。

那个板块估计挺短的，艾丽丝说。

你一开始怎么不跟我说你很有名？他问。

她用一种厌烦的、几近轻蔑的声调说：我跟你说过我是作家。

他冲她咧嘴一笑。他说，给你一个小建议，下次出去约会，聊天的时候最好提一下你是名人。

感谢你主动分享约会建议。我一定不会采纳它。

怎么，我们在网上查到你让你不爽了？

当然不会，她说，我跟你讲了我的名字。我其实没必要告诉你的。

他又盯了她几秒，然后摇摇头，说：你真是个怪人。

她笑了，说：太敏锐了。你干吗不把这句话加到我的维基百科页面上？

丹妮尔听了也笑起来。费利克斯的脸微微泛红。他别过身去，说：这玩意儿谁都能有。多半是你自己写的。

艾丽丝仿佛终于找到乐子，她答道：不，我只放了作品信息。

你肯定觉得自己与众不同，他说。

你怎么这么敏感啊？丹妮尔问。

我没有，费利克斯说。他把手机还给朋友，靠着冰箱站着，双臂交叉。艾丽丝站在不远处的料理台边。丹妮尔看向艾丽丝，扬扬眉毛，转身继续之前的对话。另一个女人放起音乐，房间那头几个男人为什么事笑了起来。艾丽丝对费利克斯说：你要是想我离开，我这就走。

谁说我想要你走的？他问。

新进来一群人，房里更吵了。没人特意过来跟艾丽丝或费利克斯聊天，两人沉默地站在冰箱边。从表情上看不出这对他们来说是否特别难熬,但几秒后,费利克斯伸展双臂,说:我不喜欢在屋里抽烟。你想出去来一根吗?你可以看看我们的狗。艾丽丝点点头,一言不发地跟着他穿过庭院门,进入后花园,手里举着红酒杯。

费利克斯把推拉门在身后关上,沿草地走向一个花园小屋,屋顶临时铺着防水油布。花园尽头立马蹿出一条史宾格来迎接他,它兴奋地打着喷嚏,前爪搭在费利克斯大腿上,吠了一声。他说,它叫萨布丽娜。其实它不是我们的,上一群租客把它留下了。现在主要是我在喂它,所以它很喜欢我。艾丽丝说这点显而易见。我们一般不会把它关在外面,他说,只有来人了才会。等人都走了我们就把它放进去。艾丽丝问它会不会到他床上去睡,费利克斯笑了。它想去,他说,但它知道我不准。他揉了揉狗耳朵,深情地说:笨蛋。他转向艾丽丝,补充道:顺便说下,它真的是个大笨蛋,很傻。你抽烟吗?艾丽丝在发抖,她袖口外的手腕上起了鸡皮疙瘩,但她还是接过香烟,抽起来。费利克斯把自己的烟点着,吸了一口,对着夜晚干净的空气吐出来,然后回头看向房子。屋里灯火通明,他的朋友们聊着天,手舞足蹈。阳台的门透着椭圆形的温暖黄光,在那之外,便是漆黑一片的房子、草地、漆黑无云的夜空。

丹妮尔是个好姑娘,他说。

是的,艾丽丝说,看上去的确很好。

嗯。我们以前交往过。

哦?时间长吗?

他耸耸肩,说:一年吧。我不知道——一年多吧,其实。反正是很久以前的事了,我们现在是好朋友。

你还喜欢她吗?

他回头看向房子,仿佛丹妮尔的样子能帮助他回答脑中这个问题。反正她现在有男朋友了,他说。

是你朋友吗?

嗯,我认识他。他今晚不在,你以后估计能见到他。

他背对房子,抖落些许烟灰,几粒火星在黑暗中慢慢飘落。那条狗大步飞奔经过棚屋,又绕着跑了几圈。

老实说,要是她听见我说的,她会跟你说是我搞砸的,费利克斯补充道。

你干吗了?

啊,我对她有些冷淡,据她说。不过这是她说的。你要是想知道的话可以问她。

艾丽丝笑着说:你想让我去问她吗?

老天,不要替我去问。我当时听得够多了。我现在没有为这哭哭啼啼的,别担心。

你当时哭哭啼啼了吗?

这个嘛,没有真的哭哭啼啼,他说,你是想问这个对吧?我没哭,但是很光火,对。

你长这么大哭过吗?

他短促地笑了一声,说:没有。你呢?

哦,家常便饭。

是吗？他说，你哭什么呢？

什么都哭，真的。我大概很不开心吧。

他看向她，问：真的吗？为什么？

没什么特别的。就是我的感受。我觉得活着很难。

他顿了顿，看回香烟，说：你好像还没讲完你为什么要搬到这里来。

故事没什么意思，她说，我精神崩溃了，住了几周医院，出院后就搬过来了。不过也不怎么神秘——我是说，我精神崩溃也没什么原因，就是发生了。而且也不是秘密，大家都知道。

费利克斯似乎在思忖这则新信息。你的维基百科上写了吗？他问。

没有，我是说我生活中的所有人都知道。不是世界上所有人。

你为什么会崩溃？

没什么。

好吧，但你说你精神崩溃了是什么意思？我是说，具体发生了什么？

她从嘴角一侧吐出一缕烟。我觉得自己失控了，她说，我随时都很愤怒，很不开心。我无法自我控制，无法正常生活。我只能这么解释了。

可以理解。

他们陷入沉默。艾丽丝把酒杯里最后一点酒一饮而尽，把烟头在脚下踩灭，双臂在胸前交叉。费利克斯看上去心不在焉，继续慢慢抽烟，仿佛已经忘记她在这里。他清清嗓子，说：我妈去世时我也有类似的感觉。就是去年。我刚刚在想,人生他妈的有什么意义,你知道吗?不是说在生命尽头有什么东西。我倒不是真的想死什么的,但我大多数时间都他妈不想活着。我不知道这叫不叫精神崩溃。有几个月我真的什么都不在乎了——不想起床去上班。我丢了当时的工作,所以现在才在仓库上班。对。所以我大概知道你说的精神崩溃是什么意思。当然,我的情况跟你不一样,但我知道你是怎么回事,对。

艾丽丝又说了一次请他节哀,他接受了她的致意。

我下周要去罗马,她说,我的书的意大利版要出来了。你想不想跟我一起去。

他对此没有表现出惊讶。他在棚屋的墙上擦了几次烟头,把烟熄灭了。那只狗又吠了一声,声音来自花园尽头。

我没钱,费利克斯说。

这个嘛,一切费用由我承担。我又有名又有钱,你忘了?

他听后露出一丝笑意。你真的很怪,他说,我是不会收回这句话的。你要去多久?

周三到那里,然后周一早上回家。不过要是你想待久一点也可以。

他笑出声来。去他妈的,他说。

你去过罗马吗?

没有。

那我觉得你应该去,她说,你会喜欢的。

你怎么知道我喜欢什么?

他们彼此注视。光线太暗,两人都无法从对方脸上获取太多信息,但他们继续相望,没有移开视线,仿佛注视本身比他们实际能看到的远为重要。

我不知道,她说,我只是这么觉得。

末了,他转过头去。好吧,他说,我跟你去。

六

我每天都在想我的人生为什么会变成这样。我不敢相信我居然要容忍这些东西——让人写关于我的文章,看到我的照片在网络上传播,阅读针对我的评论。把它们列出来时我会想:就这?那又怎么样?但事实上,尽管这不算什么,它却让我痛苦,而我不愿过这样的生活。我提交第一本书时,只是想赚够钱去写下一本。我从未宣称自己有超强的心理素质,能忍受公众对我的为人和成长经历进行大范围的刺探。那些想出名的人——我是说那些小有名气,想越来越有名的人——我觉得他们有非常严重的心理疾病,我真心这么认为。我们的社会中充斥着这些人,仿佛他们不仅正常,还充满魅力、令人艳羡,这说明社会罹患多么无可救药的恶疾。他们有问题,而当我们看向他们,以他们为榜样时,我们也有问题。

知名作家和知名作品之间到底有什么关系?如果我举止粗鲁,性格恶劣,口音难听——我认为我的确如此——那这和我的小说有什么关系吗?当然没有。作品依然是作品,没有任何变化。那么将作品和我——我的脸、举止,以及它们令人失望的细节——联系在一起,对作品有什么好处吗?没有好处。那为什么,为什么我们需要这么做?究竟是为了谁的利益?它让我痛苦,让我远离了生命中唯一有意义的东西,它没有为公众带来一点好处,仅仅满足了最低级、最色情的好奇心，还使得文学话语完全围绕"作者"这一权威角色展开，他的生活和个性的诸多不堪细节势必被人毫无缘由地翻拣审视。我不断地遇到这个人，也就是我自己，我全身心地恨着她。我痛恨她表达自我的方式，我痛恨她的外表，我痛恨她关于一切的看法。然而当别人读到她时，他们认为她就是我。直面这个事实让我觉得自己已经死了。

当然我没法抱怨，因为人们总是叫我去"享受"它。他们知道什么？他们又没有抵达这里，只有我一个人经历了这一切。当然，这个经历本身是很渺小的，几个月或者几年后就会烟消云散，到时没人会记得我，谢天谢地。但我仍然不得不经历它，不得不独自经历，没人教我该怎么做，我的自我厌恶已经发展到难以忍受的地步。无论我能做什么，无论我或许拥有的才华是多么微不足道，人们仍然指望我去贩卖它——我是说字面意义上的，贩卖它，用它换取金钱，直到我有很多钱，却没有才华。然后就完了，我完了，下一个闪亮的、即将精神崩溃的二十五岁年轻作家就出现了。如果我在过程中曾遇到真诚的人，那他们就是被完美地隐藏在一众嗜血的自大狂当中，难以辨别了。我真正认识的真诚的人只有你和西蒙，而如今你们只会怜悯地看着我——不是带着爱或友情而只是怜悯，仿佛我是躺在路边奄奄一息的什么东西，最仁慈的做法是终结我的痛苦。

你上封信里写到青铜时代晚期文明的崩溃，读完后我对书写系统的"失落"产生了极大兴趣。事实上我不确定它是什么意思，于是去查了一下，最后读了很多关于线形文字 B 的资料。你是不是已经知道了？长话短说，一九〇〇年左右，一支英国勘探队在克里特岛上一个赤陶浴场里发现了一个装有古代泥板的贮藏间。泥板上刻有某种未知语言的音节文字，年代可追溯到公元前一四〇〇年左右。二十世纪初，古典学家和语言学家试图破译这些记号，即线形文字B，但没有成功。尽管这些文字的组织方式像是某种书写，没人能破译出它记载的是什么语言。绝大多数学者认为这是克里特岛上米诺斯文化失传的语言，该文化在现代社会没有留下后裔。一九三六年，八十五岁的考古学家阿瑟·埃文斯在伦敦就这批泥板开了一场讲座，听众中有一个叫迈克尔·文特里斯的十四岁学生。"二战"爆发前，一批新的泥板被发掘并拍摄下来，这次是在希腊大陆上。依然没人能翻译这些文字，或辨别出它是哪种语言。与此同时，迈克尔·文特里斯长大了，接受了建筑学训练，在战争期间参加了英国皇家空军。他没有考过任何语言学或古典语言的正式文凭，但他从未忘记阿瑟·埃文斯关于线形文字B的演讲。战后，文特里斯回到英国，开始对比希腊大陆上新发掘的泥板和克里特岛的旧泥板。他发现克里特泥板上的特定符号没有出现在皮洛斯的任何泥板上。他猜测这些符号或许代表岛上的某些地名。由此他发现了破译文字的方法，最后显示线形文字B其实是古希腊语的一种早期书写形式。文特里斯的研究不仅表明希腊语属于迈锡尼文化，还证明希腊文字比之前发现的最早证据要早几百年。自这一发现后，文特里斯和古典学家、语言学家约翰·查德威克合著了一本关于破译线形文字B的书，书名是《迈锡尼希腊语文献》。一九五六年，该书出版前几周，文特里斯开车撞上一辆停泊的卡车，去世了。他当时三十四岁。

以上是我对这个故事较为戏剧化的概括。其实还有很多古典学家参与其中，包括一位叫艾丽丝·科伯的美国教授，她对线形文字 B 的阐释也做出了突出贡献，她在四十三岁时因癌症离世。文特里斯、线形文字 B、阿瑟·埃文斯、艾丽丝·科伯、约翰·查德威克以及迈锡尼希腊语的维基百科条目有些混乱，有的甚至对同一事件提供了不同版本。文特里斯听埃文斯讲座时，埃文斯是八十四岁还是八十五岁？文特里斯那天是第一次听说线形文字 B，还是之前有所耳闻？文特里斯之死的记录尤为简短、神秘——维基百科说他在"深夜撞上一辆停泊的卡车"后"当场"死亡，验尸官将其认定为意外身亡。最近我一直在想象古代世界重新回到我们身边：透过时间的异常裂缝，穿过二十世纪可怕的速度、废弃物和无神论，通过艾丽丝·科伯和迈克尔·文特里斯的手和眼，前者有烟瘾、死于四十三岁，后者车祸身亡、死于三十四岁。

话说回来，以上说明在青铜时代，人们已经演化出一种复杂的音节字母来代表书写形式的希腊语，而在你告诉我的那场崩溃中，所有关于它的知识都毁于一旦。后世用来代表希腊语的书写系统和线形文字 B 没有一点关系。那些发明和使用它的人们甚至不知道线形文字 B 曾经存在过。令我难以承受的是，当这些符号被刻在泥板上时，它们对那些书写和阅读它们的人来说是有意义的，而在之后几千年间，它们不再有意义了，没有了，因为连接破碎了，历史停止了。然后二十世纪晃了晃表，让历史重新开始。

但我们难道不会以另一种方式重蹈覆辙吗?

听你说那天撞见艾丹很难受,我很难过。你有这种感受毫无疑问是完全正常的。但作为你最好的朋友,我非常爱你,并且希望你的生活事事如意,所以我想指出,和他在一起时你其实并不真的快乐,我这么说不会让你更难过吧?我知道决定分手的人是他,我也知道这肯定让你很痛苦很沮丧。我无意劝你不要这么想。但我想说的是,我觉得你内心深处知道这段关系其实没那么好。你跟我说过几次想分手又不知道怎么开口。我这么说只是因为我不希望你事后追溯认定艾丹是你的灵魂伴侣,或者你离开他就不会幸福。你在二十几岁时谈了一段很长的恋爱,最后分手了。这并不意味着上帝有意让你在失败和痛苦中度过一生。我在二十几岁时也谈了一段很长的恋爱,最后也没成,你还记得吗?西蒙和纳塔利在一起将近五年,最后也分了。你觉得他或我是失败的吗?嗯。好吧,现在想来,或许我们三个都是。但即便如此,我宁愿失败也不要成功。

不,我从没认真想过我的生物钟。我觉得我的生育能力大概再过个十年还会阴魂不散——我母亲是四十二岁时怀上的基思。但我并不是很想要小孩。我之前不知道你想要。哪怕世界是这副德性?你只要想,找个人让你怀孕应该不成问题。正如西蒙所说,你看起来就很能生。男人喜欢这点。最后:你还打算过来看我吗?先提醒你一句,我下周要去罗马,不过大概率一周后就回来。

我在这儿交了个朋友,他的名字(真的)是费利克斯①。你如果能相信这点,就还要相信他要跟我一起去罗马。不,我没法解释原因,别问我。我只是突然想到,邀他一起去会不会很好玩?而他似乎也觉得说"好"会很好玩。他肯定觉得我是个不折不扣的怪胎,但他也知道这是件美差,因为我会为他付机票钱。我想让你见见他!这下你来找我又多了个理由。你会来的吧,求求你?一如既往地爱你。

---

① 费利克斯这个姓名在当地非常少见。

七

　　同一周的周四，艾琳参加了她供职的杂志社举办的诗歌朗读会。场地在北城中心一个艺术中心。活动开始前，艾琳坐在一张小桌前售卖最新一期杂志，人们在她面前来来往往，举着红酒杯，避开眼神交流。偶尔有人问她厕所在哪儿，她每次都用同样的语气和手势作答。朗读会快开始前，一位年长男士凑过来，说她有"诗人的眼睛"。艾琳自谦地笑笑，假装没听见，说活动马上就要开始了。朗读会开始后，她锁上现金盒，从后面的桌上拿了一杯酒，走进大厅。里面坐了二十到二十五个人，前两排全空着。杂志编辑站在讲台后介绍第一位读者。一个叫葆拉的女人坐在靠走廊的座位上，她和艾琳同岁，是场馆工作人员，她往里挪了个空位给艾琳。卖了多少本？她低声问。两本，艾琳说。看到一个小老头过来，我还以为能再卖一本，结果他只想赞美我的眼睛。葆拉吃吃地笑了。她说，多么美好的工作日傍晚。艾琳说，至少我知道自己眼睛还挺美。

　　活动请了五位诗人，大致围绕"危机"这一主题。其中两人读的作品处理的是个人危机，比如丧亲和疾病，另外一人的主题是政治极端主义。一个戴眼镜的年轻男人抑扬顿挫地诵读了一首非常抽象的诗，听上去和危机没什么关系。最后一位朗读者是一个穿黑色长裙的女人，她花了十分钟讲自己找出版商有多困难，最后剩下的时间只够读一首诗,一首押韵的十四行诗。艾琳在手机上记下笔记:六月的月亮,主要落在勺上。她把笔记拿给葆拉看,葆拉含糊地笑笑,继续专心聆听。艾琳把笔记删掉。结束后,她又拿了杯酒,坐回桌后。那位年长男士再次接近她,说:应该让你上去读。艾琳和善地点点头。我确定,他说,你有才华。嗯,艾琳说。他没买杂志就走了。

　　活动结束后,艾琳和其他几位组织者以及场地工作人员去附近一家酒吧喝酒。艾琳和葆拉又坐在一起,葆拉点的金汤力装在一只大如鱼缸的酒杯里,里面放了一片硕大的葡萄柚切片。艾琳点了加冰的威士忌。他们谈起"最糟糕的分手"。葆拉正在描述自己为期两年的一段恋爱,拖了太久没分手,她和前女友不停地喝醉,相互发短信,最后总是"要么大吵一架要么上床"。艾琳喝了一口酒。她说,听起来很糟。但你们起码还在上床,不是吗?你们的感情起码没有完全死掉。如果艾丹喝醉了给我发短信,好吧,我们或许会吵一架。但我至少会觉得他还记得我是谁。葆拉说他肯定记得的,毕竟他们在一起住了那么多年。艾琳强装欢笑地说:这才是让我受不了的地方。我二十到三十岁一半的时光都和他在一起,他最后却对我厌倦了。真的,事实就是如此。我让他无聊。我觉得某种层面上这说明了我的问题。不是吗?肯定是这样的。葆拉皱着眉说:不,不是这样。艾琳不自然地、尴尬地笑了一声,捏了捏葆拉的手臂。不好意思啊,她说,下杯酒算我的。

　　到了十一点,艾琳独自一人侧卧在床上,身体蜷曲,眼睛下面的妆有点花了。她眯眼盯着手机屏幕,点开一个社交软件。界面打开，显示加载图标。艾琳在屏幕上移动拇指，等待页面加载，但又突然关掉了软件。她来到通讯录，选择名为"西蒙"的联系人，点击通话按钮。三声后，对方接起电话，说：喂？

嗨，是我，她说，你现在一个人吗？

电话那头，西蒙坐在酒店房间的床上。右侧有一扇窗，拉上厚厚的米色窗帘，床对面是一台大电视，固定在墙上。他背靠着床头，双腿伸直，在脚踝处交叠，笔记本电脑开着，放在大腿上。对，他说，就我一个。你知道我在伦敦对吧？你还好吗？

哦，我忘了。你现在不方便说话吗？我可以挂的。

没有，方便的。你去今晚那个诗歌活动了吗？

艾琳跟他聊了活动的事。她给他讲了"六月的月亮"的笑话，他很配合地笑了。还有一首写的特朗普，她说。西蒙说光是想想就让他真心渴望投入死亡的怀抱。她问他在伦敦参加的会怎么样，他详细描述了一场座谈会，题目叫"欧盟之外：大不列颠的国际未来"。有四个长得一模一样的中年眼镜男，他说，真的，他们看起来像是照着对方的样子用 Photoshop 复制出来的。太诡异了。艾琳问他现在在做什么，他说正在给工作上的事收尾。她转身躺平，抬头看向天花板上一块模糊的针状霉斑。

上班上到这么晚，对身体不好，她说，你现在在哪儿？酒店房间吗？

对，坐在床上，他答道。

她双膝勾起，脚踩床垫，腿在被单下拱起一顶帐篷。你知道你需要什么吗，西蒙？她说，你需要来自娇妻的呵护。是不是？

娇妻会午夜时分来到你身边,手放在你肩上,说,好了,今天就这样吧,太晚了。咱们睡觉去吧。

西蒙把手机移到另一边耳侧,说:你勾勒出一幅非常可信的画面。

你女朋友没法跟你一起去吗?

她不是我女朋友,只是我最近的约会对象,他说。

我不懂二者有什么区别。女朋友和你最近的约会对象有什么不同?

我们是开放关系。

艾琳用没拿手机的手揉了揉眼睛,深色妆容抹到了手和眼窝下。所以你现在也在和别人上床,是吗?她问。

不,我没有。但我认为她在。

艾琳的手垂下来。她在吗?她说,老天。那个男人是多有魅力啊?

他忍俊不禁似的答道:我不知道。为什么这么问?

我是说,如果他没你有魅力,那干吗去找他?如果他和你一样有魅力——好吧,我想见见这个女人,跟她握个手。

要是他比我更有魅力呢?

算了吧。不可能的。

他向后靠在床头上。你是说因为我太帅了?他说。

是的。

我知道,我要听你说。

她笑了起来,说:因为你太帅了。

谢谢你，艾琳。你人太好了。你自己长得也不赖。

她把头放在枕头上。我今天收到艾丽丝的邮件了，她说。

很好啊。她怎么样了？

她说艾丹和我分手也没什么大不了的，因为我们本来就没那么幸福。

西蒙顿了顿，似乎在等她说下去，然后他问：这是她的原话？

对，只字未改。

你怎么想的？

艾琳叹口气，答道：算了。

听起来不太顾及你的感受。

她闭着双眼，说：你老是维护她。

我刚刚才说她这么说没有顾及你的感受。

但你觉得她说得对。

他皱着眉，把玩着床头柜上印着酒店品牌的钢笔。没错，他说，我觉得他配不上你，但这是另一码事。她真的说这事没什么大不了吗？

是那个意思。你知道她下周要去罗马宣传新书吗？

他再次把笔放下来。是吗？他问，我以为她要暂时休息一下。

是的，可她又觉得无聊了。

原来如此。有意思。我一直想去见她，但她老说时间不方便。你担心她吗？

艾琳冷酷地笑了一声。不，我不担心，她说，我很光火。由你去担心吧。

你可以既担心也光火,他说。

你究竟站哪边?

他笑着低声安抚道:我站你这边,公主。

她也笑了,带着恼怒和不情愿,然后把额上的头发向后拂去。你上床了吗?她问。

没,我坐着呢。难道你希望我躺在床上跟你打电话?

是的,那样最好。

啊,好吧。这我能办到。

他起身把笔记本电脑放在墙头镜前一张小写字桌上。那张床占据了他身后绝大多数地板的面积,铺着白色床单,床单紧绷绷地塞在床垫底下。他把笔记本电脑的插头插进墙上的插座。

艾琳说,你知道吗,如果你太太现在和你在一起,她会帮你把领带解下来。你系领带了吗?

没。

你穿着什么?

他看了一眼镜中的自己,移开视线,转回床上。没配领带的西装,他说,当然了,没穿鞋。我一进门就脱了,文明人都这样。

那接下来要脱的是西装?她说。

他把西装脱下来,过程中双手交替拿着手机,说:的确是这顺序。

然后你太太从你手上接过西装,把它挂起来,艾琳说。

她人真好。

然后她会帮你解开衬衣扣子。不是例行公事的那种,是带着爱意温柔地解开。衬衣是不是也要挂起来?

西蒙用单手解开衬衣扣子,说不用挂起来,他会直接把它扔进行李箱里,回家了再洗。

接下来我就不知道该怎么做了,艾琳说,你系皮带了吗?

系了,他说。

艾琳依旧闭着眼,说:然后她把皮带取下来,把它放在该放的位置上。你现在把皮带取下来放哪儿?

晾衣架上。

你好整洁啊,艾琳说,太太喜欢你这点。

是吗,因为她自己很整洁?还是因为她不整洁,异性相吸?

唔,她自己不算邋遢,但没你那么爱干净。她很向往这种品质。你脱完了吗?

马上,他说,我一直举着手机呢。你介意我把手机放下来一小会儿,然后再拿起来吗?

艾琳羞涩而敏感地笑答道:当然可以,我又没把你当人质。

不是,我只是不想让你觉得无聊,然后把电话挂了。

放心,我不会的。

他把手机放在最近的床角上,脱完了衣服。艾琳闭着眼睛躺在床上,右手松松地握着手机,靠在脸旁。西蒙现在只穿了一条深灰色平角内裤,他拿起手机,靠着枕头在床上躺下。我回来了,他说。

你一般几点下班?艾琳问,我很好奇。

大概八点。最近大概接近八点半,因为大家都很忙。

你太太下班时间会早很多。

是吗?西蒙问,我很嫉妒。

等你到家时,她已经做好晚餐在等你了。

他笑了。你觉得我很传统吗?他问。

艾琳睁开双眼,仿佛她的遐想被打断了。

我认为你是人,她说,上班上到八点半谁会不希望有晚餐等着他呢?如果你宁愿回到空无一人的房间,自己做晚餐,那我向你道歉。

不,我不喜欢回到空无一人的家里,他说,如果非要幻想的话,我不介意被人服侍。只是我不会期待我的伴侣这么做。

哦,我冒犯到你的女性主义原则了。我就此打住。

别啊。我很想知道我和太太晚餐后要做什么。

艾琳再次闭上双眼。她说:好的,无需赘言,她是个好妻子,所以她会让你再工作一会儿,如果你真的需要的话。但是不要太晚。之后她就想上床了。我猜你现在就在床上。

的确如此。

艾琳自顾自地放肆微笑着,继续说道:你今天上班怎么样?

还行。

你现在累了。

还不至于累到不跟你说话,他说,但确实累了。

太太对这些小细节非常敏感,所以她连问都不用问。如果你这天很辛苦,你累了,我觉得你会在十一点左右上床,然后太太会为你服务，一切都非常亲密、非常和美。

西蒙右手举着手机，左手透过平角内裤的轻薄棉料自慰。他说，我不是不领情，只是为什么是她在为我服务呢？

艾琳笑了。你说你累了嘛，她说。

啊，还不至于累到没法和我太太做爱。

我无意质疑你的男子气概，我只是以为你会喜欢。好吧，没关系，我可以弄错。但太太是不会弄错的。

她弄错了也没关系，我还是会爱她。

我真的以为你喜欢口交。

西蒙咧嘴笑道：没有，我的确喜欢的。只是如果我只能和虚构的太太共度一晚，我希望能涉猎更多的领域。你要是不愿意的话，不必说细节。

恰恰相反，我为了细节而活，艾琳说，我们说到哪儿了？和往常一样，你轻轻松松就脱掉了太太的衣服。

他将手伸进内裤。你太好了，他说。

你可以想象她很美，但我就不描述她的外貌了。我知道男人各有各的小趣味和癖好。

感谢你的许可。我可以栩栩如生地想象她。

是吗？艾琳说，我开始好奇她长什么样了。她是金发吗？别跟我说。我猜她是金发，大概一米五七的样子。

他笑了起来。不是，他说。

好吧。别告诉我。不管怎么说，她已经很湿了，因为她一整天都等着你的爱抚。

他闭上双眼，对着手机说：我现在可以摸她了吗？

可以。

然后呢？

艾琳用空出来的手握住自己的乳房，拇指尖绕着乳头画圈。她说，从她的眼睛你能看出她很兴奋，同时也很紧张。她很爱你，但有时她很焦虑自己并不真的了解你。因为你有时很疏离。或者说不是疏离，而是内敛。我只是在勾勒大致背景，这样你会更了解你和太太之间的性张力。她很紧张，因为她很崇拜你，她想让你开心，而有时她担心你不开心，她不知道该怎么办。不管怎么说，你上床后，她在你身下像叶片般颤抖。而你什么也没说，你只是开始操她。或者你刚才怎么说的来着？你开始和她做爱。怎么样？

嗯，他说，她喜欢这样吗？

哦，当然了。我觉得和你结婚前她很天真，所以当你们上床时她非常依赖你，因为这种经历太强烈了。她大概随时都想高潮。而你跟她说她是个好女孩，你为她骄傲，你爱她，她相信你的话。记住你有多爱她，这让一切都不同了。我很了解你，但这一面的你我并不了解。我不知道你和你爱的女人在一起是什么样的。我说远了，抱歉。我之所以会这样说，潜在原因是因为这是我喜欢想象的事。你还记得我们在巴黎时就是这么做的吗？算了。我只记得你当时很喜欢。这让我感到很自信。不行，我又跑题了。我在描述你和你太太做爱。我猜她肯定比我年轻漂亮得多。而且或许是有点蠢但很性感的那种。如果让我放纵一次，我会说当你和你太太上床时，你开始想象我。不是每次都想，就这一次。不用刻意。一个念头，一段记忆，穿过你的脑海，如此而已。不是我现在的样子，是我二十岁左右的模样。你当时对我真的很好，你知道吗？你在和你完美的太太做爱，她是世上最美的女人，你爱她胜过一切，但就当你在她体内，她颤抖着战栗着呼喊着你的名字时，有那么一两秒，你想起了我，想起我们年轻时做过的事，比如在巴黎时我让你在我嘴里射了，于是你想起当时的感觉有多美，这样拥有我是多么美妙，你跟我说这很特别。或许它的确很特别，你知道吗。如果这么多年过去，你和你太太在床上，你还会想起它，或许它就是特别的。有的事情就是这样。

他开始高潮，呼吸变得粗重。他闭上双眼。艾琳不再说话，一动不动地躺着，脸看上去很烫。他说了声：嗯。有一小会儿，两人都很安静。然后她低声问：我们能再聊一分钟吗？西蒙睁开双眼，从床头柜的纸盒里抽出一张纸巾，开始擦手和身体。

你想聊多久就多久，他说，刚才的感觉很好，谢谢你。

艾琳笑了，笑得几乎有点傻气，仿佛她放下心来。她的脸颊和额头发亮。哇，不用谢，她说，我忘了你是那种会说"谢谢你"的男人了。你给人的这种感觉特别好。你差不多百分之九十是浪子，但是时不时表现得像处男一样。不得不说，我很佩服你这点。以后我们生活中碰到会不会很尴尬？

西蒙把用过的纸巾放在床头柜上，从纸盒里又抽了一张纸，说：不，我们会表现得像什么也没发生过一样。不是吗？我记得你说过我反正只有一种面部表情。

艾琳皱着眉答道：我真的说过吗？太冷酷了。你起码有两种表情。一种是笑，一种是担心。

他手抚胸口，微笑着。你不是冷酷，他说，你在开玩笑。

反正你太太绝不会这么跟你说话。

为什么，因为她崇拜我吗？

没错，艾琳说，你就像她父亲。

他开玩笑地发出一声哀嚎。这敢情好，他说。艾琳咧嘴笑着。我敢打赌你觉得这很不错，她说，我知道你好这口。西蒙把手放在平坦的肚子上，说：你什么都知道。艾琳噘起嘴。不，我不了解你，她说。他闭着双眼，一脸倦容。我觉得刚才那段幻想里最真实的部分是我开始回想你在巴黎时的情景，他说。她听后似乎深吸了口气。少顷，她静静地说：你这么说只是为了取悦我。他自顾自地微笑，说，投桃报李，不是吗？但我说的是真话。我们最近能见面吗？艾琳说好的。他说，我会假装若无其事的。别担心。通话结束后，她给手机插上电，关掉床头灯。城市橙色的光污染浸染了卧室窗的薄窗帘。她睁着眼睛自慰了一分半钟，悄无声息地高潮了，然后转身睡去。

八

亲爱的艾丽丝。你说马上要去罗马,你是去工作吗?我无意干涉你的生活,可我以为你要休息一阵的。当然,我希望你一路顺风,不过我不知道你该不该这么快就开始参加公开活动。之前你给我发了那么夸张的信息,抱怨出版界,说里面你认识的每个人都那么嗜血,想杀了你或者把你操死为止,你要是觉得这样做能发泄情绪,那请尽管继续。毫无疑问,你在工作中会遇到恶人,但我觉得你也遇到了很多无聊但具备一般道德水准的人。当然了,我不是说你不痛苦——我知道你很痛苦,所以我很惊讶你又准备让自己经历这一切。你是从都柏林起飞吗?如果是的话,我们或许可以在你起飞前见一面……

我本来不觉得我坐下来回信时心情不佳,但或许的确如此。我不想让你觉得你可怕的生活其实是一种特权,但无论从哪种合理的定义看来,它都是。好比说,我一年挣两万欧元,三分之二都拿去交房租,和讨厌我的人合租一间小公寓,而你一年赚二十万欧(?),独居在乡下一栋巨大宅邸里,但哪怕如此,我不觉得如果换做是我,我会比你更享受你的生活。如你所说,任何一个能享受这种生活的人肯定有什么问题。可反正我们都有各自的问题,不是吗?我今天上网上太久了,开始感到压抑。最糟的是,我真心觉得网上大部分人都是出于好意,但是自二十世纪以来，我们的政治话语已经发生如此迅速而严重的退化，大多数试图理解当下历史瞬间的努力最后基本上都毫无意义。人人都依附于各自的意识形态，这情有可原，但他们又大多不愿说明这些意识形态由什么构成，如何形成，有什么目的。唯一明确的架构是，对于每个受害群体（出身贫寒的人、女性、有色族裔）来说，都存在一个压迫群体（出身富裕的人、男性、白人）。但在这种框架下，受害者和压迫者之间的关系，与其说是历史性的，不如说是理论性的，受害者都纯良至极，压迫者则人人邪恶。因此，身为特定身份群体的成员就拥有了无法超越的道德意义，我们的大量话语都致力于将个体划分到合适的群体中，也就是说，赋予他们匹配的道德判断。

即使严肃的政治行动仍可能发生——我觉得这个问题尚可讨论，它跟我们这类人也没什么关系，事实上我认为它基本上与我们无关。老实说，如果为了人类福祉我们不得不去死，我会毫无怨言地接受，因为我不配拥有我的生命，甚至并不享受它。但我希望能以某种方式对这份事业作出贡献，无论是什么贡献，无论它有多渺小，我都不介意，因为我反正也是为了自己好才这么做的——因为我们折磨的其实是我们自己，虽然是以另一种方式。没人希望这样活着。至少我不希望。我想要另一种生活，或者我死了能让别人将来过上这种生活，我也愿意。但我在网上没有看到什么值得为之赴死的思想。网上唯一的思想似乎是我们应当注视无穷的人类苦难在我们面前展开，等待最贫困、最受压迫的人转过身来，告诉我们怎么停下来。我们似乎认为——为什么有这种想法尚未得到解释——剥削自身会生成解决剥削的途径，而提出异议就是自以为是、高人一等，类似男性的说教。可要是剥削不会产生解决方案呢？如果我们只是在白白等待，而这些没有工具来终结痛苦的人则继续受着苦？我们这些有工具的人拒绝采取任何行动，因为采取行动的人会招致批评。哦，说得好听，可我又采取过什么行动呢？其实我的问题在于，我因为别人没有答案而光火，哪怕我自己也同样没有答案。我算老几，有资格要求别人谦逊宽容？我向世界索取了这么多，自己对它做过什么贡献？我哪怕降解成一捧尘土也没人在乎，这也是理所当然。

另外，我有了一个新理论。想听吗？如果不想你可以跳过这段。我的理论是，一九七六年，当塑料成为应用最广泛的材料时，人类就失去了对美的直觉。如果你去对比一九七六年之前和之后的街头摄影作品，就可以看到切实变化。我知道我们应该对怀旧审美抱有警惕，但事实是，二十世纪七十年代以前，人们穿耐用的羊毛和棉布做的衣服，用玻璃瓶储存饮料，用纸包裹食物，屋里用的是结实的木质家具。现在我们的视觉环境中，绝大多数物件都由塑料构成，这是地球上最丑陋的物质，塑料上的颜色不是涂在表面的，而是从里到外渗出的，看起来丑得独树一帜。我允许政府做的事不多，其一就是禁止生产塑料，除非它对于维系人类生活迫切相关。你怎么想？

我不知道你为什么对这个叫费利克斯的人遮遮掩掩。他是谁？你在和他上床吗？要是不想说也不用告诉我。西蒙现在什么都不跟我讲了。据说他和一个二十三岁的女人约会两个月了，我却从没见过她。不用我说你也知道,一想到西蒙——我十五岁时他就已经二十多岁了——现在在和一个小我六岁的女人定期做爱,我就想径直爬进我的坟墓。而且他身边的女人从来不是那种鼠棕色头发、对皮埃尔·布尔迪厄① 有有趣见解的书呆子,她们从来都是那种有一万七千个粉丝的 Instagram 模特,从护肤品牌那里拿免费小样。艾丽丝,我不想假装认为年轻美女的虚荣既不无聊,也不令人尴尬。我比谁都虚荣。我不是在夸张,要是西蒙把这个女孩搞怀孕了,我会从窗口跳下去的。想想看,我后半辈子要对某个来路不明的女人和善,就因为她是他孩子的母亲。我跟你说过他二月有天约我出去吗?他不是真的想跟我约会,我觉得他只是想让我自信一点。不过我们昨晚的确打了一通很有趣的电话……不说了,费利克斯多大?是那种会跟你写诗、讨论宇宙的神秘老男人,还是十九岁、牙齿洁白的乡村游泳冠军?

  婚礼后的那周我可以过来看你——大概六月第一个周一到。你觉得如何?如果我会开车的话会容易得多,但好像坐火车然后打车就可以了。你想象不出没有你我一个人在都柏林晃荡有多无聊。真心希望能再在你身边。E.

---

① 皮埃尔·布尔迪厄,法国著名人类学家、社会学家和哲学家,代表作《区分:判断力的社会批判》。

九

周三,艾丽丝和费利克斯在菲乌米奇诺机场遇到来接他们的人,男人手举塑料文件夹、里面纸上写着:凯莱赫女士。外面夜色已降,但空气温暖干燥,充斥着人造灯光。接他们的车是一辆黑色奔驰,费利克斯坐前排,艾丽丝坐后排。一旁的高速公路上,卡车轰鸣着喇叭,以惊人的速度超车。到达公寓大楼后,费利克斯把他们的行李搬上楼:艾丽丝的行李箱和他自己的黑色健身包。客厅很大,漆成黄色,带沙发和电视。拱门后面是一间干净的现代厨房。一扇卧室门通往客厅后面,另一扇通往客厅右边。他们看完两间卧室的内部,他问她想要哪间。

你选吧,她说。

我觉得该让姑娘选。

好吧,我不同意。

他皱皱眉,说:好吧,那谁付钱谁来选。

这个我更不同意。

他把包提到肩上,手放在离他最近的卧室的门把手上。他说,看来这几天我们在很多事情上都会有分歧。我就这间了,行吧?

谢谢你,她说,你睡前想吃点东西吗?要是你想我可以上网找家餐馆。

他说是个好主意。他走进房间,关上门,找到灯的开关,把包放在抽屉柜上。卧室在三楼，床后有扇临街的窗。他拉开包的拉链，在里面找了找，把东西翻来翻去：一些衣服，剃须刀柄，几片备用的一次性刀片，一板药片，半盒避孕套。他找到手机充电器，从包里拿出来，展开电线。艾丽丝也在自己的卧室里整理行李，她从机场安检用的塑料包里把洗漱用品拿出，在衣柜里挂了一条棕色长裙。然后她坐到床上，打开手机的地图软件，手指娴熟地在屏幕上划来划去。

四十分钟后，他们在当地一家餐馆用餐。餐桌正中放了一支点燃的蜡烛，一只装着面包的藤编篮子，一只装橄榄油的矮瓶和一只装醋的条纹高瓶。费利克斯在吃一块切成片的牛排，烤得很生，上面撒了帕玛森奶酪和芝麻菜，里面的肉粉红湿润，像一道伤口。艾丽丝在吃一盘奶酪胡椒意面，手肘边立着一只醒酒器，红酒装得半满。餐馆人不多，但别桌的欢声笑语时不时会荡漾开来，传入他们耳中。艾丽丝在跟费利克斯描述她最好的朋友，一个叫艾琳的女人。

她很漂亮，她说，你想看她的照片吗？

好啊，看看。

她拿出手机，打开一个社交软件，开始滚动页面。我们是大学同学，她说，艾琳那会儿像个明星，人人都爱她。她拿了各种奖，照片还上了大学报纸什么的。这就是她。

艾丽丝给他看手机屏幕，照片里是一个深色头发、身材苗条的白人女性，看起来像是靠在一个欧洲城市建筑的阳台栏杆上，身旁站着一个浅色头发的高大男人，注视着镜头。费利克斯从艾丽丝手中拿过手机，略微转动屏幕，一副审视的样子。

没错，他说，的确长得不赖。

我就像她的跟班，艾丽丝说，大家都不明白她为什么会跟我做朋友，因为她很受欢迎，而所有人都有点讨厌我。但我有个病态的想法，觉得她很享受自己最好的朋友没人喜欢。

为什么没人喜欢你？

艾丽丝拿一只手模糊地比画了一下。哦，你知道的，她说，我老是在抱怨。谴责所有人的观点都是错的。

这的确会让很多人不爽，他说。他把手指盖在照片里男人的脸上，问：她旁边那人是谁？

那是我们的朋友西蒙，艾丽丝说。

他长得也不差啊，是不是？

她笑了。的确，他美极了，她说，他真人比照片上还好看。他是那种有魅力到影响自我认知的人。

费利克斯把手机还给她，说：有这么多俊男美女做朋友，肯定感觉很不错吧。

你是说，我很有眼福，艾丽丝说，但相比之下我会觉得自己很丑。

费利克斯笑了。啊，你不算丑，他说，你有你的优点。

比方说我有迷人的性格。

他顿了顿，问：你自己觉得它迷人吗？

她真诚地笑出声来。她说，不觉得。你怎么能一直忍受我说这些蠢话。

好吧，我只需要忍一小会儿，他说，而且说不准等我们更熟了，你可能就不会这么说了。或者我就不能忍了。

或者你就喜欢上我了。

费利克斯把注意力转到食物上。没错，有可能，他说，什么都可能发生。所以，这个叫西蒙的人，你喜欢他的吧？

哦，不，她说，一点都不喜欢。

费利克斯抬起头，兴趣盎然地注视着她，问：你对帅哥不感兴趣咯？

我很喜欢他这个人，她不偏不倚地说，而且我很尊敬他。他给一个小小的议院左翼党团当顾问，哪怕他干别的可以挣好多钱。他信教，你懂的。

费利克斯歪了歪头，似乎等她说这是个笑话。你是说，他相信耶稣？他问。

对。

见了鬼了，真的吗？他脑子有病还是怎么了？

不，他很正常，艾丽丝说，他不会试图跟你传教什么的，他很低调。我觉得你会喜欢他的。

费利克斯坐在座位上直摇头。他放下叉子，环顾餐馆，再次拿起叉子，但没有马上继续吃饭。那他反对同性恋什么的吗？他问。

不，不是这样的。我是说，如果你见到他，你可以问他这些事。但我觉得他理解的耶稣更接近于一个乐善好施、捍卫边缘群体的人。

好吧，很抱歉冒犯到你，但他听起来像个疯子。这时代这年头，还有人会信那玩意儿？一千多年前某个男的从坟里跳出来，而这就是一切意义的所在？

难道我们不都会信一些蠢东西吗？她问。

我不信。我信眼前的东西。我不信天上有个耶稣正在俯视我们，决定我们谁好谁坏。

她审视了他几秒钟，什么也没说。最后，她答道：对，或许你不信。但不是所有人按你这种思维方式生活都会感到幸福，比如认为一切都是虚无的，没有任何意义。绝大多数人宁肯相信生活是有些意义的。就这点来说，我们都在自欺欺人。只是西蒙的幻觉更有体系罢了。

费利克斯开始拿餐刀把一片牛排锯成两段。他问，要是他想要幸福，他干吗不编些更好的东西来信？干吗跑去相信万物都有罪，自己有可能下地狱？

我觉得他不担心自己下地狱，他只是希望能在地球上行善。他相信对错有别。如果你认为一切都没有意义，估计你也不信这一点吧。

不，我的确相信对错有别，这是当然的了。

她扬起眉毛。哦，那么你也在自欺欺人了，她说，如果我们终究会死，谁来决定孰对孰错？

他说他会好好想想。于是他们继续进餐，但很快他就停下来，又开始摇头。

我不想揪住同性恋这件事不放，他说，但他有同性恋朋友吗？你说的这个人，西蒙。

好吧，他跟我是朋友。我不算是异性恋。

费利克斯被逗乐了，甚至露出调皮的神色，他答道：哦，好吧。顺带一提，我也不是。

她飞快地抬头看了他一眼，他迎上她的目光。

你看起来很惊讶，他说。

是吗？

他将注意力转回食物上，继续说：我只是对这件事没什么好恶。我不在乎对方是男是女。我知道大多数人会很在乎这点。但对我来说，其实没什么区别。我不会到处跟别人讲，因为其实有些女孩不喜欢这点。有些女的，她们要是发现你曾经和男的在一起过，她们就觉得你哪儿不太对。不过我不介意告诉你，反正你也这样。

她啜了一口红酒，吞了下去。然后她说：对我来说，更像是我会深深地陷入爱河，而我没法事先知道对方是谁，是男还是女，是什么样子。

费利克斯慢慢地点头。有意思，他说，这种情况经常发生，还是没那么频繁？

没那么多，她说，而且结局都不太好。

啊，很遗憾。不过我打赌，你最后会有好结局的。

谢谢你这么说。

他继续吃饭，她隔着桌子望着他。

我敢肯定经常有人爱上你，她说。

他看向她，神情真诚坦荡。为什么？他问。

她耸耸肩。我们第一次见面时，我感觉你一直在约会。你似乎对什么都很见怪不怪，很冷静的样子。

我去约会，不代表人人都会爱上我。你想，我们约过会，你没爱上我，不是吗？

她平静地答道：即使爱上了也不会告诉你。

他笑了。那就好，他说，你也别会错意，欢迎你爱上我。我会觉得你脑子有问题，不过我本来也这么觉得。

她正拿一块面包把盘子上剩下的酱抹掉。你很明智，她说。

/

周四早上十点，出版社的助手在楼外接艾丽丝，带她去见一些记者。费利克斯早上在城里闲逛，东看西看，戴着耳机听歌，拍照，把照片发到 WhatsApp 的聊天群里。其中一张照片里，一条狭窄荫蔽的碎石小道，尽头立着一座白色教堂，亮绿的门窗，在阳光下熠熠生辉。另一张照片里，一辆红色小摩托停在一家店前，门上印着老式的字体。最后，他发了一张圣彼得大教堂的圆顶，绵密的蓝，像冷冻蛋糕，从协和大道远远看去，在背景里明亮耀眼。聊天群里，一个用户名叫米克的人回复道：哥们儿你他妈的是在哪儿？一个用户名叫戴夫的人回道：且慢难道你在意大利？我去哈哈。你这周没上班啊。费利克斯打出回复。

费利克斯：罗马亲爱的

费利克斯：笑死老子了

费利克斯：我在 Tinder 上遇到一女的，回去了跟你们说

米克：你是怎么和 Tinder 上认识的人去了罗马？

米克：你要解释的可太多了哈哈哈

戴夫：等等！！你在网上遇到有钱阔太了吗？

米克：噢噢噢

米克：不得不说，我有所耳闻

米克：等你醒过来你就没肾了

回复完毕后，费利克斯关掉聊天群，打开另一个叫"16 号"的群。

费利克斯：嘿今天有人喂萨布丽娜了吗

费利克斯：不要光喂饼干，它想吃湿的食物

费利克斯：喂完给我发张照片，我想看它

没人立即回复，也没人看到信息。与此同时，城市的另一处，艾丽丝正在录一档意大利电视节目，她的声音之后会被口译覆盖。她正在说，从女性主义角度来看，这其实关乎劳动的性别划分。费利克斯锁上手机屏幕，继续走路，走上一座桥，半路停下，俯视圣天使堡畔的河流。他耳机里正在放《我在等那个男人》[①]。清

---

① 纽约知名摇滚乐队"地下丝绒"的代表作。

爽的金色阳光洒下斜斜的深色阴影，桥底下流淌着浅绿朦胧的台伯河。他靠在宽阔的白石栏杆上，拿出手机，迅速点开照相软件。手机用了几年了，每次打开照相机，音乐不知为何就会跳到下一首，然后闪退。他烦躁地取下耳机，对着城堡拍照。他伸直手臂，将手机举了几秒钟，看他的手势，不知道他是想看清楚当前取景，是想换个角度再拍一张，还是想让手机悄无声息地从手中滑落，坠入河中。他伸直手臂站在原地，一脸严肃，又或许只是在阳光的直射下皱眉。他没有再拍照，而是把耳机线卷起来，放回兜里，然后又走起来。

当晚，艾丽丝要在一个文学节上办朗读会。她说费利克斯不用参加，但他说他没有别的安排。还不如听听你写的什么书，既然我不会去读，他说。艾丽丝说如果活动效果很好，他或许会改变主意，他向她保证他不会。活动在市中心外举行，场地在一栋很大的楼里，里面有一间音乐厅，还有各种当代艺术展览。大楼走廊很挤，有不同的朗读会和讲座在同时举行。出版社的人在活动开始前来到现场，带艾丽丝去见待会儿要在台上采访她的男人。费利克斯戴着耳机四处闲逛，查看短消息和社交媒体的时间轴。新闻里，一个英国政客就血腥星期日[1]发表了不当发言。费利克斯回到时间轴顶端，刷新，等最新发帖加载，然后又刷新了好几

---

[1] 一九七二年一月三十日，在北爱尔兰德里郡，当地民权协会组织游行，反对英国对涉嫌与爱尔兰共和军有染的人士不经审判就进行关押。过程中英国士兵向当地抗议者开枪，造成十四人死亡，多人受伤。"血腥星期日"后被认为是北爱尔兰暴力问题中最重要的事件之一。

次。他甚至连新帖都没读就又下拉刷新。艾丽丝此时坐在一个没有窗户的房间里,身前放了一碗水果,说着:谢谢你,谢谢,很高兴听你这么说,很高兴你喜欢这本书。

大约一百人参加了艾丽丝的活动。她在台上读了五分钟,然后和采访者聊天,最后接受观众提问。一个口译员坐在她身边,凑近艾丽丝的耳朵把问题翻译给她听,再把她的回答翻译给观众。译员的速度又快又利落,艾丽丝说话时笔在记事本上迅速地移动,然后一刻不停地大声译出,再把写下的东西全部划掉,在艾丽丝继续讲后从头开始。费利克斯坐在观众席里听着。艾丽丝说了什么有趣的话时,他会跟着观众里听得懂英语的人一起笑。其余观众会笑得晚一点,在口译说话时笑,或者干脆不笑,大概因为笑话翻译过去就不好笑了,或者他们觉得不好笑。艾丽丝回答了很多问题,包括女性主义、性别问题、詹姆斯·乔伊斯的作品、天主教在爱尔兰文化生活中扮演的角色。费利克斯觉得她的回答有趣还是无聊?他会想到她吗?还是想着别的什么事,什么人?艾丽丝在台上谈论自己的书时会想到他吗?他在那个瞬间对她而言存在吗,如果存在,是以什么方式?

活动结束后,她坐在桌后签了一小时的书。她说他可以坐在她旁边,但他说还是算了。他走到外面,绕着大楼转了一圈,抽了一支烟。艾丽丝来找他时,随行的还有出版社的布里希达,她邀请他们共进晚餐。布里希达反复说晚餐会"非常简单"。艾丽丝双目无神,语速比以往还快。相反费利克斯比平日安静,几乎郁郁寡欢。他们和同为出版社员工的里卡多一起上了车,前往市内一家餐厅。里卡多和布里希达在前排用意大利语聊天。艾丽丝在后排问费利克斯：你是不是无聊爆了？他顿了顿，问：为什么？艾丽丝满脸放光，精力旺盛。她说，我会的。我从不去朗读会，除非非去不可。费利克斯仔细观察自己的手指甲，低声叹了口气。你很擅长回答问题，他说，他们事先给你看了问题，还是你当场发挥的？她说她事先不知道提问内容。听起来很流畅，她说，但我其实没说什么实质性的东西。不过我很高兴给你留下了好印象。他看向她，有点神秘兮兮地问：你吃什么了吗？艾丽丝一脸惊讶无辜地说：没有。你为什么这么问？

你看起来有点亢奋，他说。

哦，对不起。在公共场合发言之后我有时会有点亢奋。都是肾上腺素的缘故。我会努力平复心情的。

没事，别担心。我只是想问我能不能来点。

她笑了。他把头靠在椅背上，面带微笑。

她说，我听说他们都会吸可卡因，出版业的人。不过没人给过我就是了。

他转过头，来了兴趣。哦，是吗？在意大利，还是哪儿都是？他问。

哪儿都是，我是这么听说的。

有意思。要真是这样，我也想来点儿。

你想让我去问吗？她问。

他打了个哈欠，扫了一眼前排的布里希达和里卡多，手指抹去些许眼里的睡意。我觉得你宁肯去死都不会去问。

要是你想的话我会去问的,她答道。

他闭上双眼。因为你爱上我了,他说。

嗯,艾丽丝说。

他继续一动不动地枕着头靠坐着,仿佛睡着了。艾丽丝打开手机上的电子邮箱,给艾琳写了封新邮件:下次我再说要带一个陌生人去罗马,请一定告诉我这是个坏主意。她发出邮件,把手机放回包里。布里希达,她大声说,上次见面时你说你在搬家。布里希达从副驾驶座上转过身。没错,她说,我现在离办公室近多了。她对比了新旧公寓,艾丽丝点着头,说着什么:之前那个有两间卧室?不过我记得楼里没有电梯……费利克斯转头看向窗外。罗马的街道次第出现又消失,被拉回黑暗之中。

十

关于我之前邮件里提到的那个陌生人：费利克斯跟我们同岁，今年二十九。如果你好奇我和他睡过没有，答案是没有，不过我觉得这个事实无助于阐明我和他的关系。我们的确约会过一次，我当时也跟你说了，很失败，而自那以后我们之间没有进展。我猜你真正想问的不是我们有没有发生性行为，而是我和他的关系是否和性有关。我觉得有。但话说回来，我认为每段关系都是如此。我希望能读到优秀的性爱理论。现有的理论似乎大多和性别相关——可性本身呢？我是说，性究竟是什么？对我来说，以性的方式对待遇到的人是很正常的，我都不用实际和他们做爱——更准确地说，甚至不需要想象和他们做爱，甚至不需要去想象这种想象。这说明性爱有"他者"性，而这其实和性无关。或许我们绝大部分性爱经验都属于这种"他者"。那么他者究竟是什么？我是说，我对费利克斯的什么感受——顺便一提，他甚至都没碰过我——让我认为我们之间是性关系？

我对性思考得越多，困惑就越多，它在我眼中就越丰富，我们谈论性的方式也就越琐碎。如何与自身的性"和解"：它似乎意味着，弄明白你是喜欢男人还是女人。对我来说，意识到我既喜欢男人也喜欢女人或许只是整个过程的百分之一，甚至不到百分之一。我知道我是双性恋者，但我不觉得它是我的身份——我是说，我不认为我和其他双性恋者有什么特别相同的部分。至于我对自己性向认同的其他问题，它们似乎都更复杂，并且没有明确的答案，或许就算找到了答案，我也没有语言能表达它们。我们该如何确定自己享受哪种性，为什么？性对我们来说意味着什么，我们想要获得多少，在什么样的情况下？我们通过自己的性爱人格能了解到自己的什么特质？这些东西对应的术语是什么？在我看来，我们随时都感受着这些强烈到不可思议的冲动和欲望，强烈到不惜毁掉自己的人生、婚姻和事业，可没人真的试图解释这些欲望是什么，来自哪里。和我们生活中令人精疲力竭、身心俱疲的性相比，我们思考和谈论性的方式，是如此局限。不过打完上述这段话后，不知道你会不会觉得我听起来有点疯癫，或许你的性欲远没有我强烈——或许没人有我这么强烈，我也不知道。没人会聊这些。

有时我认为人类的关系是柔软的，像沙或水，而我们将它们倒入某个特定容器，从而赋予了它们形状。因此，一个母亲和她女儿的关系被倒入一个名叫"母女"的容器中，这种关系便拥有了盛装它的容器的轮廓，被装在里面，无论是好是坏。或许有人做朋友不开心，但做姐妹的话就非常融洽，或者有的夫妻做父母和子女反而更好，谁知道呢。但去缔结一段没有事先规定形状的关系会是什么样呢？就是把水倒出来，任它坠落。我想它不会有任何形状，而是四处流淌。我觉得这有点像我和费利克斯。我们之间没有明显的路径通向任何可以前进的关系。我不觉得他会拿我当朋友，因为他有朋友，而且他们之间的关系和他与我之间的关系不同。比起和他们,他和我距离更远,但同时,在某种意义上,我们又更接近,因为我们的关系不受任何边界或习俗的制约。它如此非同寻常,原因不在他或我,也并非我们拥有什么特殊的个人特质,甚至无关我们独特的个性组合,而是我们发生关系的方式——或者说我们缺乏发生关系的方式。也许最终我们会退出彼此的生活,或者变成朋友,还是别的什么。但无论发生什么,至少是这场实验的结果,有时我觉得这个实验太糟糕了,有时又觉得我只想拥有这种关系。

赶紧补充一句,我们之间的友谊除外。不过我认为你对美的直觉的观点是错的。你说当柏林墙倒掉时,人类失去了对美的直觉。我就不跟你再讨论苏联问题了,苏联死去时,历史也死了。我认为二十世纪是一个很长的问题,而最后我们给出了错误答案。我们在世界结束时出生,这是不是很不幸?自那以后,地球就没有了希望,我们也没有了希望。或许这只是一个文明的终结,我们这个文明的终结,在未来某个时刻,又会有别的文明出现。如果真是如此,那我们就是站在最后一个亮灯的房间里,在黑暗降临前见证着某种东西。

我来提供另一种假设:对美的直觉依然存在,至少在罗马。你当然可以去梵蒂冈博物馆看拉奥孔的雕像,或者去那座小教堂,在小槽里投一枚硬币去看卡拉瓦乔[①]——博尔盖塞美术馆里甚至

[①] 米开朗基罗·梅里西·达·卡拉瓦乔(1571—1610),意大利画家,对巴洛克艺术影响深远。

还有贝尼尼①的《被掳掠的普洛塞庇娜》②。费利克斯这位天生的感官主义者，宣称他特别喜欢这个雕塑。意大利还有芬芳扑鼻的深色橙树，小而白的咖啡杯，蓝色的午后，金色的黄昏……

我跟你说过我再也读不进去当代小说了吗？我想是因为我认识太多写当代小说的人了。他们在文学节上随处可见，喝着红酒，聊着纽约的哪家出版社在出谁的书。抱怨一些世上最无聊的事——宣传不够多，有负面评论，谁挣的钱更多。谁想听这些？然后他们跑去写那些多愁善感的关于"真实生活"的小说。事实是他们对真实生活一无所知。他们大多数人有几十年没有抬头看看真实的世界了。这些人自一九八三年起便坐在铺着白色棉麻桌布的桌子后面，抱怨负面书评。我真不在乎他们对普通生活或普通人有什么想法。就我个人而言，他们说话的立场是虚假的。他们为什么不去写他们真正的生活，那些真的让他们着迷的东西？他们为什么要假装着迷于死亡、悲伤、法西斯主义——其实他们一门心思只顾着新书能不能被《纽约时报》点评。哦，顺带一提，他们很多人都和我一样出身平凡。他们并不都是小资产阶级的儿女。问题是，他们脱离了平凡生活——或许他们出第一本书时还没有，是在他们出第三或第四本的时候，但无论如何，那是很久以前的事了——现在当他们回过头去，试图回忆起普通生活是什么样的，却已经走远到只能眯起眼看了。如果小说家如实描写自

---

① 吉安·洛伦佐·贝尼尼（1598—1680），意大利雕塑家、建筑家、画家。
② 贝尼尼于1621年至1622年间创作的大型巴洛克大理石雕塑群，描绘了普洛塞庇娜被冥王普路托抓住并被绑架到冥界的场景。

己的生活，就没人会读小说了——而且也理应如此！或许那时我们终于能承认，当下的文学生产是错的，从哲学意义上大错特错——它把作家从平凡生活中带走，在身后关上门，一遍又一遍地告诉他们，他们有多么特别，他们的观点是多么重要。然后他们在柏林接受了四场报纸采访，三场照片拍摄，两场票卖光了的活动，三场优哉游哉的晚宴，席间人人都在抱怨负面评论，周末结束后回到家中，然后打开旧 MacBook，写一本充满对"真实人生"洞察的小说。我认真地说一句：这让我恶心。

当下欧美小说的问题在于，它凭借自身的整体稳固性来压迫地球上大多数人类的生活现实。要是把数百万不得不生活在贫穷困苦中的人，把他们的贫穷和困苦与小说"主人公"的生活并列在一起，小说就显得要么没有品位，要么是失败的艺术。简而言之，当周遭大多数人类正在面临不断加剧、愈发残忍的剥削时，谁还在乎小说主人公身上发生了什么？他们是分手了还是继续在一起？在这样一个世界里，这还重要吗？所以小说通过抑制世界的真相而成立——它把真相紧紧地压在文字的光鲜表面之下。于是我们重新开始在乎，就像我们在真实生活中那样，在乎人们分手与否——但前提是并仅仅是，我们成功忘掉生活中比它更重要的事，也就是，一切。

毋庸赘言，我自己的作品是罪魁祸首。就凭这个我再也不会写小说了。

你在上一封邮件里心情很差，还说了些很病态的话，什么想为革命而死。我希望当你收到这封回信时，你想着的是为革命而活,以及这种人生是怎样的。你说没几个人关心你遭遇了什么,我不知道这是不是真的,但我知道我们中有人非常、非常在乎——比如我、西蒙、你母亲。我还确定,被人深爱(你正被人深爱)好过被很多人喜欢(大概也有很多人喜欢你!不过我就不劳神论证了)。很抱歉跟你抱怨了这么多新书宣传的事,没有哪个正常人会想听这些——也很抱歉之前跟你说我会休息,结果又飞去罗马宣传新书,因为我很胆小,不想令人失望(抱歉我们没能在航班起飞前见面,不过那其实不是我的错——出版社为我订了去机场的车)。你说得没错,我赚了太多钱,生活得很不负责。我知道我肯定让你感到无聊了,但我对自己也一样感到无聊——我很爱你,很感谢你为我做的一切。

话说回来,婚礼结束后请一定过来看我。要不要也请西蒙过来?我们两个一起肯定可以向他解释为什么他和比我们年轻的美女约会是错的。我也不完全确定这为什么是错的,但见面之前我一定能想出一些观点的。爱你,艾丽丝。

十一

收到这封邮件的傍晚,艾琳正穿过坦普尔酒吧区,走向戴姆街①。正值五月初,周六傍晚明亮晴朗,金色阳光斜照在大楼表面。她穿着一条印花棉裙,外面套一件皮夹克,在和擦身而过的男人——比如穿着抓绒外套和靴子的年轻男人,穿着合身衬衫的中年男人——四目相对时,她会含糊地笑笑,别过眼神。八点半时,她来到中央银行旧址对面的公交车站。她从手提包里抽出一片薄荷口香糖,撕开包装纸,放进嘴里。车辆穿梭,街上的阴影渐渐东移,她用指甲将锡纸包装抚平。手机响起后,她从兜里取出,查看屏幕。是她母亲打来的。她接起来,问了好,说:我跟你说,我正在城里等公交,我能一会儿打给你吗?

你爸为了迪尔德丽·普伦德加斯特的事正烦心呢。

艾琳眯起眼看向开来的一辆公交,试图辨认它是哪一班。她嚼着口香糖,说,是吧。

你能不能和洛拉说说?

公交没停就开走了。艾琳用手指摸了摸额头。她说,所以爸在生洛拉的气,然后他跟你说,你跟我说,于是我要去跟洛拉说。你觉得这听起来合理吗?

---

① 戴姆街(Dame Street),得名自中世纪时波多河上修建的一座水利大坝。

要是你觉得太麻烦就算了。

又来了一辆公交，艾琳对着手机说：我得走了，明天给你打电话。

公交车门打开，她上了车，刷了卡，上了二层，在前排坐下。她在手机地图软件的搜索栏里输入一家酒吧的名字，与此同时，公交穿过市中心南下。艾琳的手机屏幕上，一个闪烁的蓝点开始沿着同样的轨迹朝她最终的目的地驶去，十七分钟后即将抵达。她关上软件，给洛拉发了条短信。

艾琳：嗨，你是不是还是没请迪尔德丽·P.去你的婚礼？

不出三十秒她就收到回复：

洛拉：笑死我了。希望妈咪和爹地有付钱让你替他们干脏活。

艾琳皱着眉读着短信，鼻子迅速地呼气。她按下回复键，开始打字。

艾琳：你如今不请家人参加婚礼了吗？你意识到这有多歹毒多幼稚吗？

她关掉通讯软件，重新打开地图。根据屏幕上蓝点的指示，她按了下车铃,下了楼梯。她谢过司机,下了车,不断谨慎地扫视手机,一面转身向公交来的反方向走去,经过一家理发店、一间女装店、一条人行横道,直到屏幕上出现一面小旗和一行蓝色文字:您已抵达您的目的地。她把口香糖吐在锡纸里包好,把它扔进了旁边的垃圾桶。

进门是一条拥挤的长廊,通往前面的吧台,后面是一个包间,里面有沙发和矮桌,全部由红色灯泡照明。房间装潢成复古居家风格,像上个时代的大客厅,但浸在浓艳的红光里。几个朋友和熟人同时跟艾琳打招呼,他们放下酒杯,从沙发上站起来拥抱她。她看到一个叫达拉赫的人,明快地说:生日快乐,你这家伙!然后她点了一杯酒,在其中一张有点黏的沙发上坐下,坐在她朋友葆拉旁边。墙上的音箱里放着音乐,房间尽头的厕所门时不时被人打开,短暂地倾泻出洪水般的白色灯光,复又关上。艾琳查看手机,发现洛拉回了新消息。

  洛拉:嗯我真的想听一个三十岁了还在干不挣钱的狗屁工作并且住廉租房的人说我不成熟吗……

艾琳盯着屏幕看了片刻,然后把手机放回兜里。她身边一个叫鲁瓦森的女人在讲一个故事,她住的公寓一楼坏了扇窗户,过了一个多月房东都还不愿修。顺着她起的头,大家纷纷开始分享租房市场的种种可怕故事。就这样过了一个小时,两个小时。葆拉又点了一轮酒。服务生从吧台后面端出银色小盘,盛着热食:

迷你香肠、炸土豆块、裹着油亮酱汁的鸡翅。十点五十分，艾琳起身上厕所，再次取出手机。这次没有新信息。她打开通讯软件，点击西蒙的名字，出现了前一晚的聊天记录。

艾琳：你安全到家了吗？

西蒙：对，正要给你发短信

西蒙：我可能给你带了份礼物

艾琳：真的？？

西蒙：你会很高兴地发现，渡轮上那家免税店的瑞士三角巧克力正在打折

西蒙：你明晚有什么安排吗？

艾琳：这次还真的有……

艾琳：达拉赫的生日派对，抱歉

西蒙：啊没事

西蒙：那我们周中能见面吗？

艾琳：好啊一定

这是聊天记录的最后一条。她用完厕所，洗了手，对着镜子重新涂上口红，然后用一方卫生纸抿口红。外面有人敲门，她大声说：马上。她面色惨白地盯着镜子。她用双手把五官往下拉扯，头盖骨的轮廓在壁灯的白光下显得苍凉诡谲。那人又敲起门来。艾琳把包挎在肩上，打开门，走回酒吧。她在葆拉身边坐下，举起刚才剩在桌上的半杯酒。所有的冰都化了。你们在聊什么？她

问。葆拉说他们正在聊共产主义。艾琳说,现在人人都在讨论这个了。真是不可思议。我刚开始谈论马克思主义的时候,大家都在笑我。现在成了流行了。我只想对所有想让共产主义变成时尚的新成员说,欢迎加入,同志们。没关系。未来属于工人阶级。鲁瓦森举起酒杯,达拉赫紧随其后。艾琳面带微笑,似乎有点醉意。她问:小食吃完了吗?坐她对面那个叫加里的人说:咱们这儿没人真的是工人阶级就是了。艾琳揉了揉鼻子。好吧,她说,马克思不会同意你的观点,但我知道你的意思。

大家都喜欢说自己是工人阶级。但这里其实没人真的有工人阶级背景。

没错,但在座的每个人都要上班,都要交租金给房东,艾琳说。

加里扬眉道:交房租不意味着你就是工人阶级。

对,打工也不意味着你是工人阶级。你一半的工资都拿去交房租,你不拥有任何财产,被老板剥削,这些都不意味着你是工人阶级,对吧?那什么算是工人阶级,说话得带某种口音,是吗?

他恼怒地笑了一声,说:你开着你爸的宝马到处跑,然后就因为你和老板处不来就说自己是工人阶级?这不是什么时髦,你懂吗。这是身份。

艾琳吞了一大口饮料。如今一切都是身份,她说,而且你也不认识我,顺带一提。我不知道你为什么说这里没人是工人阶级。你对我一无所知。

我知道你在文学杂志社上班,他说。

老天。换句话说,我有工作。真是小布尔乔亚啊。

达拉赫说,他认为他们在用"工人阶级"这个术语描述两个不同的群体:其一,通过劳动而非资本获得收入的广大人群;其二,前者当中具备某种特定文化传统和表征、主要在城市聚居的低收入人群。葆拉说一个中产阶级的人仍然可以是社会主义者,艾琳说根本就不存在中产阶级。大家都开始高声辩论。艾琳又查看了一次手机。没有新短信,屏幕显示时间是23:21。她把酒喝完,穿上外套。她朝人群抛去一个飞吻,向桌边的人道别。我回家了,她说,生日快乐,达拉赫!回头见。在一片嘈杂和对话中,似乎只有几个人注意到她的离开,他们招着手,呼唤她回来。

十分钟后,艾琳上了另一辆公交,往市中心开。她独自一人坐在二层车窗边,把手机从兜里滑出来,解了锁。她打开一个社交软件,输入姓名"艾丹·拉韦尔",然后点击第三个搜索结果。载入个人页面后,艾琳机械地、几乎是心不在焉地浏览着页面上的最新动态,仿佛出于习惯而非自然的兴趣。她点了几下,从艾丹·拉韦尔的主页来到"真·死亡女孩"的主页,等待页面加载。此时,公交在圣玛丽学院门前停下,车门打开,一层的乘客下了车。页面加载完毕,艾琳漫不经心地翻阅用户的最新动态。公交再次启动,停车铃又响了。有人在艾琳身边坐下,她抬起头,礼貌地笑笑,又将注意力转回屏幕。两天前,用户"真·死亡女孩"上传了一张新照片,配文"可怜虫"。照片上她将双臂绕过一个深色头发的男人。里面的男人被标注是艾丹·拉韦尔。当她看到这张照片时，艾琳的嘴微微张开，又合上。她点击图片将它放大。男人穿着一件红色灯芯绒外套。绕在他脖子上的女人手臂很好看，丰腴、匀称。照片有三十四个人点赞。公交在另一站停下，艾琳将注意力转向窗外。这里是树丛公园，前面就是运河。她脸上闪过认出这里的神情，皱了皱眉，站起身来，从旁边的乘客身前挤了出去。公交车门打开，她上气不接下气地跑下楼梯，对着后视镜里的司机道了谢，来到街上。

此时已近午夜。街角漆黑的店面上方，公寓楼的窗户亮着星星点点的黄光。艾琳拉上外套拉链，把肩上的手提包背好，似乎下定决心，朝着某个特定方向走去。她一面走，一面拿出手机，再次审视那张照片。然后她清了清喉咙。街上很安静。她把手机放回包里，双手用力抚过外套正面，似乎想把手擦干净。她穿过街道，步伐利落起来，大步流星，最后来到一栋高大的砖砌联排住宅，门后并排放了六只塑料垃圾桶。她抬起头，怪笑了一声，用手揉了揉额头。她穿过碎石小路，按上前门门铃。五秒钟、十秒钟过了，没有动静。十五秒钟过去了。她摇摇头，嘴唇无声嚅动，仿佛在排练一场假想的对话。二十秒过去了。她转身准备离开。这时，西蒙的声音从塑料扩音器里传出：喂？她转过身，盯着扩音器，一言不发。喂？他的声音重复道。她揿下按钮。

嘿，她说，是我。抱歉。

艾琳，是你吗？

对，不好意思。是我，艾琳。

怎么啦？他问，上来吧，我给你开门。

门发出开锁声,她进了楼。大厅的灯光非常明亮,有人在信箱上靠了一辆自行车。艾琳一面上楼,一面用手摸到脑后有头发从发夹里溜出来了,于是用修长灵活的手指把它仔细塞回去。这时她又用手机查看时间,上面显示 23:58,她把外套拉链拉开。西蒙家的门已经开了。他光着脚站在门后,对着门厅的灯光皱眉,双目惺忪,微肿。她在最后一级台阶上停住,手放在扶手上。哦老天,抱歉,她说,你已经上床了吗?

没出事吧?他问。

她垂着头,仿佛因为疲惫或羞愧,闭上了双眼。几秒后,她睁开眼,说:没事。我刚从达拉赫的派对上出来,想见见你。我没想过——我不知道我为什么以为你还醒着。我知道现在很晚了。

其实还好。你想进来吗?

她低头盯着地毯,绷着嗓子说:不,不了,我就不打扰你了。我太蠢了,很抱歉。

他闭上一只眼睛,端详着站在台阶上的她。别这么说,他说,进来吧,咱们喝一杯。

她跟着他进了屋。只有厨房开了一盏灯,光圈向外晕开,照亮了这间小小的公寓。后墙边立着一副折叠晾衣架,上面挂着各种东西:短袖、袜子、内裤。他关上门,她脱下外套和鞋。她站在他面前,谦恭地盯着地板。

西蒙,你能帮我个忙吗?她问,你可以说不,我不会介意。

好啊。

我能和你一起睡吗?

他更久地注视了她一会儿,然后回答,好。没问题。你确定一切都好?

她没有抬眼,点了点头。他在水龙头下给她接了杯水,他们一起进了卧室。房间很整洁,深色木地板。正中是一张双人床,被子掀开,床头灯亮着。门对面是一扇窗,卷帘拉下。西蒙关了灯,艾琳解开裙子纽扣,任它滑下肩膀,把它挂在书桌椅的椅背上。他们上了床。她从杯里喝了点水,然后侧躺下来。几分钟内,他们一动不动,一言不发。她回头看他,见他背对着她,只有后脑勺和肩膀隐约可见。你能抱抱我吗?她问。他犹豫了片刻,欲言又止,最后还是转过来,用一只手臂将她环抱住,轻声说:好啊,没问题。她抵着他蜷缩起来,脸挨着他的脖子,身体紧紧靠着他。他喉咙里发出低低的声音,有点像:嗯。然后他吞咽了一下。抱歉,他说。她的嘴对着他的脖子。没关系,她说。这样很舒服。他吸口气,说,是吗。你没喝醉吧?她闭着眼说,没。她把手伸进他的内裤。他闭上眼睛,发出轻轻的呻吟。她这样抚摸了他一会儿,动作很慢,仰视着他,他湿润的眼帘,微张的嘴。可以吗?她问。他说好。他们脱下内裤。他说,我去拿个避孕套。她说她在吃避孕药,他犹豫了一下。哦,他说,那就这样吗?她点点头。他们面对面侧躺着。他托住她的臀部,进入了她。她飞快地倒吸了口气,他用手抚摸着她髋骨坚硬的边缘。他们一动不动了几秒。他又进去了一点,她闭着双眼,发出呻吟。嗯,他说,你能平躺下来吗?这样的话我可以进去得深一点,如果你想要那样的话。她闭着双眼。好,她说。他于是从她体内抽出来,她转身平躺在床上。他再次进入她时，她叫了出来，双腿环绕住他。他用双臂撑起自己的体重，闭上双眼。一分钟后，她说：我爱你。他吐出一口气。他低声答道：啊，我还没有——我也爱你，很爱你。她的手绕到他颈后，她的嘴粗重地呼气吸气。艾琳，他说，抱歉，我觉得我快高潮了。我只是，我还没有——我也不知道，抱歉。她的脸滚烫，呼吸急促，摇着头。没事，她说，别担心，别道歉。等他结束后，他们拥抱了一会儿，呼吸着，她的手指在他发间移动。他温暖而沉重的手慢慢移到她的小腹，最后来到她的腿间。这样行吗？他问。她闭着眼睛，低语道：好。他将中指伸进她体内，用拇指抚摸着她的阴蒂，她低声说，没错，没错。然后他们再次分开，她转身平躺下来，踢开腿上的被子，等待呼吸平静下来。他侧躺着，双眼半闭，注视着她。怎么样？他问。她发出颤抖的笑声。很好，她说，谢谢。他露出慵懒的微笑，眼神拂过床垫上她修长苗条的身体。不用谢，他说。

早上八点，他的闹钟把他们吵醒，西蒙用手臂撑起上身把它关掉，艾琳躺在床上，拿手指揉搓双眼。卷帘边沿漏出长方形的白色日光。你早上有安排吗？她问。他把手机放回床头柜。我本来九点要去参加弥撒，他说，不过我可以晚点去，没什么区别。她闭着双眼，一脸幸福，头发凌乱地散在枕上。我可以和你一起去吗？她问。他低头看了她一眼，然后简单地说：你当然可以。他们一起下了床，她洗澡时他泡了咖啡。她从浴室里出来，裹着一条白色大浴巾，他们隔着厨房料理台接吻。弥撒时我要是有不好的念头怎么办？她问。他揉了揉她的颈背，她那里的头发湿漉漉的。比如说昨晚吗？他问。我们又没有干什么坏事。她亲了亲他短袖的肩线。她穿衣服时他做了早饭。九点不到，他们从家出发，一起走去教堂。教堂里空气阴凉，几乎没人，闻起来有潮气和香火味。牧师读了《路加福音》的选段，做了一场关于同情的布道。圣餐礼时，唱诗班唱了《主，我在这里》。艾琳给西蒙让位，让他离开长凳，看着他加入其他信众的列队，大多是老人。他们身后廊间的唱诗班唱着："我会给他们的黑夜带去光明。"艾琳在座位上挪了挪，确保西蒙始终在视线里：他走上圣坛，领取了圣餐。他转过身去，划了十字。她坐着，手放在腿上。他抬头看向宽阔的穹顶，嘴唇无声地嚅动。她探寻地注视着他。他走回来，在她身边坐下，一只手放在她手上，很沉，纹丝不动。然后他用嵌在长凳上的垫子跪了下来。他在双手上方磕头，神态既不庄严也不凝重，唯有平静，双唇也不再嚅动。她注视着他，双手在腿上交叉。唱诗班在唱："我听见你在夜晚的召唤。"西蒙再次划了十字，然后起身在她身旁坐下。她把手伸向他，他平静地用手接过，握住它，大拇指慢慢抚过她起伏的关节。他们就这样坐着，直到弥撒结束。回到街上，他们又笑起来，带着神秘的微笑。这天是周日，清晨凉爽明亮，大楼的白色表面反射着阳光，车辆穿行，人们出来遛狗，隔着街打招呼。西蒙吻了吻艾琳的脸颊，他们相互道别。

十二

艾丽丝,你觉不觉得当代小说的问题就是当代生活的问题?我同意,在人类文明崩塌之际,还把精力花在性和友谊这样琐碎的主题上,显得低俗、堕落,甚至在认知上是一种暴力。然而这些就是我每天做的事。要是你想,我们可以等自己进化成更高级的存在,届时就可以把全部心力物力用来思考存在的问题,而不是我们的家人、朋友、爱人等等。但在我看来,我们还要等很久,事实上我们还没等到就会死去。毕竟,人在弥留之际不都会谈起自己的配偶和儿女吗?死亡难道不就是第一人称单数形式的世界末日吗?在这个意义上,没有什么比你戏称为"分手与否"(!)更重要的事了,因为在生命尽头,当我们面前所剩无几,只有它才是我们想谈论的东西。或许我们生来就是为了去爱我们认识的人,为他们担忧,哪怕本应做更重要的事。如果人类会因此而灭绝,这个理由难道不够美好,难道不是你能想到的最好的理由?当我们本该重组世界的资源分配、一起过渡到一个更可持续的经济模式时,我们反倒在关心性和友谊。因为我们太爱彼此,觉得彼此太有趣。这也是我爱人类的原因,事实上,这也是我希望我们能活下去的原因——因为我们傻傻地爱着彼此。

以上最后那点来自我的个人经验。昨晚,从朋友的生日派对上回来,我心血来潮地在树丛公园下了车,一路走到了西蒙家。

我当时可能有点醉了,有点顾影自怜,或许觉得西蒙能给我揉揉肩膀,安慰表扬我几句。或许我希望他不在家,或者正和他交往的对象在一起,这样我就会更加自怜,谁知道呢。我不知道我想要什么,或者以为会发生什么。长话短说,我上楼时,他很明显是被门铃吵醒了,不得不下床给我开门。其实不是很晚,刚过午夜。他站在走廊里,一脸疲倦和老态。我没有贬他的意思。我大概是习惯把他看成那个美丽的金发少年,自我孩提时代起就没变过。可昨晚看见他站在走廊里时,我意识到他再也不是那个男孩了。我对他的人生有多了解呢?我生平第一次暗恋西蒙时还是小孩,对性欲不是很了解,为了描述他触碰我时我的感受,我发明了"特别的触碰"这种说法。顺便一提,他要么是偶然碰到,要么是出于最纯洁的原因。"特别的触碰",这种表达是不是很搞笑?现在想想我都想笑。但昨晚在床上,他的双臂环绕我时,我脑海中立刻涌入这几个字,仿佛过去十五年都不存在,而我对他的感受一如往昔。

我们今天早上一起去了弥撒。他家附近的教堂入口处有一条漂亮的石头门廊,还有一个非常天主教的名字,"圣母马利亚教堂,罪人的庇护所"。其实他没有邀请我去,是我自己想去,尽管我现在也不太清楚原因。或许他的陪伴带给我的感觉太过美妙,即使和他分开一个小时我也不愿意。但还有一种可能,我不知道该怎么形容,就是我不想让他走,因为我感到嫉妒。写出来后,我其实不知道这是什么意思。我难道因为他喜欢上帝这个概念超过喜欢我而感到怨恨吗?这个想法似乎非常可笑。可不然呢?我才刚和西蒙重新建立亲密关系，哪怕这只是一个很短的插曲，我是否担心他去做弥撒会把他身上的我给洗掉？还是说在某种层面上，我其实并不认为他会全程参加，如果我主动提出和他同行，他就不得不跟我坦白，自己对宗教这玩意儿其实没那么认真。当然，最终我们毫无意外地去了教堂。里面全是蓝白两色，有上了色的雕像，并排的深色忏悔间配有奢华的天鹅绒窗帘。其他参加者大都是矮小的老年妇女，穿着淡雅色彩的外套。礼拜开始后，西蒙没有马上变得非常虔诚、严肃，也没有高声呼喊伟大的天父什么的，而是和平时并无两样。大部分时候他坐着聆听，什么也不干。起初所有人都在重复"主啊请你施恩"时，我可能有点希望他会笑起来，跟我说这一切都是个笑话。某种层面上他的表现让我有点害怕，他在说什么"我罪孽深重"——说话的声调和平时别无二致，就像我会说"下雨了"一样，就好像我真心实意地相信现在正在下雨，并且一点也不觉得荒谬。我经常瞄他，他这么严肃大概让我有点警觉，而他只是很友善地回头看我，仿佛在说：没错，这就是弥撒，你以为呢？接着是一段读经，讲的是一个女人在耶稣的脚上倒油，然后——据我理解——她拿自己的头发去擦他的脚？要不然就是我听错了。西蒙坐在座位上，听着这个显然很荒谬离奇的故事，看上去一如既往的平静而普通。我知道我一直在说他多么普通，但事实上，正因为他的个性似乎没有发生任何变化，正因为他看起来和以往没有任何变化，才让我觉得无比神秘。

读经结束后，牧师开始赐福面包和红酒，然后邀请信众举心向主①。教堂里每个人都整齐地低声应和："我们举心向主。"几小时前,我真的在都柏林的中心见证了这样一个场景吗?在一个你我都生活其中的真实世界里,这样的事真的在发生吗?当牧师说"举起你的心"时,每个人,包括西蒙在内,都不带一丝犹豫和讽刺地答道："我们举心向主。"他们觉得自己在说真话吗,暂且不论这句话究竟是什么意思,在那一刻,他们真的举心向主了吗?如果我昨天问自己这个问题,我会说,当然没有。弥撒只是一种社会仪式,信众并没有真的花时间去思考上帝,他们当然从未试图举心向主,或者试图理解这么做究竟意味着什么。但今天我有了不同的感受。我感觉教堂里至少有一部分人真的相信他们正在举心向主。而且我认为西蒙也相信这一点。我觉得他知道自己在说什么,对它有过思考,并且相信它是真的。接着,牧师邀请我们互赠和平,西蒙和那些小个子的银发妇女一一握手,然后他握住我的手,说"平安与你同在",那时我希望他说的是真心话。我再也不觉得自己希望他是在开玩笑,事实上我希望他表里如一地严肃,甚至比看上去更严肃,我希望他的每一个字都是真心的。

难道礼拜的进行让我开始仰慕西蒙真诚的信仰了吗?但我为什么会仰慕一个信我所不信、不愿相信、认为大错特错的东西的人呢?打个比方,如果西蒙开始崇拜乌龟,认为它是上帝之子,那我还会仰慕他的真诚吗?从严格的理性主义的角度,崇拜乌龟和崇拜一个来自公元一世纪的犹太牧师是同等合理的。既然上帝

---

① "lift up your heart" 对应拉丁原文 "Sursum Corda",指天主教感恩礼中颂谢词开端词,勉励信徒们专心、全心趋向天主。

并不存在，整件事都是随机发生的，那么他究竟是耶稣，是塑料桶，还是莎士比亚，都无关紧要。但我觉得，如果西蒙走上崇拜乌龟之路，我是不会仰慕他的真诚的。那么我仰慕的只是这种仪式吗？我欣赏他能平静地、不带批判地接受普遍认可的常理？还是说我暗自认为耶稣有特别之处，将他作为上帝来崇拜尽管不算特别理性，但至少是可以允许的？我不知道。或许只是因为教堂里的西蒙举止平静温和，背诵祷文的样子安静从容，和那些小老太太没什么不同，没有试图和她们区别开来，没有试图显示他比她们更虔诚或更不虔诚，或比她们更带批判性或智性的思考，而是和她们一模一样。他甚至没有因为我在那里观察他而露出一丝尴尬——我是说他没替我感到尴尬，因为我在那里是如此格格不入；同时他也没替自己感到尴尬，因为被我这个不信教者看到他对上帝的崇拜。

结束后我们回到街上，他感谢我陪他一起来。有一瞬间我担心他会出于别扭或紧张而开个玩笑什么的，这个念头让我非常恐慌。但他没有。我本该知道他不会这么做，因为这完全不像他的风格。他只是向我道谢，然后我们就道别了。对我来说，弥撒莫名地有些浪漫，我希望你懂我的意思。或许它让我感受到西蒙内心深处某种严肃的品质，我很久都没看到这种品质了，又或许因为他和我握手时轻柔的动作。要不然，信奉进化论的心理学家肯定会说，我只是一个柔弱的小女人，和一个男人上过床后，就对他饱含温情，毫无招架之力。我并非权威，这很可能是真的。在写这封邮件时我的确会在想起西蒙时感到脆弱和温情，甚至想去呵护他,也不知道为什么。如果我今天早上是直接回家而不是和他去教堂,我不确定自己是否还会有同样的感受——反过来,如果我们只是今早一起去了弥撒,昨晚并没有上床,我觉得我依然不会有这样的感受。我认为,正是因为上床和去弥撒这两件看上去水火不容的事件加在一起,我才有了这样的感受——我觉得自己进入了他的生活,哪怕只是短暂进入,我看到了他从未向我展示的一面,从而对他有了不一样的理解。

说起友谊和爱情:罗马怎么样?费利克斯怎么样?你怎么样?你邮件里写性的那部分很好玩。你觉得只有你感受到这种性欲吗?如果是的话,我在邮件里附上了奥德雷·洛德[1]的文章《情欲的用途》的 PDF,你肯定会非常喜欢。最后——你当然应该叫上西蒙一起过来!我知道他想见你,我想不出还有什么事比和你俩在海边共度一周更美妙。永远爱你。E.

---

[1] 奥德雷·洛德(1934—1992),美国作家、女权主义者、民权活动家。

十三

同一周的星期天,在罗马的艾丽丝关不上浴室里的花洒了。她擦干身体,穿上睡衣后,请费利克斯来查看。他走进来,把喷头转向墙壁,检查了部件,徒劳地把开关开了又关,而她站在他身后,头发上的水滴在肩上。他把淋浴器面板的塑料外壳拆掉,眯起眼阅读内侧贴的标签。他左手掏出兜里的手机,递给身后的艾丽丝。她接过后,他念出淋浴器的制造商和型号,让她输入谷歌,与此同时又按了一次开关,观察其内部机制的运动。她点击了手机屏幕上的浏览器图标,打开后跳出一个很受欢迎的色情网站。页面上显示着一列"粗暴肛交"的搜索结果。最上方的缩略图里,一个女人跪在椅子上,一个男人站在她身后,抓住她的喉咙。下面那张缩略图里,一个女人正在哭泣,涂的口红被弄花了,眼下流下被睫毛膏弄黑的泪痕。艾丽丝没有碰屏幕,也没和页面进行任何互动,而是把手机还给费利克斯,说:你还是先把它关掉吧。他接回手机,扫了一眼,脸和脖子顿时涨得通红。塑料壳再次从淋浴器上脱落,他赶紧用另一只手把它接住,重新安上去。呃,他说,抱歉。我的天,太尴尬了,不好意思。她点点头,双手插进睡衣口袋,又取出来,然后回了房间。

几分钟后,费利克斯找到了修花洒的方法。他离开公寓,出门散步。几个小时过去,艾丽丝在卧室里工作,费利克斯独自在城里晃荡。他听着耳机，沿着科尔索大道浏览商店橱窗，时不时查看手机。在公寓里，艾丽丝进了厨房，吃了一根香蕉、一点面包、半条巧克力棒，然后回到她的房间。

费利克斯回来后，敲了敲艾丽丝的门，隔着门问她想不想去找点东西吃。

她从里面回答，我吃过了。谢谢。

他对自己点点头，手指捏了捏鼻梁骨，从她门前走开，又走回来。他摇摇头，又敲了敲门。

我能进来吗？他问。

当然。

他打开门，发现她背靠床头坐着，笔记本电脑放在腿上。窗户开着。他站在门口，没有进屋，单手靠在门框上。她把头歪向一边，问询的样子。

我把花洒修好了，他说。

我注意到了。谢谢你。

她把注意力转回之前在电脑上忙的事。他站在原地，看上去不太满意。

你生我气了吗？他问。

没有，我没生你气。

很抱歉刚才发生那种事。

没事，她说。

他用手摩挲着门框，依然看着她。

你是真的没事，还是只是说说而已？他问。

你什么意思？

你一副看我不爽的样子。

她耸耸肩。他等着她说点什么，但她什么也没说。

你看，就像这样，他说，你没有真的在跟我说话。

我不知道你想让我说什么。你喜欢看哪种黄片是你自己的事。但不巧的是你没关掉页面，而我觉得有点不适。

他皱起眉，说：我想不至于令你不适吧。

对，我敢肯定你是这么想的。

这又是什么意思？

她抬头看他，神情颇为凶狠地说：你想听我说什么，费利克斯？你喜欢看脆弱的女人遭遇可怕的事的视频，你还指望我说什么？没关系？我敢肯定这没关系。你又不会为此坐牢。

而你认为我应该去坐牢，是不是？

我怎么想和你一点关系都没有，不是吗？

他笑起来，双手插兜，直摇头。他轻轻地用鞋叩击门框。我猜你的搜索记录里肯定没有这么见不得人的东西，他说。

对，没有你那种。

好吧，那你比我优越咯。

她在打字，不再抬头看他。他注视着她。

我不觉得你真的关心那些女人，他最后说，我觉得你只是因为我喜欢的东西你不喜欢而感到恼火。

或许吧。

还有可能你嫉妒她们。

他们彼此注视了片刻。她平静地说：很遗憾你居然会跟我说这种话。不过答案是否定的，我并不嫉妒任何为了钱不得不去作践自己的人。我不用这么做是我的幸运。

　　可你的钱对我来说没什么用，不是吗？

　　她眼睛都不眨地答道：恰恰相反，过去三天我有幸得到你的陪伴。我还需要什么呢？

　　他扫了一眼身后的客厅，然后用手抹了把脸，仿佛身心俱疲。她不动声色地看着他。

　　这就是你想要的，我的陪伴？他问。

　　没错。

　　你很享受咯，是不是？

　　非常享受，她说。

　　他环顾四周，慢慢地摇摇头。最后他走进房间，在床空出来的一侧坐下，背对着她。

　　我能躺一会儿吗？他问。

　　当然。

　　他平躺下来。她在他旁边继续打字。她似乎在写邮件。

　　这件事我没觉得有多糟，但你现在让我感到非常愧疚，他说。

　　她继续打着字，答道：很高兴知道你如此在乎我的想法。

　　如果你觉得这样就算糟了，随你，他说，老实说我干过比这糟得多的事。我是说，要是在网上看个东西就足以让你感到恶心，那我们永远不可能成为好朋友，因为这对我来说算不了什么。我干过比这可怕得多的事。

她停下来,看向他。比方说?她问。

很多很多,他说,我要从何讲起。比如说,你肯定不喜欢这个。大概一年前,我带一个女孩回来过夜,事后发现她还在上学。我不是想唬你,这是真的。她十六七岁吧大概。

她看起来比那大吗?

我想说她肯定看起来比实际年龄大。但我根本没往那儿想。我们都喝醉了,她好像玩得很开心。我知道这么说很糟。我不是因为她是未成年人就去追她,我要是知道她的实际年龄我连碰都不会碰她,但很显然实际发生的事还是不对的。我不是在说,哦,这是个误会,可能会发生在任何人身上。但实际上从头到尾都是我的错,我太蠢了。我就不跟你叨叨我有多内疚了。但我真的很内疚,你知道吗?

她轻声说:我相信你。

老实说,我干过比这更糟的事。我干过的最混球的事,你要是想听的话——

他停下来,她点点头,示意他继续。他开口时目光转向房间,面部隐隐扭曲,仿佛在直视某个光源。

我干过的最糟的事,是上学时把一个女孩的肚子搞大了。她当时在考中学毕业证[①],我在上中学五年级。你听过比这更糟的事吗?她妈妈只好带她去英国堕胎。我估计她们是坐船过去的。她大概才十四岁,还是个孩子。我们本来不该做爱,是我说服她的。

---

① 爱尔兰中等教育为六年,分两个阶段,分别对应中国的三年初中、三年高中。前三年为义务教育,学生最终将考取中学毕业证(Junior Certificate)。

我是说，我跟她说不会有事的。就是这样，简直糟透了。

是她想做，还是你强迫她做？

她说她想做，但她害怕怀孕。我跟她说不会的。除此之外，我不知道我还有没有强迫她，我只是说不会有事的。或许某种意义上那就是一种强迫。你十五岁时不会去想这种事，反正我没有。我现在绝对不会这么做了——我是说，我绝不会试图说服谁做她不想做的事，我甚至都懒得这么做。信不信由你，你要是不信我也不怪你。但当我想起自己跟她说的那些话时，我觉得真的灵魂出窍。我开始莫名其妙地听到心跳声什么的。然后我想到那些真的很邪恶的人，连环杀手什么的，我觉得或许他们就是我，或许我就是你听过的变态之一。因为我真的这么说过，我跟她说别担心，我比她大，所以她估计以为我知道自己在说什么。我真的以为它不会发生。但你知道的，我当时对此没有什么不安。直到后来，毕业之后，我才意识到我对她干了件多么邪恶的事。于是我感到恐惧。

你知道她现在在做什么吗？艾丽丝说。

对，我还认识她。她不在镇上住了，在斯温福德①上班。但她回来时我时不时能看见她。

她要是见到你会跟你打招呼吗？

哦，会的，他说，我们没有从此不说话。只是我看到她后会心情很差，因为她会让我想起以前干的事。

---

① 隶属梅奥郡。

你跟她道过歉吗？

当时可能道过吧。但我开始感到内疚之后没有去联系过她。我不想重提旧事，让她平白无故地难过。我不知道她是怎么想的。可能她已经看开了，已经忘了。但愿如此。但你怎么瞧不起我都可以，我不是在为自己辩护。

他转向她，头靠在枕头上，白色天光从她身后的窗户透进来，他两眼发亮，几乎闪闪发光。她坐得笔挺，低头看着他，神情凝重。

好吧，我没资格瞧不起你，她说，每当我想起自己干过的最差劲的事，我也会有你刚才描述的那种感受。惶恐、恶心之类的。我上学时霸凌过一个女孩，手法非常残忍。没什么理由，我就是想折磨她。因为其他人也在这么干。但后来他们说是跟着我学的。现在回想起来，我主要是感到害怕。我不知道自己为什么想要给别人带来那样的痛苦。我真的想要相信，我再也不会因为任何原因重蹈覆辙了。但我的确干过，仅此一次，但我这一辈子都将带着这个记忆活下去。

他专注地看着她，一言不发。

我没法美化你干过的事。你也没法美化我干过的事。或许我们都是坏人。

要是我只有你那么坏的话，我倒不介意。或者我俩都很烂，这还是好过我一个人烂。

她说她明白这种感受。他用手指擦擦鼻子，咽了一下，不再看她，目光投向天花板。

我想收回刚才说的一句过分的话,他说。

没事。我刚才也很过分。我说那些女人为了钱作践自己,这么说很蠢。我甚至都不这么认为,真的。没关系,我们刚才都在生气。

他低头盯着指甲,说:你居然能让我这么生气,真的很神奇。

她笑了。没什么神奇的,她说,我能让很多人生气。

让我告诉你为什么,因为你有时候表现得非常高人一等。不过我知道别人有时也这样,而我不会像你这么做时那么生气。说实话,我其实觉得主要是因为我喜欢你。所以当你表现得很不友好时,我就气得火冒三丈。

她点头不语。一分钟,两分钟,三分钟过去了,他们默然地坐在床上。最后,他友善地摸摸她的膝盖,说他要去冲个澡。他离开后,她一动不动地坐在原地。他在浴室里把淋浴打开,一面等水变热,一面站在镜前看着自己。他们的对话对二人似乎都产生了一些影响,但难以解读这种效果的本质,它的意义,他们当时的感受,究竟是二人共同的感受,还是各自不同的感受。或许他们自己也不知道,或许这些问题没有固定答案,而意义还在创造的过程之中。

/

当天傍晚,艾丽丝在城里和一群书商及记者用餐,费利克斯独自一人在公寓吃饭。之后他们碰头喝酒,然后一起去古罗马斗兽场。夜色中的斗兽场看上去干瘪嶙峋，仿佛古老的昆虫的风干遗骸。在这儿确实能看到些挺好的东西，费利克斯说。艾丽丝笑了，他扫了她一眼。干吗？他问，你在笑话我。她摇摇头，说：我只是很高兴你跟我一起来了，仅此而已。回到公寓，他们向彼此道了晚安，艾丽丝上了床。费利克斯坐在厨房里看手机，她在隔壁房间里躺着，睁着眼睛，看向虚空。过了午夜，他敲了她卧室的门。

怎么了？她问。

他探进头来，手里拿着手机。你睡了吗？他问。她说还没。我能给你看个视频吗？他问。她坐起来说好。他走进来，关上门，在她身边的床上坐下来，她往里给他挪出位子。他还穿着白天的衣服，短袖加运动裤。视频里，一只浣熊像人一样坐着，双腿叉开，颈上系了一只围兜，腿上放了一碗黑樱桃。浣熊将小爪子伸进碗里，抓出一颗樱桃，开始进食，像人类一样地点着头，美食家一般享受着樱桃。视频配文是，"浣熊喜欢吃水果"。一分钟的时间里，浣熊就只是边吃边点头。艾丽丝笑着说：不可思议。费利克斯说他知道她会喜欢这个。然后他把手机屏幕锁上，若有所思地靠在床头。她面朝他躺下来，被子拉到腰间。

你刚才睡着了吗？他又问了一次。

没有。

希望没打扰到你。

什么意思？她问，打扰什么？

我不知道。姑娘们晚上躺在床上会做的事。

她抬头看他，充满好奇。啊，她说，好吧，你要是指我有没有在自慰，答案是我没有。

我猜你从不自慰，是不是？

我当然会，但我刚才没有。

他躺下来，头放在枕上，平躺着看向天花板。她将手臂枕在头下，注视着他。

那你自慰的时候会想什么？他问。

各种东西。

你的小剧场之类的。

没错，她说。

小剧场里都有谁？

这个嘛，有我咯。

他真诚地笑了。当然咯，他说，希望如此。还有谁？名演员还是名人什么的。

不是。

那就是你认识的人了。

这个更常见，她说。

他转身面朝她，她就躺在他身边。

那么我呢？他问。

她将下唇咬了片刻，然后说：有时候会想你。

他伸手去抚摸她的睡裙，手指拂过她的腰。你想象我对你做什么？他问。

她笑了，黑暗中难以判断她是否感到难为情。我想象你对我很好很好,她说。

他似乎觉得这很有趣。哦,是吗?他问,怎么个好法?

她转过身,脸埋进枕头,表明她其实很难为情,但当她开口时她听起来在微笑。我要是跟你说了你会笑话我的,她说。

我绝对不会。

好吧,我会想各种各样的事。我是说,我每次幻想的内容都不一样。但它们都有一个共同点——你肯定要笑我了,因为这很虚荣。一般来说我绝对不会告诉任何人,但你既然问了。我喜欢想象你想要我——非常想要,不是一般地想。

他的手在她的肋骨处轻轻移动,沿着她的身侧向下。他问,你怎么知道我想要你?在你的幻想里。是我告诉你的,还是表现得很明显?

很明显。但当我们进展到某一阶段后你也会说出口。

你会给我想要的,还是只是调戏我?

她将脸向枕头里埋得更深了。他的手又回到她的腰间,肋骨,然后向上,抵达胸部的柔软轮廓。她低声喃喃道:你得到了你想要的。

那和我有多想要有什么关系?我在求你吗?他问。

不,没有。你没有在逼我。你只是非常入戏。

出于好奇,我表现得怎么样?还是说在你的想象里,我因为太想要了于是非常紧张?

她转身面对他,回到侧躺的姿势。他的手指移到她的胸部上面,到达她的睡裙肩带,又掉头往下走。

我有时的确会想象你紧张的样子,她说。

他点点头,表情和举止间透露出对谈话内容的强烈兴趣。我还能再问一件事吗?他问,你不一定要告诉我。你高潮的时候在想什么?

我会想象你射了,她说。

在哪里,在里面吗?

通常是。

仿佛在沉思一般,他缓缓地将手背拂过她的小腹,盖上她的肚脐。她一动不动地看着他。

我知道你要说什么了,她说。

是吗?什么?

我会问你有没有这样想过我,而你会说:不,没有。

他笑了,手背摩挲着她睡裙的缎料。不,我不会这么说,他说,你想听的话我可以告诉你,但我更想听听你的想法。我是说,我喜欢听当然是因为它是围绕我展开的,但同时我也觉得这很有趣。我以前也问过别人这种问题,但她们一般不会跟我讲。

噢,她说,你在套路我吗?我以为我们在进行非常亲密的对话。

他的笑声中带了一丝尴尬。我们在啊,他说,我过去问过这个问题,但就像我刚才说的,我基本不会得到答案。而且说实话我只问过交往的对象。我从不拿它当泡妞的套路。

这么问有点不按常理出牌。不过我不认为你是在泡我。

好吧,我完全可以等到明天再给你看那个浣熊视频,他说。

她听了笑了，而他因为把她逗笑了也露出微笑。

你非常清楚我为什么在这里，他补充道。

不，我不知道！她说，我们在罗马住了四晚了，你难道从没有过这个念头？

我们才刚开始了解彼此。

真是绅士啊。

他转过身去。我不知道，他说，我之前很犹豫。说实话，有时候你有点让人害怕，我不知道你知不知道这点。

我听别人说过，但听你这么说我有点惊讶，她说。

他耸耸肩，没说什么。

我现在不让你害怕了？她说。

还是有点，一点点。但你知道的，如果一个人跟你讲她最喜欢的性幻想，你就没那么怕她了。我是说，你听了别生气啊，你明显很喜欢我。

她冷静地答道：你说了你不会笑我跟你讲这些事的。你尽管笑好了，我不会受伤的，我认为这样做很廉价。

他用手肘撑起上身，低头看她。瞧见没？他问。你这么说话的时候就是很让人害怕。而且我没有在取笑你，要是你觉得的话我向你道歉。但你生我气的时候就是这种态度，好像你高人一等似的。你让我觉得自己像条虫。

她躺在床上，默然了片刻。然后她难过地说：好吧，我的确有点反应过度了，我表现得高人一等，让你难受了。尽管如此，很明显我在暗恋你。我在你眼里肯定非常可悲吧，你大概都不喜欢和我在一起。

对，没错，他说，我就是这么看你的。要不然过去四天我他妈为什么要像个傻瓜一样跟着你到处跑。

那你进来干吗？她问，来逗我玩儿吗？

他妈的。我不知道。我喜欢跟你说话。我们各回各床时，我发现我会想你。所以我想进来看看你是不是也在想我。行了吧？

你会想什么？

他用舌头抵住牙齿背面，陷入沉思。和你之前说的没什么区别。我会想象你很想要。一开始我或许会逗你，然后我会让你来很多次，就是这种东西。性幻想本身没什么奇怪的。唯一奇怪的是，我们住这儿的几天里，尤其是过去两晚，我想你时觉得你也在想我，在你的房间里。你在想我吗？

对，她说。

就好像我能感觉到你在我身边。其实今早我醒的时候，有一秒我不记得这是真的还是梦了——我是说我有点糊涂，不知道我是一个人在床上，还是和你在一起。因为感觉太真实了。

她低声问：你意识到自己是一个人时是什么感受？

在那一瞬间吗？他问，老实说，我有点沮丧。还有点孤单，我也不知道。他顿了顿，问道：我现在可以摸你吗？

她说好。他把手伸到她的睡裙底下，手指抚过她的内裤。她张开嘴，吐出一点气。他轻柔地将食指伸进她体内，她发出一声哀鸣。他的脸涨红了。啊，你好湿，他说。她的气息变得尖锐短促，她双目紧闭。他舔了舔上唇，说：让我把你身上这个脱下来。

她稍稍坐起来，他脱掉了她的睡裙。然后他把T恤从头上扯下来，她隔着衣服用指尖触摸他的勃起。我太想要了，她说。他的耳垂变红了。是吗？他说，你现在就要？她问他有没有避孕套，他说有，在钱包里。她躺在床上，等他脱完衣服，从口袋里取出钱包。她望着他，心不在焉地用手指掐着手肘内侧的皮肤。费利克斯，她说，我有一阵没做过了，你觉得可以吗？他们不确定地注视着彼此——艾丽丝或许不太清楚他的想法，费利克斯或许不清楚这个问题意味着什么。他从钱包里拿出一方小小的蓝色锡纸包装袋。你是什么意思？他问。她耸耸肩，神色不安地继续掐着自己的手臂。他把她的手打开，说：住手，你会伤到自己的。有什么问题吗？这不是你的第一次吧？她笑起来，带了点睡意，他也笑了，或许放下心来。不是，她说，前段时间我过得有点奇怪。大概有两年时间。但这之前是正常的。他的手掌向下滑至她的大腿，他同情地说：啊，没关系。你紧张吗？她点点头。他把锡纸包装撕开，取出避孕套。别担心，他说，我会照顾你的。他爬到她身上，吻上她的脖子。事后，他们分开后，艾丽丝似乎立刻就睡着了，甚至没有调整手臂和腿的姿势，任由它们难受地搅在被单里。费利克斯侧身躺着，注视着她，然后转身平躺下来，盯着天花板。

十四

亲爱的艾琳——你上封信里讲到你和西蒙之间发生的事,这给我枯槁的心带来了欢乐。你值得拥有浪漫!我觉得他也值得。让我告诉你一件事,我承诺过西蒙绝不会告诉你,现在时机成熟,我要打破承诺了。几年前,你刚搬进艾丹家,有天下午西蒙过来找我喝咖啡。我们东聊西聊,一切如常,直到临走前,他在你以前住的房间门口停了下来,往里面看。东西都已经搬空了,只剩一张光秃秃的床板,我记得你过去贴玛格丽特·克拉克①海报的地方留下一块长方形的苍白墙面。他强装欢笑地说:"你会想她的。"我想也没想就答道:"你也会的。"其实这话不对,因为你搬得离西蒙住的地方更近了,但他听我这么说时似乎没有很惊讶。他只是说:"对啊,当然了。"我们在你房间门口又站了几秒钟,然后他笑了,说:"请不要跟她讲我说过这句话。"你当时和艾丹在一起,所以我从没跟你说过。而且我也没法说我一直都知道你俩的事,因为我过去并不知道。我知道你和西蒙非常亲近,我也知道在巴黎发生的事。但不知为何我从没意识到他一直以来都爱着你。我觉得没人知道。不管怎么说,我和他再没提过这件事。你会不会觉得我跟你讲这些很糟糕?希望不是如此。从你的短信

---

① 玛格丽特·克拉克(1881—1961),爱尔兰画家,擅长肖像、人物、风景画。

来看，我不是很确定你是否觉得你们会继续交往下去……你是怎么想的？

昨天下午——事实上，就在我收到你的邮件之后，费利克斯开始跟我讲他从前做的让他后悔的一些事。算是那种"我干过最坏的事"之类的对话——说实话，他确实干了些挺糟的事。我就不细讲了，我只能说和他过去交往的女人有关。我觉得轮不到我来评价他，既因为我想不出我有什么资格，还因为我有时也会对我干过的坏事心怀愧疚。我其实一度渴望原谅他，尤其因为他有很长一段时间都为此非常悔恨自责。但我意识到这也轮不到我来原谅他，因为他所说的行为或许永远改变了他人的生活，却永远不会对我有任何影响。我没法作为毫无利害关系的第三方来赦免他，正如他也没法赦免我。所以我觉得，他向我坦白时，我对他怀有的情感谈不上是"原谅"，而是别的东西。或许是我相信他的悔恨是发自内心的，我相信他不会重蹈覆辙。这让我想到那些干过坏事的人——他们该如何自处，我们的社会该如何对待他们。如今虚情假意的公开道歉轮番上演，我们或许已不肯轻易原谅。可那些过去做过错事的人又该怎么办呢？他们应该立马将自己的罪行广而告之，从而提前规避公开曝光的后果吗？他们必须避免取得任何成就，免得给自己招来更多审视吗？或许我这么想是错的，但我认为犯下严重恶行的人不算少数。真的，要是每个在性关系上表现差劲的男人明天就暴毙，那就只剩大概十一个男人了。不仅男人如此！女人，孩子，每个人都是。我想说的大概是，要是罪行尚未暴露的恶人不在少数呢？要是我们人人都是恶人呢？

你在邮件里提到弥撒时听到的一段读经，讲一个女人往耶稣脚上浇油。我有可能记错了，因为有好几个福音故事比较雷同，但我觉得你说的是《路加福音》里的一个段落，讲耶稣允许一个有罪的女人为他敷脚。我住院时带了本杜埃《圣经》①，所以最近才读过。你说得对，这个故事的确很怪，甚至（如你所说）有点瘆人。但这是不是还有点有趣？故事里的女人只有一个明显特征：她过着有罪的生活。谁知道她究竟干了什么？她或许只是一个被社会抛弃的人，一个被边缘化的无辜者。但另一方面，或许她的确干过些坏事，那种你我会觉得非常严重的坏事。这至少是可能的，不是吗？她或许杀了自己的丈夫，虐待孩子，诸如此类。然后她听说耶稣要来和法利赛人②西门吃饭，她就来到他家，看到耶稣后，就嚎啕大哭起来，泪水把耶稣的脚都打湿了。然后她用自己的头发把祂的脚擦干，敷上香膏。就像你说的，这一切看起来很怪，甚至隐隐有些色情——而且法利赛人西门的确露出震惊和不适：耶稣居然允许一个有罪的女人如此亲密地触摸祂。然而耶稣行事一向都叫人困惑，祂只说祂原谅了她的许多罪行，只因为她如此爱他。就这么简单吗？我们只需要哭泣、下跪，上帝就会原谅一切吗？可或许其实没有那么容易——或许发自内心地哭泣和下跪是我们最难学会的事。我觉得我就不知道该怎么做。我

---

① 杜埃版英文《圣经》由英国天主教学者翻译，因17世纪初该译本的旧约全书在法国城市杜埃出版而得名。
② 法利赛人是《圣经·新约》中犹太人中的一个宗教团体，其名称含有分离或分开之意。法利赛人引以为傲的是他们严格遵守摩西律法，避免与外邦人有任何来往。

内心有种抗拒，某种坚硬的东西，我担心它不允许我在上帝面前下跪，即使我相信祂的存在。

既然都写到这里了，我就干脆告诉你好了：我和费利克斯昨晚上床了。老实说，我不是特别想告诉你，但我觉得要是不跟你讲会有点奇怪。倒不是因为我有点难为情——可能我有点难为情，但不是因为他。主要是因为我想到自己要在乎别人对我的想法了，而我恰好向来都不在乎，并且非常擅长不去在乎。真的，这对我来说不容易。我觉得我们度过了一段不错的时光——其实就是我声称我度过了一段不错的时光，而我永远不会知道他的感受。尽管我们的人生几乎方方面面都不相同，我却有种奇怪的感觉，觉得我们有很多相似之处。你不会相信我写下这段话花了多少时间。我太害怕最后被伤害了——倒不是怕受折磨，我知道我可以承受，怕的是在折磨中失去尊严，将自己袒露无遗。我心里非常喜欢他，因此当他对我表露温情时我就会变得非常激动和愚蠢。因此，哪怕发生这么多事，哪怕世界是这副德性，哪怕人类正濒临灭绝，我仍在这里写信，谈论性和友谊。除此之外还有什么值得为之而活的？永远爱你的，艾丽丝。

十五

周一傍晚八点一刻，西蒙家的客厅里空无一人，光线昏暗。外面最后一点天光，从小厨房水槽上方的小窗和对面客厅稍大些的窗户透进来，抚摸着屋内诸多物件的表面：银色水槽，里面有一只脏盘子，一把餐刀；厨房餐桌，上面散落着食物碎屑；一只水果碗，里面放了一只果皮开始变成棕色的香蕉、两个苹果；沙发，上面凌乱地散着一条编织薄毯；电视，上沿积了一层薄灰；书柜，台灯，咖啡桌，桌面摆着一盘国际象棋，似乎下到一半。在这样的寂静中，整个房间凝滞在渐暗的光线里。屋外走廊的楼梯间里，人们上上下下，街上车辆来往穿梭，掀起一波波白噪音。八点四十分，传来钥匙插入锁孔的声音，随即房门打开。西蒙进门时还在打电话，他一面用空出来的手取下单肩包，一面说：不，我觉得他们不是在担心这个，真的。就是有点烦。他穿着一件深灰色西装外套，打了一条绿领带，配一枚金色领带扣。他用脚轻轻关上门，把包挂到钩上。是吗，他说，他跟你在一起吗？你要是想的话我可以跟他说。他走进卧室，打开落地灯，把钥匙放到咖啡桌上。好吧，你觉得怎么做最好？他问。他独自一人站在泛黄的灯光里，看上去有点疲倦。他来到厨房，提起水壶，似乎在掂量它。好吧，他说，不，没关系，我会跟他说我和你谈过这件事了。他把水壶放回原位，烧上水，然后在一把餐椅上坐下。好吧，他说，但如果我要假装你还没告诉我，我又该找什么借口跟他打电话呢？他把手机夹在脸和肩膀之间，开始解鞋带。然后，他听见电话那头的人说了什么，直起身来，重新把电话拿在手中。很显然我不是那个意思，他说。就这样，对话又持续了一段时间，西蒙脱掉鞋，取下领带，给自己泡了杯茶。他感觉手里的手机在震动，便马上把它拿下来，检查屏幕，任由电话那头的声音继续说话。屏幕通知他收到一封新邮件，题目是"周二电话"。他似乎对此不感兴趣，又把手机举回耳边，端着茶在沙发前坐下。好，好，他说着，我到家了。正准备看新闻。电话那头还在说着什么，他闭上双眼。没问题，他说，我会通知你的。我也爱你。拜。他把最后那个词重复了好几遍，然后点击屏幕上的一个图标，结束了通话。他低头看着屏幕，打开通讯软件，敲击人名"艾琳·莱登"。屏幕最下面显示着最新信息，发于 20:14。

西蒙：嗨，上周末和你玩得很开心。这周还想见面吗？

图标显示短信已阅，但没有收到回复。他关掉软件，点开"周二电话"那封邮件，它来自更长的一系列往返邮件。前一封邮件写道：对，我听说他们还有通话记录。西蒙或者莉萨你们能不能去解释一下，如有必要可以联系安东尼。西蒙的一个同事回复道：如果我们还要花时间在这点破事上我就要疯了。最新回复显示：西蒙我把安东尼的联系方式和详情附在下面了。你要是可以的话今晚或明早给他打个电话？发生这种事没人高兴但木已成舟。他把手机锁上屏，闭上眼睛，在沙发上一动不动地坐了一会儿，胸口随着呼吸起伏。过了片刻，他举起手，从上往下慢慢地抹了把脸。最后，他够到遥控器，打开电视。刚开始播放九点新闻。他半闭着眼看着屏幕上一开始滚动的几条新闻，仿佛睡着了，但时不时会啜一小口放在旁边沙发扶手上的茶。放到一条道路安全的新闻时，他的手机震了，他立刻拿起它。屏幕上显示着一条新消息。

  艾琳：西蒙你的语气怎么这么正式
  他盯着短信看了几秒，然后打出回复。
  西蒙：是吗？

屏幕上显示一个动态省略号，表明艾琳正在输入。

  艾琳：为什么三十几岁的男人发消息就像在更新领英个人主页一样
  艾琳：嗨【艾琳】，【上周六】见到你很愉快。我们能再见面吗？请根据下拉菜单选择时间和日期

他心不在焉地对着自己微笑，大拇指在键盘上移动。

  西蒙：你说得没错
  西蒙：如果我年轻一点，我大概会关掉手机的自动更改

大小写功能，显得更随意

  艾琳：就在系统设置里

  艾琳：你要是找不到我可以帮你看

屏幕最上面，"周二电话"的往来邮件里收到一封新邮件。开头几句话是：大家好。刚从 TJ 那里听说……西蒙把邮件通知关掉，没有点开，继续给艾琳发短信。

  西蒙：没关系

  西蒙：我一直都是复制粘贴"上周末和你玩得很开心。这周还想见面吗？"之类的

  西蒙：之前从没听谁抱怨过

  艾琳：啊哈哈

  艾琳：你会复制粘贴吗？？我很惊讶

  艾琳：好啦，没问题，我们这周可以见

  艾琳：什么时候？

屏幕上方出现一条新消息，来自联系人"杰拉尔丁·科斯蒂根"。

  杰拉尔丁：你爸让你明晚给他打个电话，如果亲爱的你方便的话。爱你

西蒙慢慢长呼一口气,向上滑动,把消息关掉。他的双眼来回阅读和艾琳的来往短信,打出"你愿不愿意",然后删掉。他滚动到前面的消息,又读了一次。最后,他开始打字。

西蒙:你现在忙吗?
出现两个小钩,表示艾琳已阅,然后出现省略号。
艾琳:不忙
艾琳:我本来准备洗个澡,但我室友把热水都用完了
艾琳:所以我现在只好躺在床上上网
艾琳:问这个干吗?

电视上新闻刚刚播完,开始播放天气。地图上都柏林地区上方悬了一个黄色的太阳图标。西蒙又开始打字。

西蒙:你想过来吗?
西蒙:无限量供应热水
西蒙:冰箱里有冰激凌
西蒙:没有室友

几分钟过去。他揉搓下巴,注视屏幕,上面反射出头顶玻璃灯罩里的灯泡。

艾琳:!!

艾琳：我不是在引诱你请我过去！！

西蒙：我知道

艾琳：你确定吗？

西蒙：确定

艾琳：你真好

西蒙：我能说什么呢，我人的确不错

艾琳：听起来很赞……

艾琳：但我不想再打扰到你！！

西蒙：艾琳

西蒙：穿上鞋，我给你叫辆出租车

艾琳：哈哈哈

艾琳：好的爸爸

艾琳：谢谢你

  他看上去很满意，关掉消息，打开一个打车软件，叫了一部车开往艾琳的住址。然后他从沙发上站起来，把电视调成静音，端着空茶杯来到水槽。他洗完茶杯，擦干厨房台面，走进卧室，把床收拾好。他在做这些事时，好几次从兜里取出手机，查看打车软件，上面一个小图标显示艾琳的车正沿着利菲河岸边的码头缓慢犹疑地向南移动，然后他把软件关掉，把手机放回兜里，继续之前在做的事。

  二十分钟后，他打开门，艾琳站在走廊里，穿着一件灰色短运动衫，一条风琴褶棉裙，背着一只帆布包，上面印着伦敦某文学杂志的商标。她看上去仿佛之前涂了深色唇膏,但颜色已经褪掉了。他一动不动地在她面前站了片刻,然后把手放到她腰上,亲了亲她的脸颊。见到你太好了,他说。她将双臂绕过他的脖子,他让她在走廊里抱他。谢谢你的邀请,她说。他们进了屋。他关上门,她从包里取出一瓶红酒。我给你带了这个,她说,我们可以不喝,我只是很怕空手去别人家。尤其是你家。想想我妈会怎么说。不过我上次来也什么都没带就是了,哈哈。她把酒放在桌上,取下肩上的包。她看到电视,说:哦,你在看克莱尔·伯恩①吗?我就不打扰了。我会静悄悄地坐在沙发上。他微笑着,目光跟随艾琳,看她把包挂在餐椅椅背上,解下橡皮筋,整理头发,把它重新挽成髻。不,我没在看,他说,你看起来很不错。你想喝杯茶什么的吗?还是你更想喝杯酒。她在沙发上坐下,脱掉脚上的平底皮鞋,把穿着白袜子的脚抬起来,放到沙发垫子上。她说,我就喝茶好了。现在不想喝酒。你在解谜题吗?他站在厨房里,看她指着国际象棋棋盘。他说,不是,是棋局。昨晚彼得过来了,但我们还没下完他就得走了。对我来说倒挺好。她继续注视着棋盘,他烧了壶水,从碗橱里拿出一只水杯。你执黑吗?她问。他背对着她,说,不,是白棋。那你比他多两个兵,她说,你可以用你的象去将他。他从放餐具的抽屉里拿出一把勺子,忍俊不禁的样子。你再想想,他说。她对着棋盘又皱了会儿眉,他泡好茶,端着它回到咖啡桌边。好吧,那我就不把局给你搅乱了,

---

① 克莱尔·伯恩,爱尔兰记者,主持一档以她冠名的时事节目。

她说。他在沙发另一头坐下，关掉电视。他说，你尽管下。该白棋走了。她举起白棋的象，将了黑棋的王。他俯身凑近，用兵挡住攻击，威胁她的象，她用象吃了他的兵。他挪出马，吃了象，同时攻击白棋的后和车。她扮了个鬼脸，说：我真蠢。他说是他不好，把自己置于如此脆弱的境地。她举起茶杯，靠着沙发扶手坐下。我跟你说过我们家为了洛拉婚礼请谁的事大起争执了吗？她问。我真不知道我是怎么被搅进去的，她简直是个噩梦。你想不想看她给我发的短信？他说好，她拿出手机，给他看洛拉周六晚上发给她的短信。

洛拉：嗯我真的想听一个三十岁了还在干不挣钱的狗屁工作并且住廉租房的人说我不成熟吗……

他的目光在屏幕上移动，然后他把手机从她手里拿过来，又皱着眉读了一遍。老天爷，太敌意了，他喃喃道。

艾琳从他手里拿过手机，低头看它。她说，是玛丽让我去问她婚礼的事的，她说，可当我跟玛丽抱怨这些可怕的短信时，她却说，好吧，那是你俩的事，跟我无关。

但如果是你给洛拉发这种短信——

可不是吗？她肯定会打电话跟我说，你怎么敢这么跟你姐说话？

我猜跟你爸说这些也没用，他说。

她锁上手机屏，把它放在地板上。她说，没用。当然了，他是惟一一个头脑正常的人。但他知道我们都是疯子,所以不敢介入。

他把她的脚抬到自己的腿上。他说,你不是疯子。那两个是,你不是。

她微笑着向后靠在扶手上。她说,谢天谢地,世上还有一个人有眼力。

乐意之至。

她注视了他片刻,他用拇指揉着她的足弓。她换了种声音问道:你今天过得怎么样?

他抬头看了她一眼,又低下头去。他说,还行,你呢?

你看上去有点累。

他没有抬头,轻声答道:是吗?

她继续注视着他,而他避开她的目光。她问,西蒙,你今天难过吗?

他尴尬地笑了一声。他说,嗯。我不知道。应该没有吧。

你要是难过会告诉我吗?

我看起来这么糟吗?

她拿脚开玩笑地戳了他一下。她说,我在问你今天过得怎么样,你什么都不肯讲。

他用手接住她的脚踝,答道:嗯。我想想。今晚跟我妈打了个电话。

哦?她怎么样?

她还好。她很担心我爸,不过这也不稀奇。他——他还行,但他有高血压，我妈觉得他没有好好吃药。其实更多的是心理因素，你知道家庭问题就是这样的。他在生我气，因为——算了太无聊了，就是和工作有关。

但你爸没在上班了，不是吗？她问。

他继续心不在焉地用手圈住她的脚踝。没在上了，他说的是我的工作，西蒙答道，你知道的，我们的政治观点不一样。没事，就是正常的代沟。他觉得我的政治观点和我畸形发育的人格有关。

艾琳轻声说：这么说有点过了吧。

对啊，我知道。不过我觉得这与其伤到我的感情，倒不如说伤到我母亲。其实——你要是听他讲，他其实发展出一套非常详尽的理论。和弥赛亚情结①有关。我肯定没他说得好，说实话，他一开讲我就有点抽离了。他似乎认为我想到处拯救别人，因为这让我觉得更有力量，更有男子气概什么的。好笑的是，我的工作其实和帮助他人一点边都沾不上。或许如果我是社工或是医生什么的还好，但我其实成天都坐在办公室里。我不知道。上次回家时我们发生了一次非常奇怪的冲突，就因为我早上醒了之后头痛。他一整天都没跟我说话，傍晚的时候跟我发表长篇大论，说我母亲有多盼望见我，而我的头痛毁了她一整个周末。他从来不会说他在生我气，他老是把自己的情感投射到杰拉尔丁身上，好像我头痛是在侮辱她一样。他跟偏头痛过不去，因为她也会得，而他坚信这是心理作用。长话短说，她想让我明天给他打电话，

---

① 弥赛亚情结，又称"救世主情结"，指通过拯救他人、扮演他人的救世主来获得自我价值的心态。

让他吃高血压的药。我的话也没什么用就是了。抱歉。我感觉我抱怨这个都有一年了,我就此打住。

他说话时,手指一直在抚摸艾琳的小腿腿肚和膝盖内侧,说完最后一句话后他抽开手,坐了起来。

别停啊,她说。

他看向她。他问,别停什么?说话还是这个?

都不要。

他把手放回她的膝盖底下。她发出愉悦的低吟,类似"嗯"的一声。他的拇指拂过她的大腿内侧,滑至裙底。她说,听起来你爸好像有点嫉妒你。他继续宠溺地注视着她。你为什么这么说?他问。她把头向后仰,靠在扶手上,抬头望着头顶被点亮的玻璃灯罩。她说,这个嘛,你又年轻又帅。还招女人喜欢。如果你崇拜你爸,想要变成他那样,他可能就不介意这些了,但你又不想变成他那样。当然了,我不了解他,但在我的记忆里他非常霸道粗鲁。你对所有人都那么好,而且似乎什么都不会让你烦心,这大概让他抓狂。西蒙抚摸着她的膝盖内侧,点着头。他说,但在他眼里,我对所有人好只因为这样让我自我感觉良好。艾琳露出困惑的神情。她答道,那又怎样?总好过霸凌别人让自己自我感觉良好吧,不是吗?天晓得这世上已经有够多施虐者了。你凭什么不能自我感觉良好?你很正直,很慷慨,是个正派的朋友。他温和地抬起眉毛,沉默了一阵。然后他答道:艾琳,我不知道你对我的评价如此之高。她闭上双眼,微笑起来。她说,不,你知道的。他看向她,只见她头向后仰,闭着眼躺在沙发上。

我很高兴你在这里,他说。

她扮了个鬼脸,说:你是说,柏拉图式的高兴?

他的手移至她裙下。他微笑着说,不,不是柏拉图式的。

她抵着扶手,轻轻蠕动了一下。她说,你知道吗,你给我发那条短信——说什么来着?穿上鞋,我给你叫辆车什么的。我很喜欢。

很高兴你喜欢。

对,那句话莫名的性感。很有意思,我觉得我很享受听你指挥。有一个我像在说,没错,求求你,告诉我该如何生活。

他笑了起来,手指抚摸着她的大腿内侧。他说,你说得没错,的确很性感。

它让我感觉非常安全放松。就像那次我跟你抱怨什么东西,然后你叫我"公主",这激起了我的性欲。你讨厌我这么说吗?这让我觉得一切都在你掌控之中,你不会让我遭遇任何不幸。

对,我喜欢这样。我喜欢照顾你,或者知道你需要我的帮助之类的。我大概有这种癖好吧。每当有女孩请我帮忙开果酱罐,我都会有一点点爱上她。

她把指尖放入嘴里。我还以为你就对我这样,她说。

你的情况比这个要复杂一点。其实我记得纳塔利跟我说起过你——大概跟你说这个有点怪,不过无所谓了。你当时要来巴黎看我们,我有点担心你一个人坐飞机什么的。然后纳塔利说,哦,爹地的宝贝女儿无依无靠之类的。很好笑。我是说,我觉得她是在开玩笑。

艾琳盖住眼睛,笑着。她说,我也有类似的。一天晚上,我收到你的短信,艾丹离我的手机很近,他帮我看了短信。我问他是谁,他给我看手机屏幕,说,是你爸。

他听了很高兴,难为情地摇着头。他说,我觉得我要是试图跟别人解释,他们会叫警察的。

就因为爹地的公主这种话?还是说,你还想把我绑起来折磨我。

不,不是。但后者其实更常见,不是吗?我的想法更接近于——我希望你听了之后不要觉得可怕。我觉得我的幻想是你非常无助,而我在告诉你,你是个好姑娘。

她抬起头,娇媚地透过睫毛看着他。要是我不是个好姑娘呢?她问。你会不会想把我放到膝盖上惩罚我?

他把手移到她湿润的棉内裤上。啊,倒不是想伤害你,他说,就是让你乖一点。

她什么也没说。然后她开口:你会告诉我该做什么吗?

他用正常而松弛的声音似笑非笑地答道:要是我跟你说了你会听吗?

她又笑了起来。她说,会的。好有意思,这句话太能激起我的性欲了。太奇怪了。我一想到你会对我做什么,居然真的感到兴奋。不好意思我出戏了。

不,你不用演戏。做你自己。

他凑过来,吻了她。她的头抵着扶手,他湿润的舌头在她嘴里。她任由他把自己的衣服脱下来,看着他解开她短裙的扣子,把内裤褪下来。他的手伸到她的膝盖底下,把她的左腿抬到沙发靠背上,另一只脚放到地板上,这样一来她的双腿完全张开,她在颤抖。他说,啊,你很乖。她摇着头,紧张地笑了。他用手指轻轻抚摸她,没有完全插入,而她将臀部往沙发里下沉,闭上双眼。他把一根手指插进她身体,她呼出一口气。好姑娘,他喃喃道。放轻松。他轻轻地把第二根手指伸入她体内,她叫了出来,发出尖锐断续的叫声。他说,嘘。你很听话。她再次摇头,张开嘴。她说,你要是再这么和我说话我就要高潮了。他笑着,低头看她。他说,等一会儿。现在还不行。他脱掉衣服,她闭着眼睛躺在原处,膝盖依然沿着沙发弯折。他对着她的耳朵说:我能在你里面射吗?她用手抓住他的颈背。她说,我想让你射。他闭了片刻眼睛,点着头,没说话。当他进入她时,她又叫了出来,抓住他,他没作声。她说,我爱你。他小心翼翼地吸气,一言不发。她抬头看他,问:西蒙,你喜欢我这么说吗?他有点不自然,努力笑着说是的。她说,我能感觉到你喜欢。他继续呼吸,上唇和额头湿漉漉的。他说,嗯,我也爱你。她咬着嘴唇,看着他。她说,因为我是个好姑娘。他用食指尖抚摸她。他说,你的确是。她再次闭上双眼,双唇张开,但没发出声响。过了几分钟,她说她要高潮了。她的呼吸变得尖锐,颤抖,她的身体在他手中变得紧绷,收缩。她结束后,他安静地说:我能再来一会儿吗?还是你希望我停下来?她声音疲倦地道了歉,问他还需要多久。他说,我很快的。但你要是不想我可以停下来,没关系。她说他可以继续。他双手放在她的髋上,将她抵在沙发上,在她体内移动。她已经变得软绵绵的，非常湿，不再反抗，只是时不时发出虚弱的声音。耶稣啊，他说。事后，他靠着她躺下来。他们一动不动，缓慢地呼吸，汗液在肌肤上冷却。她手心向下抚过他的背。他说，谢谢你。她微笑着低头看他。她说，你不用感谢我。他闭着眼。是的，他说，但我很感激。不只是因为——我是说，和你在一起很好，我很高兴你过来。有时我晚上一个人在家，说实话，有时候会有点抑郁，你知道的。或者说孤独。他上气不接下气地轻声一笑。抱歉，我不知道我为什么要说这个。我很高兴你来了，仅此而已。你会不会感觉，有人对你好时，你会非常感激，甚至开始感到愧疚？我不知道是别人都这样，还是只有我这样。算了，我在说傻话。他坐起来，开始穿衣服。她一丝不挂地躺着，注视着他。她说，我不是在帮你，我们是相互的。他没有转身，又勉强笑了一声，似乎用手擦了擦眼。他说，对，我知道。我想我只是很感激你想这么做。抱歉，我不知道我是怎么了。

她说，我不介意。但我不想让你难受。

他站起身，穿上衬衣。他说，我很好，别担心。你想喝杯酒吗？我们也可以吃冰激凌。

她慢慢地点点头，坐起来。她说，没问题。来点冰激凌挺好的。他走进厨房，她越过沙发背，边穿衣服边看他。他的背影看上去很高，衬衫微皱，头发在顶灯下看起来柔软金黄。

她说，我都不知道你会偏头痛。

他没转身，答道：不常有。

她把短裙腰带的纽扣扣上。她说，我上次偏头痛时躺在床上给你发短信抱怨。你还记得吗？

他从餐具抽屉里拿出两只勺子，说：记得，我觉得你的比我的严重。

她点点头，没说话。最后她问：要不要把电视打开？我们可以看"新闻之夜"什么的。你怎么想？

行啊。

他端着两碗冰激凌走回来，她把电视音量调高。屏幕上一个英国播报员站在蓝色背景前，对着摄像机讲述英国的党魁选举。她盯着屏幕，问：都是谎言，不是吗？来啊，说这一切都是假的。但他们永远不会承认的。西蒙在她身边坐下，用勺子捣碎碗里的冰激凌。他说，你知道吗，她老公是对冲基金经理。他们一边看，一边有一句没一句地讨论爱尔兰年底会不会再来一次大选，西蒙所在政党的成员能不能守住席位。他担心自己最喜欢的人会落选，而那些"职业政客"保住席位的概率更大。电视上一个政党发言人正在说：首相——不好意思，很抱歉，首相反复说过。艾琳把空的冰激凌碗放到咖啡桌上，坐回原位，把双脚抬起，放在沙发上。她说，还记得你上电视那次吗？西蒙还在吃冰激凌。他说，大概就三分钟吧。她用手指把发圈紧了紧。她说，我那晚收到差不多一百条短信跟我说，你朋友西蒙上电视了！其中有个人给我发了你的截屏，短信大致内容是，这就是你老挂在嘴边的西蒙？他看着电视，咧嘴笑着，但没说话。艾琳观察着他的表情，继续说：我其实没有老把你挂在嘴边。反正我回复说，对，就是他，然后她回复——这是她原话，你别生气啊，我想给他生孩子。他笑起来。我不信,他说。艾琳说:这是她原话。我本来要转给你看的,但那句"你别生气啊"让我很光火。我为什么会生气?她觉得我和你的友谊是我可悲的单相思吗,就是其实我很爱你,但你甚至都没注意到我?我讨厌别人这么看我们。西蒙看着她,她半侧着脸,面向屏幕,顶灯的白光打在她的颧骨和眼角上。他说,我朋友的想法正好相反。她的脸依然对着电视,但看上去被逗乐了。她说,怎么,他们觉得你单恋我?太搞笑了。我倒不介意,很满足我的虚荣心。是谁这么想的?彼得?我觉得德克兰不会这么想。节目接近尾声,开始滚动制作人员名单。她仍然盯着屏幕,轻柔地说:听我说,我知道你不想谈这个。但你刚才说感觉很孤独。我随时都有这种感觉。我说这个是想告诉你,你不是一个人。我不知道你是不是这么认为。单就我而言,每当我感到孤独,我都会给你打电话。因为你能让我平静下来。你知道的,那些我本来在担心的事,当我跟你讨论它们时,它们似乎就没那么让人担心了。不管怎么说,我想说的是,如果你有这种感受,想跟我打电话,你尽管打。你甚至不必说你为什么要打来,我们可以聊别的事。或许我会跟你抱怨我的家人。或者我可以过来,我们这么共度一晚。明白吗?当然了,你不必非得给我打电话,但你可以打。随时都行。我想说的就是这个。她说话时,他一刻也没将视线从她身上移开,她说完后,他沉默了片刻。然后他语调温和友善地说,艾琳,还记得那天晚上,你说我应该娶妻结婚吗?她笑着转向他。记得,她说。他微笑着,看上去快乐而疲惫。他说,你的意思是,一个陌生人会走进我的生活,和我结婚。她和我素昧平生。艾琳插嘴说：她很美。我们还说过，她比我年轻。不算太聪明，但性情温婉。他点着头，说，对。她听起来很好。但我有个问题。当我娶了这样一位妻子，照你的意思，我可以假定这个人不是你——艾琳假装生气地打断道：她当然不是我。其一，我看书比她多得多。他自顾自地笑着说，当然。可我一旦找到这个人，不管她是谁，我们还能继续做朋友吗？她靠在沙发垫上，似乎在思考这个问题。她顿了顿，答道：不。我认为当你找到她，你就得放弃我。甚至有可能放弃我才能让你找到她。

我也这么觉得，他说，那我就永远没法找到她了。

艾琳震惊地举起双手。她说，西蒙，严肃点。这个女人可是你的灵魂伴侣。上帝为了你将她带到地球上来。

如果上帝想让我放弃你，他不会让我成为现在的我。

有一瞬间，他们注视着彼此。她把手放在颊上，满脸通红。她说，所以你不会放弃我们的友谊。

千金不换。

她伸手碰了碰他的手。她说，我也不会放弃我们的友谊。而且你可以相信我，因为我的男朋友没有一个喜欢你，而这对我从来没有任何影响。

他笑起来，他们两人都笑起来。午夜，她去刷牙，他关掉了厨房灯。她从厕所里走出来，说：你看，我显然动机不纯，居然带了自己的牙刷。她跟着他进了卧室，他关上门，说了些什么，听不分明。她笑起来，透过门，她的笑声听起来柔和悦耳。客厅重返安静，在黑暗中静止了。水槽里留了两只空碗，两把勺子，一只空水杯,边沿印着淡淡的无色唇膏。门后继续传来聊天的低语,字词失去轮廓,模糊不清,在凌晨一点时归于寂静。五点半时,客厅向东的窗外,天空开始变亮,从黑到蓝到银白。又一天开始了。头顶的电线上传来乌鸦的鸣叫。街上有公交车驶过的声响。

十六

艾丽丝，还记得几周还是几个月前，我给你写信讲青铜时代晚期文明的崩溃吗？我后来又读了一些资料，发现尽管我们对这个时期了解很少，学者的解释比我从维基百科上读到的要丰富些。我们目前知道的是，在文明崩塌之前，东地中海地区富庶发达的宫廷经济体会交易价值不菲的商品，且似乎会将它们作为礼物和其他王国的统治者互赠。我们还知道，这些城邦被破坏或遗弃后，书写文字失落了，交易的奢侈品在数量和距离上再也无法匹敌之前的水准。但在这个"文明"里，有多少人，多少居民，实际生活在这些宫廷里呢？他们有多少人会佩戴珠宝，用铜杯饮酒，享用石榴？每一个精英成员都对应上千个不识字的贫苦农民。在"文明崩塌"后，他们中很多人搬去别处，有的可能死了，但对他们来说，生活没有发生太大改变。他们依旧种田，收成时好时坏。在大陆的另一角，这些人是你我的祖先——他们不是住在宫廷里的人，而是那些农民。我们丰富复杂的跨国生产分配网络曾经抵达过终点，但我们仍在这里，人类依然存在。会不会地球生命的意义不在于永无止境地接近某个模糊的目标——比如研发出越来越强大的科技，发展出越来越复杂晦涩的文化形式？会不会这些东西只是自然地潮涨潮落，而生命的意义亘古不变——去生活，和他人相伴？

至于你和费利克斯：尽管你之前说你们之间的关系没有固定形状，是一种实验性的情感纽带，作为你的朋友，请容许我说一句，这个结果我一点都不意外。如果他对你好，我就毫无保留地认可他，如果他对你不好，那我就和他永远为敌。听起来合理不？不过我敢肯定他会对你很好。

我不知道之前和你提过没有：几年前，我开始写日记，我管它叫"生活的书"。我的初衷是每天记一点，就一两行，描述一件美好的事物。我想我所谓的"美好"是指让我开心或愉悦的事物。我某天看了看那本日记，发现最早的那几篇都是在将近六年前的秋天记录的。倒扣在地上的干梧桐叶像爪子一般在南环路上匆匆爬过。电影院里带着人造黄油香气的爆米花。淡黄的暮色，雾中的托马斯街。诸如此类。那年的九月、十月、十一月，我一天都没有漏记。我总能想到一些美好的事物，有时我甚至为了有东西可写而去做一些事，比如洗澡或者散步。当时我觉得自己在吸收生活，一天结束时我从不需要费劲去想我看到或听到了什么好东西。它们自然而然地涌现了，甚至包括文字，因为我唯一的目的就是清晰而简单地记下这些图像，以便将来能记起它们带给我的感受。如今阅读这些日记时，我的确记起了当时的感受，起码是当时看见、听见、留意到的东西。哪怕天气不好，我在四处走动时仍然能看见事物——我是说那些在我跟前的事物。人们的脸，天气，交通。加油站的汽油味，淋雨的感觉，平凡到不能再平凡的细节。就这样，哪怕再差的日子也是好的，因为我感受到了它们，并且记住了那种感受。如此这般活着非常精妙——仿佛我是一件乐器,世界能触碰到我,在我体内发出回响。

几个月后,我开始跳过一些日子。有时我还没想起要记点什么东西就睡着了,在另外一些夜里,我打开日记本,却不知道该写什么——我什么都想不出来。即便我写了日记,记录也变得越来越口语化,越来越抽象:歌名,小说摘抄,朋友们发的短信。到春天时,我已经无法坚持下去了。我会接连好几周把日记本放在一边——它是我从公司拿的一个非常便宜的黑色笔记本——后来我会把它拿出来,看前一年写的东西。那时,我发现我再也无法想象对雨水或花朵产生曾经那样的感受。不仅仅是感官体验再也无法打动我——而且我似乎失去了感官体验。我会走路上班或出门买菜或干别的事,而当我回到家后,我不记得自己见到或听到任何独特的东西。我想我是在看而不是观看——我的视觉世界是扁平的,像信息目录。我再也无法像从前那样观看事物了。

如今再读这本日记带给我一种奇特的感受。我以前真的是这样的人吗?这个人能沉入转瞬即逝的印象中,用某种方式将它们放大,栖居其中,发现宝藏与美。看上去我曾经是——"持续了几个小时,但我却不再是那个人"[1]。我很好奇,到底是这个日记本和记日记这件事让我这样生活,还是我之所以记日记,是因为我想要记录正在发生的那种体验。我试图回忆当时我的生活中在发生什么,看能不能帮助我理解它。我知道我当时二十三岁,刚开始在杂志社上班,我和你住在自由区一间很烂的公寓里,凯特

---

[1] 出自美国纽约派诗人弗兰克·奥哈拉的《如何抵达那里》,收录于《午餐诗》。

还在都柏林，汤姆、奥菲也在。我们一起参加派对，我们请人来家共进晚餐，我们喝了太多的红酒，我们发生争执。有时西蒙会从巴黎给我打电话，我们会互相抱怨自己的工作，我们大笑时，我能听见背景里纳塔利在厨房里收拾餐盘。我所有的感受和经历在某种层面上都非常强烈，在另一方面又极其琐碎，因为我所有的决定似乎都没什么后果，我生活中的每一件事——工作、住所、欲望、恋情——在我看来都不会持久。我感到一切都是可能的，我身后的门还没有关上，在某个地方，某个未知的地方，有人会爱我、慕我、想带给我幸福。或许这解释了为什么我在面对世界时是敞开的状态——或许我正在预估未来，在等待信号，尽管当时的我或许还不知道。

几天前的晚上，我参加完一场新书发布会后，一个人打车回家。街道安静昏暗，空气一反往常的温暖凝滞，码头上的办公楼里亮着灯，空无一人，在一切之下，在一切的表面之下，我又重新开始产生那种感受——美的近在咫尺，美的可能性，仿佛肉眼可见的世界背后有一盏灯正柔和地放射光芒，照亮万物。我一察觉到这种感受，就立刻有意识地接近它，去捕捉和驾驭它，但它却冷却了一点，或者说躲开了我，向更远处溜走了。空办公室的灯光让我想起了什么，在这之前我在想你的事，我好像在试图想象你的房子，然后我想起你给我发了封邮件，与此同时我想起了西蒙，神秘的西蒙，不知怎的，当我透过出租车窗看向外面，我开始想象他在城市中的物理实体，在这城市结构的某处，他存在着，站或坐着，以这样或那样的姿势交叉手臂，穿或不穿衣服，而都柏林就像一本圣诞倒数日历，将他藏在自己数百万的窗户后面，空气中、温度里都凝聚了他的存在、你的邮件，以及当时我在脑海中酝酿的回信。世界似乎能够包容这些事物，而我的双眼、大脑能够接收和理解它们。我很累了，夜色已深，我半睡半醒地坐在出租车后座，莫名地想到，无论我去哪里，你都在我身边，他也是，只要你们都活着，这世界对我而言就是美丽的。

我不知道你住院时在读《圣经》。是出于什么契机？你觉得有帮助吗？你提到罪是否应该获得赫免，这点我觉得很有意思。有天晚上，我问西蒙是否会向上帝祷告，他说会的——"会向主道谢"。我觉得，要是我相信上帝，我不会在祂面前跪下，祈求原谅。我只会感谢祂，为了每一天，为了这一切。

十七

　　五月第二个周五的傍晚，费利克斯排队下班时等了八分钟。他前面的人触发了警报，被带到旁边的房间去搜身。房门上贴的纸上写着：管理人员专用，刷卡进入。门外的队列停滞下来，屋内的说话声提高了音量。费利克斯和站在他前面的人交换了眼神，没说话。等他穿过扫描机上车后，已是七点十三分。头顶的天空厚重发白，日光东一束西一束地穿透低矮云层。他打开CD播放器，从停车场倒出，开出了工业园区。

　　路上开了几分钟，他开进一片平坦的碎石区域，可以俯瞰大海。入口处游客中心的木屋已经关闭，附近没有其他车辆。一端立着一块黄色的大牌子，展示该地的历史和地理信息。费利克斯把车停在停车场最外沿，挡风玻璃外，灰色汹涌的大西洋铺展开来。他松开安全带，把黑羽绒夹克的拉链拉开，露出里面做旧的绿运动衫，上面绣了一个小小的白色商标。他从兜里取出手机，开机，然后拉开手套箱，给自己卷了一支大麻。手机不断嗡鸣着发出震动，开始接收他上班期间收到的短信，他的目光在腿上的手机屏幕和方向盘上的卷烟纸之间迅速来回。卷好之后，他没点烟，把它衔在嘴里，滚动着屏幕上的短信和通知：各种社交媒体的提醒和应用程序的推送，还有他哥哥达米安发来的短信。

达米安：你今晚什么时候下班？你可以到我这边来，我也可以把东西带到你那边去，跟我说一声

费利克斯把驾驶座向后倒去，抬头注视着汽车绒绒的灰色顶盖，点上打火机。片刻之间，他闭上双眼，吸气，然后举起手机，点开和达米安的通讯记录。前一条是他昨天的回复：明天下班给你打电话。这之前是来自达米安的几个未接电话。十天前，费利克斯发了一条短信：抱歉我不在家。他盯着记录，然后关掉聊天窗口。有一小会儿，他长吸一口气，又慢慢吐气，手指滚动翻阅其他推送，把它们消掉或点开阅读。他收到一个约会软件发来的新消息，于是把它点开。

帕特里克：你今晚方便吗？

费利克斯点开"帕特里克"，翻阅他上传的照片。其中一张图片里，一群男人在某社交活动上勾肩搭背地合影。另一张图片里，一个留胡须的男人跪在一片水域面前，捧着一条大鱼，斑驳的鱼身在阳光下闪着虹光。费利克斯回到消息页面，在回复栏输入：或许吧，怎么了？他没有点击发送，而是回到他哥发来的短信页面。他锁上手机屏幕，继续抽烟，听音乐。他偶尔会哼哼旋律，或心不在焉地跟着唱几句，声音轻盈愉快。车外，雨开始敲打挡风玻璃。

七点五十五分时，他把烟头抛到窗外，倒车离开了停车场。

他的双眼看上去有点无神。近村子时，他打开方向灯，从仪表板上拿起手机，眯起眼审视它。屏幕上没有显示新消息。不知为何，他把方向灯关掉，继续笔直地开下去。他后面那辆车按了喇叭，费利克斯息事宁人般地低声说道：好了，知道了，去你妈的。他一只手搭在方向盘上，另一只手拨了一个电话。

响了两声后，一个声音应道：喂？

你在家吗？费利克斯问。

我家吗？在。

忙吗？

不，一点都不忙。怎么了？

我刚下班，他说，想着过来看你一眼，要是你在的话。你觉得怎么样？

这个嘛，我肯定是在的。我就在这。

那我马上就到，费利克斯说。

他挂掉电话，把手机悄无声息地扔到副驾驶座上。几分钟后，路的左边出现一栋高大的白色住宅，他又打了方向灯。

他按响门铃时，外面还在下雨。艾丽丝出来应门，穿了件羊毛衫，一条深色短裙。她光着脚。她本来把双臂抱在胸前，然后又松开了。费利克斯站在门口看着她，一只手插在兜里，一只眼略微闭上，仿佛难以聚焦。

嘿，他说，我打扰到你了吗？

一点儿也没有。你想进来吗？

来都来了，进呗。

他跟着她进屋,关上房门。她穿过客厅,空间很大,红墙,壁炉里点着火。炉火对面是沙发,上面堆了各种颜色的薄毯和垫子。茶几上摊着一本书,倒扣在一杯热茶边。艾丽丝走进客厅,费利克斯在过道里站住。

看起来非常惬意,他说。

她倚在沙发上,再次抱住双臂。

你在干吗呢,读书吗?他问。

没错。

希望我没有打扰到你。

你刚才说过了,她说,我跟你说了你没有。

一时半会儿,两人都没再说话。费利克斯低头看着浅褐色的地毯,或者他自己的鞋。

我有阵子没收到你消息了,她说。

他似乎一点也不惊讶,继续研究着地毯。对,他说。

她没说话。片刻之后,他抬头飞快地扫了她一眼。

你在生我气吗?他问。

不,我没有生气。我感到困惑。说实话,我以为你再也不想见到我了。我以为自己做了什么错事。

他皱了皱眉。啊,不,他说,你没做错什么。你说得对,我知道我的确一阵没联系你了。

她面无表情地点点头。

你想让我走吗?他问。

她不确定地动了动嘴。她说,我不知道究竟发生了什么。但或许是我的错。

他似乎思考了一下，或者假装在思考。他说，好吧，我不觉得都是你的问题。我知道你是什么意思。我觉得我们都有问题。老实说，我现在不是很想认真谈恋爱。

了解。

对，他说，我们一起大老远去了意大利，我觉得有点，你懂的。这之后可能更随意一点会比较好。

好。

他把身体顺着脚后跟向后摇了摇。他说，好吧。那我这就走，行吗？

你想走就走吧。

有一小会儿，他没有动，而是站在原地，不确定地环视房间。他说，反正你也不在乎，不是吗？

你说什么？

他透过鼻子深吸了口气，缓缓地重复道：你反正也不在乎，还是说你在乎的？

在乎什么？

我是说，我走还是不走。我联不联系你。你都不在乎。

我认为我表现得很明显了，她说，是你说你不在乎。

但你表现得好像你不在乎。

她带着讶然的微笑，答道：你要我怎么做呢，跪下来求你别走吗？

他对着自己笑起来。他说，问得好。我不知道，可能我希望你这样。

好吧，不能如你所愿了。

看样子是的。

他们彼此注视。她对着他皱眉，他又笑了，摇摇头，把脸转开。

妈的，他说，我真是不懂。为什么我老觉得你是我老板，你说什么我就得做什么？

我不知道你为什么会有这种感觉。我应该从没要求你做什么。

她依然看着他，但他却不愿回应她的目光，而是看向踢脚板。

最后，她说：来都来了，要喝一杯吗？

他环顾房间，耸了耸肩。他说，行啊，没问题，喝吧。

我在外面放了瓶红酒，我要不拿酒杯来？

他对着自己皱眉，然后说：好啊，行。他清了清嗓子，补充道：谢了。

她去了厨房，他脱掉夹克，把它挂在扶手椅的椅背上，在沙发上坐下来。他从兜里取出手机，查看屏幕，上面显示一通达米安的未接电话。他把通知滑动打开，然后输入消息。

  费利克斯：嘿抱歉我今晚不在家。明天给你打过去

几秒后他收到一条回复。

  达米安：已经快三周了。你跑哪儿去了？

费利克斯皱着眉头,开始打字回复,不断地删除和重新输入。

费利克斯:我上上周不在然后这周在上班,我跟你说过的,我明天不上班到时候给你打电话

他发完信息,锁上手机屏幕,盯着炉火看。艾丽丝端着两只空酒杯和一瓶红酒回到客厅。他看着她开瓶,往两只杯子里倒上酒。

我们要进行那种关于人生的深刻对话了吗?他问。

她递给他一只酒杯,在沙发另一头坐下。嗯,她说,我才刚刚调整好心态。我感觉我还没准备好。

他点点头,低头注视着自己的酒。可以理解,他说,那你想干吗,看电影什么的?

要是你想的话可以啊。

她提议他浏览她的奈飞①账户,输入密码后她把笔记本电脑递给了他。他打开浏览器,她啜着酒,望着炉火。他拿两根手指漫无目的地滚动一系列缩略图,时不时抬眼扫她,仿佛有点分神。最后他说:好吧,我不知道你喜欢什么电影,你来挑吧。只要不用看字幕就行。他把电脑递给她,她一言不发地接过来。他闭上双眼,头向后倒在沙发靠背的顶部。天哪累死我了,他说,我现

---

① 奈飞,是一家会员订阅制的流媒体播放平台。

在喝酒的话可能就不该开车了。她继续滚动屏幕，说：你要是想的话可以在这儿过夜。他没说话。屏幕上显示了一串分类，比如"情感电影佳作"、"暗黑悬疑电影"、"原著改编剧作"。壁炉里一根干树枝嘎吱一声，溅起一串火花，嘶嘶作响。艾丽丝回头看向费利克斯，他一动不动地坐着，闭着眼睛。她凝视了他几秒，然后合上电脑。他没有动静。她盘腿坐在沙发上，望着格栅里跃动的火焰，饮完杯里的酒，然后离开房间，关掉了顶灯。

两个半小时后，费利克斯从入睡时的姿势中醒来。房间昏暗，仅剩火光。屋里某处传来流水声。他坐正了，擦了擦嘴，拿出手机。已经快到晚上十一点了，他收到一条新短信。

达米安：用点脑子吧费利克斯。你现在在哪儿连电话都不能打？

费利克斯开始编辑回复，先输入了"这关"，然后删掉"这"字，开始输入"关你什么"，最后停了下来。他盯着格栅里低低燃烧的余烬看了一会儿，脸和衣服染上一层金属抛光般的深邃亮光。终于，他从沙发上起身，走出房间。外面门厅里很亮，他站在楼梯口，眉头紧锁，似乎在让双眼适应光亮。艾丽丝站在厨房里笑着说：哦，我不会为了这种鸡毛蒜皮的事生气的。他穿过大厅，来到敞开的门口。艾丽丝正在往冰箱里看，背对着他。冰箱里的灯光在她身体周围构成一个白色的长方形边框。她一只手把手机放在耳边，另一只手撑开冰箱门。或许是下意识地模仿她的姿势，费利克斯也把右手放在厨房门框上,凝视着她,一言不发。她继续笑着。给我发照片好吗?她说。她任由冰箱门旋上,来到水槽边。她面前的黑色窗玻璃上折射出屋内明亮的陈设。她抬头一看,发现了身后的费利克斯。她没有露出惊讶的神色,而是对着手机说:我得挂了,有人进来了,咱们下周见,对吧?费利克斯站在原处,不再看她,转而盯着地板。我给你留个悬念,艾丽丝对着手机说,下次再聊,晚安。她把手机放在料理台上,转身面向费利克斯。他没有抬头看她,清了清嗓子,说:抱歉。我这周的排班很奇怪,我都没意识到自己这么累了。她让他别在意。他动了动下巴,点点头。她继续面朝他站了一会儿,他仍然没有看她,最后她转过身去,把一整块面包包好。

你今天上了很久的班吗?她问。

他仿佛被她的问题逗乐了,答道,在那儿上班没哪天不觉得长的。

如今她背对着他,他又开始注视她。她把一只小白盘上的面包屑扫进脚踏式垃圾桶。

你刚刚在跟谁打电话?他问。

哦,我朋友。

艾琳?

不是,她说,很有意思,艾琳和我从不打电话。刚才是我一个叫丹尼尔的朋友,之前好像没提过。他住在伦敦,是个作家。

费利克斯继续自顾自地点头。你估计有很多作家朋友咯?他问。

有几个。

他在门口逗留,用指尖粗鲁地揉搓左眼皮。艾丽丝从水槽里拿出一块抹布,擦拭餐桌表面。

抱歉我这周没联系你,他说。

没关系,别担心。

和你在意大利玩得很开心,我不希望你觉得我不开心。

没关系,她说,我也玩得很开心。

他吞咽了一下口水,手重新放回兜里。我能在这儿过夜吗?他问。我太累了,可能没法开回家了。要是你介意的话我可以睡沙发。

她把抹布放回水槽,说她可以收拾出一张床给他睡。他低头盯着地板。她来到他面前,友好地问:费利克斯,你还好吗?他露出似笑非笑的神情。还行,没毛病,他说,就是有点累。他终于迎上她的目光,说:你想不想一起睡?要是你不想跟我睡了也没事,我知道我之前表现得有点烂。她回头看向他,目光在他脸上移动。她说,你不回我消息的确让我觉得自己有点蠢。你能明白我为什么有这种感觉吗,还是你觉得我脑子有问题?他露出局促的神情,说他不觉得她脑子有问题,他想过回她短信的,但时间一久他觉得再回复的话有点尴尬。他用手揉着肩膀。没事,我走就是了,他说,我可以开车,我没问题。反正我最后也没喝那杯红酒。抱歉我打扰你打电话了,你要是想的话可以给你朋友打回去。

我希望你留下来,她说,在我家过夜,如果你愿意的话。我不介意的。

你不介意，还是你想我这样？

我想你这样。不过要是之后你又不回我消息，我可能会怀疑你其实很讨厌我。

他看起来很高兴，手松开肩膀，说，不，我会好好表现的。你明早会收到一条友好正常的消息，说我昨晚过得很愉快。

她戏谑地答道：哦，这很正常吗？

好吧，我之前和一个人约会，之后没给她发消息。我觉得她好像为此有点生气，我也不确定。

你可以试试不请自来地出现在她家门口，然后在她家沙发上睡两个小时。

他将手放上胸口，仿佛受了伤。他说，艾丽丝，不要再攻击我了。我已经够难为情了。过来。

她走到他身边，他吻了她。他的双手在她身上移动，她发出轻柔的叹息。他兜里的手机开始震动，发出来电的嗡鸣。你不接吗？她问。不了，他答道。没关系，我来把它关掉。他拿出手机，对着达米安的来电按下拒听键，然后说：你知道我现在想干吗？我想上楼躺到你床上，你跟我讲你这周干了什么。艾丽丝说这听起来非常纯洁。他说，好吧，我可以边脱你衣服边听你讲，怎么样？她红了脸，摸了摸嘴唇，说：随你。他被逗乐了，淘气地看着她。我说这话让你脸红了？他问。我倒不介意你脸红，不过你明明靠写黄书赚钱。她说她的书不黄，他说他在网上读到的片段挺黄的。他说，而且我知道你在公开场合谈性一点都不尴尬，我亲眼所见。我们在罗马那会儿,你在台上就在讲这个。艾丽丝说那不一样,她讲的不是自己的事,而是抽象的性。他端详了她一会儿。他说,我能问一下吗,你这周要去伦敦,还是你朋友会过来?我不想管闲事,不过我刚听见你说下周要见他。她微笑着说她要去伦敦出差。他说,真是个空中飞人啊。不过伦敦有点脏兮兮的,所以我也不嫉妒你。我之前在那儿住过。他的手机又开始震动,他叹口气,又从兜里拿出手机。艾丽丝说,我就不问是谁打来的了。费利克斯用手按下按钮,心不在焉地回答:啊,是我哥。我没有背着你在别人家沙发上睡着,别担心。她笑起来,这似乎让他高兴。他放回手机,说:咱们上楼去吧?再这样熬夜下去我对你就没什么用了,我快累得不行了。

他们上楼去了艾丽丝的卧室,一起坐在她床上。她拿起他的手,亲了它一下,然后沿着他的手指,亲了一排指节,最后将他的食指尖含在口中。一开始他没说话,几秒后,他说:啊,操。他把中指伸进她嘴里,她的舌头滑过他的指腹。他说,艾丽丝,我能问一下吗,你现在要不要?要是不想的话也没关系。她将口中的手指松开,说可以。他说,我们能现在就来吗,你觉得怎么样?她张着嘴,神情轻松地来到他运动裤的腰际。他平躺下来,头靠在枕上,她俯下身去。他注视着她。一缕浅色头发落下来,半掩住她的脸。她双唇湿润,双目半闭。她问他感觉如何。他说,嗯,很舒服。你过来一下。她向上凑到他身边,他把手伸到她裙下。她闭上双眼,抓住他身后的床头。他问,你想到我上面来吗?她点点头,问,脱不脱衣服?他皱着眉陷入思考。脱吧,他说，不过你要是不介意的话，我就不脱了。她脱下毛衣，咧嘴笑道：这是在玩权力游戏吗？他把手放在脑后，看她解开衬衫纽扣。不是，我就是懒，他说。她脱掉衬衫，解开胸罩。我不穿衣服好看吗？她问。他一面注视着她，一面慢慢地抚摸自己的阴茎。好看，他说，我之前没跟你说过吗？她将短裙和内裤褪到脚踝，说：我觉得少女时代的我好看，现在不好看了。她把衣服挂在床尾，爬到他身上。她说，我喜欢把你含在嘴里。她闭着双眼，他仰视着她。他说，谢谢你这么说。你为什么喜欢？她深深地呼气吸气。我本来担心你会很粗暴，她说，但其实你对我很温柔。我不是说粗暴，我是说，我担心你会想让我干很多我干不了的事情。他的左手停在她的髋部。他说，你是说像黄片里的人一样。她说是的。他说，嗯，我觉得那算是他们的一技之长。我不会指望你这样的普通人那么做。艾丽丝闭着眼，说如果他想让她学，她会尝试的。他依旧专注地看着她的脸，说：别担心。你口交的技术已经很好了。你喜欢我这么说吗？顺便一问。还是说你喜欢别的叫法？她微笑着说她不在乎这些细节。他说，但肯定有些词会让你有点扫兴，不是吗？比如我说，我想让你吸我的鸡巴，你大概不会喜欢。她笑了，说她不会介意，但她觉得这个说法听起来有点搞笑，而不是性感。他同意这个说法有点搞笑，说它听起来像电影里的台词。他问，你讨厌"操"这个字吗？有的人讨厌，但我不介意。但要是我说，我们现在能操一把吗——你会不会兴致全无？她说不会。他说，那好，那就让我来操你吧。他收回手，手指湿润发光，在她身上留下湿湿的印迹。当他进入她时，她深吸了口气，手紧紧抓住他的肩膀。他还穿着衣服,那件带着刺绣商标的绿色运动衫。他说,你脱掉衣服后看上去很娇小。我之前都没意识到你这么小。她发出一声呻吟,摇摇头,什么也没说。他坐起来一点,打量着她。你要等一等吗?他问。她大口吸气,缓慢呼气,双眼紧闭。她说,我没事。全都进去了吗?或许因为她没看他,他容许自己露出微笑。他说,差不多了。你还好吗?她的脸和脖子已经通红。她说,你好大。他温情地抚过她的身侧。嗯,他说,但不痛吧,痛吗?她依然闭着眼,答道:第一次时有点痛。他轻柔地抚摸着她的乳房,问,我们第一次上床那次吗?你当时没跟我说。她摇摇头,皱着眉,仿佛非常专注。她说,我没跟你说,但我当时不想让你停下来,那种感觉很好。让我觉得被填得很满。他舔了舔上唇,依然注视着她。啊,我喜欢让你这么觉得,他说。她睁开双眼看他。他把双手放在她的髋上,轻轻将她往下拽,直到他完全进入她。她长吸了口气,点点头,继续看着他。他们沉默着交合了几分钟。她紧闭双眼,他又问她还好吗。她说,你有没有感觉非常强烈。他抬头看她,一脸坦诚。嗯,他说,顺便一提,我不觉得你少女时比现在更好看。你现在很美。我还有个想法。你之所以性感,很大部分原因是你说话的方式,你的小动作。我敢打赌你年轻的时候不会有这样的举止,不是吗?哪怕你当时是这样的,我还是更喜欢你现在的样子,我不是在顾及你的感受。她的呼吸急促起来,她伸手去够他的手,他伸手迎上。她说,我要高潮了。她紧紧抓住他的手。他轻声说:看我一下。她看着他。她张着嘴,叫出声来,胸口和脖子泛起一片粉红。他回应她的目光，粗重地呼吸着。最后，她倒在他的胸前，膝盖蜷曲在他身侧。他的手滑下她的脊椎。一分钟过去，五分钟过去。他说，嘿，别这样睡着了。咱们好好躺下来。她用手背揉揉眼，爬下他的身体。他整理好衣服，她一丝不挂地躺在他身边。他拿起她的手，亲了一下。他说，还行吧，是不是？她把头向后靠到枕上，笑了出来。她说，我不知道你之前在伦敦住过。他自顾自微笑着，仍然握着她的手。他说，你不知道我的事多了。她抵着床单尽情地双肩后展。

她说，全部讲给我听。

十八

我的挚友!抱歉我回晚了——我现在在巴黎给你写信,我去伦敦领奖,刚从那边回到这里。他们给我颁奖都不会厌烦的吗?很遗憾我这么快就厌倦了,不然我的生活将有无穷无尽的欢乐。言归正传,我很想你。今早我坐在奥赛博物馆里,看那幅可爱的马塞尔·普鲁斯特的肖像,一面希望画他的人是约翰·辛格·萨金特[1]。很不幸,画里的他相当丑,尽管如此(我要强调是"尽管"!)他的眼神让我想起了你。或许是它闪闪发光的样子。"或许世上只存在一种智慧,人人都参与其中,我们每人都站在自己的肉身之中,向它投去目光,如同在剧院里,每人都有各自的座位,却只有一个舞台。"读到这段话让我感到异常幸福——它让我想到我或许和你享有同一种智慧。

今天我在博物馆顶楼看到几幅贝尔特·莫里索[2]的肖像,画家是爱德华·马奈[3]。每幅画中的莫里索看起来都有点不一样,因此很难想象她实际长什么样——想象她是如何将这许多肖似的脸融合成一张可以辨识的完整的脸。我后来找到--张她的照片,被

---

[1] 约翰·辛格·萨金特(1856—1925),美国画家,曾在巴黎受训,深受巴黎印象派影响。
[2] 贝尔特·莫里索(1841—1895),法国印象派画家。
[3] 爱德华·马奈(1832—1883),法国现代派画家,现实主义向印象派转型期的代表画家。

她硬朗的五官所惊讶，因为在马奈的作品中，它们看起来要么飘渺要么纤弱。一幅画里，她颇具英姿，肤色黝黑，着一身白裙，像一尊雕塑；她和其他两人一起坐在阳台上，前臂歇在阳台屏障上，手持一柄合上的扇子。她在注视别处，眉头微蹙，神情复杂而充满表现力，正陷入深思。另一幅画里，她五官柔和俏丽，戴一顶黑高帽，配黑色披肩，注视画外的观者，目光犹疑却富含深意。马奈的作品以她为模特的数量最多，超过他的妻子。但当我看这些画时我并不总能立刻发觉她的美。她的美需要我努力去寻找，需要某种阐释，某种抽象的智识分析，或许这正是它吸引马奈的地方——或许也不一定。六年里，在母亲的陪伴下，莫里索来到马奈的画室，他画她，她总是穿着衣服。她自己也有几幅画在博物馆里陈列。两个女孩在布洛涅森林的一张公园长凳上坐着，一个穿白裙，戴一顶宽边草帽，向前埋头对着大腿，或许在读书，另一个穿深色长裙，浅色长发用黑色缎带束紧，向观者露出雪白的颈项和耳朵。两人背后隐现着公园的郁郁植被。莫里索从未画过马奈。和他相识六年后，据说在他的提议下，她嫁给了他弟弟。他后来只画过她一次，画上一枚婚戒在她的纤手上闪闪发光，之后他便再没画过她。你不觉得这里面有个爱情故事吗？它让我想起你和西蒙。请容我再由衷地说一句：感谢上帝，让西蒙没有兄弟！

奥赛这样的博物馆有意或无意地存在一个问题，就是展品实在太多了，无论你怎么规划路线，无论你的本意是多么崇高，你都会懊恼地发现自己正穿过才华横溢的无价之宝，寻找厕所的方位。然后你会觉得好像有点掉价，仿佛你让自己失望了——至少我是这种感觉。我猜你绝不会在博物馆里找厕所，艾琳。我猜你一踏入欧洲伟大画廊尊贵的房间，就会把这等凡夫俗子的需求抛在身后，或许它们就从没烦扰过你。我们其实不会把你视作肉身的存在，而像是纯粹的智慧之光。我多希望此刻你的光辉正照耀在我的人生之上。

昨天下午我接受了三个采访，拍了一个小时照片。采访间隙，我父亲打来电话，说他跌了一跤，正在医院拍 X 光片。他的声音很微弱，口齿也相当不清。我站在出版社位于蒙帕纳斯的办公楼走廊里接他的电话。面前是女厕所入口，旁边挂了一幅法国某畅销作家平装书的巨幅海报。我问他什么时候拍片，但他也不知道——我甚至不清楚他是怎么做到给我打电话的。打完电话后，我沿着来时的走廊回到办公室，一位友善的四十多岁女记者继续对我进行预计长达一小时的采访，询问我受到什么作家的影响以及我的文学风格。采访结束后，我们又在街上拍了照片。几个行人驻足围观，或许好奇我是谁，为什么有人在拍我；同时摄像师指示我，"面部放松""看起来自然一点"。晚上八点，我乘车去蒙马特一个活动中心，做了一场朗读会，回答了观众问题，时不时喝一小口小塑料瓶里温吞吞的水。

今早，我疲惫不堪，漫无目的地沿着酒店附近一条街往下走，最后遇到一家空教堂，走了进去。我在里面坐了二十来分钟，沐浴在悠长庄重的神圣氛围之中，为高贵的耶稣落了几滴赏心悦目的眼泪。说这些是为了向你解释我为什么对基督教感兴趣——简而言之,耶稣的"人格"让我着迷,为之感动,几乎到了有点感伤,甚至哀怨的地步。祂的人生让我动容。一方面,我被祂这些方面所吸引,和祂感到亲近,近似于我对某些钟爱的小说人物的感受——这是正常的,因为我是通过一模一样的途径认识祂的,也就是通过阅读关于祂的书籍。另一方面,祂让我感到谦卑和震撼。在我看来,祂代表着某种道德美,而我崇敬这种美,甚至想说我"爱"祂,尽管我很清楚这听起来有多可笑。可是艾琳,我真的爱祂,我甚至无法假装这种爱和我对梅诗金公爵①、夏尔·斯万②,或伊莎贝尔·阿切尔③的爱是同一种爱。它其实是一种不同的爱,不同的感受。尽管我并不真的"相信"耶稣在死后复活了,但事实是,福音书中最动人的一些场景,我最频繁地重读的一些部分,都发生在祂复活之后。我发现自己很难将复活之后和之前的耶稣区分对待;他们对我来说都是同一个人。我想我的意思是,复活后的耶稣继续说着"只有祂"才会说的话,我无法想象它们出自别的灵魂之口。但我对耶稣的神性的思考也仅止于此。我对祂有一种强烈的喜爱和温情,每当我思考祂的生与死时,我都会感到动容。仅此而已。

不过,耶稣的典范非但没有为我注入灵魂上的宁静,反而将我的存在衬托得更加渺小和狭隘。我在公开场合老是在谈关怀伦理和人类共同体的价值,但在真实生活中我除了自己没有照顾任

---

① 梅诗金公爵是陀思妥耶夫斯基的小说《白痴》的主人公。
② 夏尔·斯万是普鲁斯特的小说《追忆似水年华》中的人物。
③ 伊莎贝尔·阿切尔是亨利·詹姆斯的小说《一位女士的画像》的主人公。

何人。这世上有谁依靠我做什么吗？没人。我可以自责，也的确感到自责，但同时我认为我们这一整代人都是失败的。从前我们这个年纪的人已经结婚生子偷情了，而如今大家到了三十岁仍然单身，和从来见不着面的室友合租。传统婚姻显然无法满足我们的需求，并且几乎无一例外地以这样那样的失败告终，但至少这是一种努力，它没有可悲而毫无新意地杜绝人生的一切可能。当然，要是我们都单身，禁欲，仔细防守个人边界，那很多问题都能得以避免，但与此同时我们的人生几乎也就不值得一过了。你大概会说，传统的相伴模式是错的——的确如此！——而我们不愿重蹈覆辙——谁说不是呢。可是当我们破除旧的桎梏后，我们提供了什么替代方案吗？我无意为强迫性的异性一夫一妻制辩护，但它起码是个办法，是度过人生的一种方式。而我们呢？有什么取而代之的方式？没有。我们憎恨别人犯错远胜过爱慕他人行善，于是乎活着最轻松的方式就是什么也不做，什么也不说，谁也不爱。

  话虽如此，耶稣教我们不要评判。我不赞同毫不宽恕的清教徒主义或道德上的虚荣心，但我也并非没有这两种习气。我痴迷于文化、"好东西"，狂热地研究爵士唱片、红酒、丹麦文化，还有济慈、莎士比亚、詹姆斯·鲍德温，万一这都是出于虚荣，或者更糟的是，它们是我用来遮盖我出身带来的原生性创伤的绷带？我用精致的文化在我和父母之间挖出一道鸿沟，他们已经摸不到我，甚至够都够不到。而当我站在鸿沟这头回望，我感到的不是歉疚或失落，而是解脱和满足。我比他们更好吗？当然不是，我或许比他们幸运。但我和他们不一样，我不了解他们，没法和他们一起生活，无法将他们引入我的内心世界——同样，也无法书写他们。我的尽孝无非就是一系列仪式，让我不至于被谴责，但我同时什么也没付出。你在上一封信里讲到生命在文明崩塌之后继续，这让我很感动。然而我无法想象自己的人生变成那样——我的意思是，无论后面延续的是什么样的人生，那都不是我的了，严格说来。因为我归根结底是我们文化的产物，文明边沿上一个小小的气泡。当文明不复存在，我也就不复存在了。不过我也不介意。

另外——很抱歉问你这个，但西蒙说会跟你一起过来——我应该准备两间卧室还是一间？

十九

周五早上下雨,艾琳于是乘公交上班。她这会儿已经读完了《卡拉马佐夫兄弟》,正在读《金碗》。她站在车厢里,一只手抓着右上方的黄色扶手,另一只手捧着书。下车后,她用围巾包住头,在雨里走了几分钟,抵达位于基尔代尔街的办公室。她的同事正边笑边看一个讽刺英国脱欧谈判的视频。艾琳来到众人聚集的电脑前,越过他们的肩头看向电脑屏幕,办公室外侧的窗玻璃上,雨水轻柔无声地滑过。她说,哦,我看过这个。很搞笑。然后她泡了壶咖啡,在桌前坐下。她检查了手机,看到洛拉发来短信商量这周的"蛋糕试吃"环节。艾琳回复道,我明天晚上不行,其他时间都可以。你定好了告诉我。洛拉几分钟后就回复了。

洛拉:你明天干吗

艾琳:有点事

洛拉:嘿嘿

洛拉:你在约会??

艾琳环顾办公室,仿佛看有没有人在注视她,然后她将注意力转回手机,开始打字。

艾琳：无可奉告

洛拉：他高吗

艾琳：不关你事

艾琳：但没错他有一米九

洛拉：！！

洛拉：你们网上认识的吗

洛拉：他是连环杀人犯吗？

洛拉：不过他要是有一米九的话，算是好坏参半吧

艾琳：提问环节结束

艾琳："蛋糕试吃"的时间定下来了跟我说

洛拉：你想带他来参加婚礼吗？

艾琳：没有必要

洛拉：为什么？？

艾琳收起手机，在工作电脑上打开浏览器窗口。她顿了顿，盯着主页上的搜索引擎，然后迅速而轻巧地敲出"艾琳·莱登"，按下回车键。屏幕上显示出一页搜索结果，最上面是一组图片。其中一张是艾琳本人的照片，夹在两张黑白老照片之间。其他结果主要来自别人的社交媒体头像，还有一些是讣告和专业档案。页面底部是一个链接，通往杂志官网：艾琳·莱登，助理编辑。她点击链接，打开一个新页面。上面没有照片，只写着：艾琳·莱登是《哈考特评论》的助理编辑及撰稿人。她关于娜塔丽亚·金兹伯格的小说的评论载于杂志<u>第四十三期，二〇一五年冬</u>

季刊。这句话的末尾加上了超链接,艾琳点击后跳转到当期杂志的购买页面。她关上页面,打开工作邮箱。

当晚回家后,艾琳拨打了父母家的电话,她父亲帕特接了电话。他们就当天新闻里一个小政治争端聊了几分钟,两人都对事件颇有微词,连语气都一模一样。帕特说,上帝啊,下一场选举快点来吧。艾琳说她也会为此祷告的。他问她工作如何,她说:没什么可说的。她在卧室床上坐着,一只手把手机举在耳边,另一只手放在膝上。他说,我叫你妈过来听。一阵窸窸窣窣的杂音,然后咔哒一声,电话那头响起玛丽的声音:喂?艾琳挤出微笑。嗨,她说,你怎么样?她们聊了会儿工作的事。玛丽聊起学校新来的一个员工把两个姓沃尔什的女教师搞混了。艾琳说,好笑的。然后她们聊起婚礼的事,艾琳在橱窗里看到一条裙子,玛丽正在两双鞋之间犹豫,最后她们聊到了洛拉的行为,玛丽对洛拉行为的回应,玛丽对洛拉行为的回应背后的态度。艾琳说,每次她跟你发脾气,你都指望我站在你这边。她跟我发脾气时,你却说不关你事。玛丽对着话筒大声叹气。她说,好,好,我太失败了,我让你们两个都失望了,你还想让我说什么?艾琳硬邦邦地答道:不,我可没说过这话。玛丽顿了顿,问她这周末有没有安排。艾琳带着戒备的语气说她准备周六晚上见西蒙。玛丽问,他还和新女朋友在一起吗?艾琳闭上双眼,说她不知道。玛丽说,你有段时间非常喜欢他。艾琳沉默了几秒。玛丽说,难道不是吗?艾琳睁开双眼。是的,妈妈,她说。玛丽带着笑意说:他的确是个帅小伙儿。不过他已经三十好几了,不是吗?我敢说安德鲁和杰拉尔丁肯定还是想看他安顿下来的。艾琳用指尖揉搓着床单上的刺绣。她说,说不定他会娶我呢。玛丽爆发出震惊的笑声。她说,哦,你这个坏妮子。你知道吗,看你把他玩弄于股掌之间的样子,我倒不会意外。这是你的新计划吗?艾琳说这不是"计划"。玛丽说,好吧,那是你的幸运。艾琳无声地点点头,然后问,难道不也是他的幸运吗?玛丽又笑起来。艾琳,她说,你知道我很爱你。你是我女儿,我当然要这么说。艾琳继续用食指勾勒着刺绣毛糙的线条。你要是不得不这么说,那我为什么从来没听你这么说过?她问。玛丽没在笑了。好了,乖,她说,我不打扰你了。晚安吧。我爱你。

艾琳挂上电话,打开一个通讯软件,选中西蒙的名字。屏幕上显示着他们最近的通话记录,是昨天,她往回滑动,依次阅读他们的聊天。

艾琳:给我发张你房间的照片

消息后面跟着一张酒店房间内部的照片,一张双人床,几乎占据整个房间。床上有一条紫色的羽绒被,一条叠好的被子,是不一样的紫色。

艾琳:再发张有你的照片……
西蒙:哈哈
西蒙:"高级政治顾问在独立战争纪念活动期间发送

裸照"

　　艾琳：爱尔兰共和军难道不是为了我们的自由而战的吗，西蒙？

　　西蒙："那些战士肯定也希望我这么做。"涉事前顾问坚称

　　艾琳：哦趁我现在想起来了

　　艾琳：你知道艾丽丝这周在巴黎吗？

　　西蒙：你开玩笑的吧

　　西蒙：她从哪里出发的？

　　艾琳：她没说，但应该是都柏林吧

　　西蒙：神秘的国际女性

　　艾琳：哦天哪千万不要这么说

　　艾琳：她肯定想听人这么叫她

　　西蒙：我只是希望她没事

　　西蒙：如果今晚回来得早我给你打电话，好不好？

　　艾琳回复了一个竖大拇指的表情。之后再无短信记录。她关闭聊天记录，回到通讯软件主页。她的手指在按钮处晃了晃，仿佛要关掉它，但最后她似乎在冲动之下点击了洛拉的名字。洛拉之前的短信出现在屏幕上：为什么没必要？艾琳用大拇指打出回复。

　　艾琳：因为他反正都会去

她点击发送,几乎立即出现一个图标,显示信息"已读"。屏幕上显示一个闪烁的省略号,几秒后传来回复。

洛拉:哦老天

洛拉:说起连环杀手

洛拉:请不要告诉我那人是西蒙·科斯蒂根

艾琳把头靠在床头板上,继续输入。

艾琳:哇

艾琳:这么多年了,你还在为他喜欢我胜过你而生气

洛拉:艾琳

洛拉:你该不会真的在和那个怪胎约会吧

艾琳:我和他约不约会不关你事

洛拉:你知道他会去忏悔的吧

洛拉:也就是说他会把自己的坏念头告诉神父

艾琳:好吧

艾琳:首先,我认为他们不会这样忏悔

洛拉:我敢打赌他有奇怪的性癖好

洛拉:你十五岁的时候他就喜欢你

洛拉:当时他起码二十了

洛拉:不知道他有没有跟哪个神父忏悔过这件事

艾琳：笑死我了

艾琳：有生以来就这么一个男人喜欢我胜过你

艾琳：你直到现在还耿耿于怀

洛拉：好了小妹妹

洛拉：等你结了婚怀了孕不要来找我哭

洛拉：说你家附近的女学生开始神秘失踪……

艾琳盯着手机屏幕看了几秒，头心不在焉地左右摇晃，然后开始打字。

艾琳：你知道你为什么这么讨厌他吗？

艾琳：因为他是唯一一个站在我这边反抗你的人

洛拉读了这条信息，但没有出现省略号，也再无回复。艾琳锁上手机屏幕，把它推到床的远处。她伸展双腿，打开笔记本电脑，开始给艾丽丝写信。过了二十分钟，她的手机再次震动，她拿起手机。

洛拉：真是笑死人了

艾琳读着这条短信，深吸口气，然后闭上双眼。这口气缓缓地离开她的身体，进入房间，这些小水滴和微粒与房间的空气混杂在一起,顺着它移动,扩散,然后慢慢地,慢慢地,沉向地面。

/

次日晚上十点,在皮姆利科某户人家的厨房里,艾琳一面用塑料杯喝威士忌,一面和一个叫利安娜的女人聊天。利安娜说,对,有时候要加班到很晚。我一周有好几天要在那儿待到晚上九点。艾琳穿着一件黑色丝绸衬衫,颈上戴着一条细金链子,在顶灯下闪烁。客厅传来乐声,旁边水槽前有人试图开一瓶气泡酒。艾琳说她大部分晚上都是六点前下班。利安娜笑了,笑声尖利,几近惊恐。上帝啊,她说,六点?不好意思,你是做什么的?艾琳说她在一家文学杂志上班。这时派对的主人葆拉走过来,问她们喝不喝气泡酒。艾琳举起塑料杯,说:不用了,谢谢。门铃响了,葆拉放下酒瓶走开了。利安娜开始跟艾琳讲她最近在办公室加的各种班,有一次她早上六点半才打的回家,两小时后又得打的去上班。艾琳说,这太伤身体了。这时厨房门开了,利安娜转身看是谁进来了。来人是西蒙,穿着一件白色衬衫款外套,肩上背着帆布包。利安娜欢声向他致意。她张开双臂,西蒙接受了她的拥抱,越过她微笑着看向艾琳。你好啊,他说,最近怎么样?

老天,太久没见你了,利安娜说,对了,你认识葆拉的朋友艾琳吗?

艾琳倚着餐桌站着,指尖下意识地抚摸着项链,回头看他。

他说：啊，我们其实挺熟的。

艾琳笑起来，用舌头舔了舔嘴唇。

利安娜说：哦，抱歉。我都不知道。

西蒙从包里拿出一瓶红酒，语调轻松地说：没关系。我和艾琳一块儿长大的。

没错，我还是个小婴儿的时候西蒙就非常喜欢我，艾琳说，他会抱着我在我家后院转悠，然后轻轻地亲我。这是我妈说的。

他自顾自地微笑着把红酒瓶塞拧了出来。他说：我五岁的时候就口味拔群。只有最好看的婴儿才能获此殊荣。

利安娜来回扫视着艾琳和西蒙，问西蒙是不是还在伦斯特府①上班。他说：罪过，罪过。你知道玻璃酒杯在哪儿吗？利安娜说所有的玻璃杯都是脏的，但餐桌上有塑料杯。他说：我去找一只用过的杯子洗洗。艾琳告诉利安娜，出于对地球母亲的尊敬，西蒙再也不用塑料杯了。西蒙一边用冷水洗酒杯，一边说：她把我说得太恼人了，是不是？利安娜，跟我说说，你最近工作怎么样？利安娜开始跟他讲她的工作，专门提起西蒙和她都认识的人。一个穿牛仔外套的男人从后院回来，把门在身后带上，对众人说：外头冷起来了。穿过厨房入口，艾琳迎上朋友彼得的目光，她挥着手出去迎接他。她扭头回望正在交谈的西蒙和利安娜，西蒙靠着料理桌，利安娜站在他面前，指间转动着一缕头发。

客厅又小又挤，楼梯抵着一面墙，书架上摆着盆栽，叶片顺

---

① 伦斯特府，爱尔兰国会参众两院所在地。

着书脊垂下来。彼得站在壁炉边,边脱外套边跟葆拉讨论艾琳昨晚和她父亲讨论过的政治争端。彼得说:不,没人能全身而退。当然,除了新芬党①。有人给音箱接上手机,开始播放安吉尔·奥尔森②的歌。门厅那头,他们的朋友汉娜走了进来。彼得和艾琳渐渐停止交谈,等汉娜向他们走来,她单手提着红酒瓶瓶颈,手镯在腕上咔哒作响。她立刻讲起她家车库的门下午时怎么坏了,他们等维修工人等了多久,她去城里跟她母亲吃午饭还迟到了。艾琳听她讲着,目光游回厨房门,西蒙的身影隐约可见,依旧靠着料理台,不过有几个人加入了他。彼得顺着她的视线看去,说:那个高个子。我都不知道他也来了。汉娜在咖啡桌上找到一只干净的塑料杯,为自己倒了杯酒。她问他们在说谁,彼得说是西蒙。汉娜说:哦,希望他把卡罗琳也带上了。艾琳的注意力迅速从厨房门口转向汉娜。没有,葆拉说,她今晚没来。艾琳注视着汉娜把酒瓶瓶塞重新拧上。她说:真遗憾啊。她把酒瓶放回咖啡桌,撞上艾琳的目光,问:你见过她吗,艾琳?

卡罗琳,艾琳重复道。她是……?

西蒙的女朋友,葆拉说。

艾琳微笑着,笑容看起来有些勉强。没有,她答道。我还没见过她。

汉娜喝了一大口酒,说:哦,她人特别好。你会喜欢她的。彼得,你见过她的,对吧?

---

① 新芬党,一个北爱尔兰社会主义政党,主张建立一个全爱尔兰共和国。
② 安吉尔·奥尔森,生于1987年,美国音乐人。

彼得转过身，似乎是对着艾琳说：嗯，她看起来不错。而且她只比他小十岁，这是个进步。

汉娜回击道：你太坏了。

艾琳发出尖锐的笑声。我从没见过他们在一起，她说，不知道为什么他好像不喜欢介绍我和他女朋友认识。

彼得说：好奇怪啊。

汉娜说：肯定不是这样的。

彼得对艾琳说：你知道吗，关于你俩的事，我一直有点摸不清。

汉娜惊惶地笑了，抓住艾琳的上臂。别听他的，她说，他不知道自己在说什么。

这时他们的朋友鲁瓦森走过来，问彼得对他们之前讨论的政治争端作何感想。午夜时艾琳回厨房拿酒，她停下来透过后窗看去，西蒙的身影隐约可见，在和那个叫利安娜的女人聊天。利安娜在一只手的食指和中指间松松地夹了一支香烟，另一只手抚摸着西蒙的衬衣衣领。艾琳把酒瓶放好，离开了厨房。客厅里，鲁瓦森坐在彼得的腿上，正在表演一件好笑的轶事。艾琳站在沙发边小口喝酒，在大家听到结尾的笑点而大笑时露出微笑。后来她来到门厅，从挂钩上好几件别人的外套底下取下自己的。随后她从前门出去，把门在身后关上。外面空气清凉。在她身后，葆拉家客厅亮着灯，透过窗发出温暖的深金色，屋内传出轻柔的音乐和人声。艾琳从兜里拿出手机。屏幕上显示 00:08。她穿过前门，来到人行道上，双手插进外套口袋。

没等她走到街角，葆拉家的门开了，西蒙出现在台阶上。他没关门，高声说道：嗨，你这就走了吗？艾琳转过身。他们之间横着空旷漆黑的街道，街边汽车的弧形顶盖微微反射着灯光。她说：对啊。他在原地站了一会儿，看着她，或许皱着眉。好吧，我能送你回家吗？他问。她耸耸肩。他说：等我一下。他回到屋内，她站在原地，双手插兜，手肘向外，盯着人行道表面的裂缝。他再次出现，关上门，在对面联排住宅的外墙上发出回响。他弯下腰，解开锁在葆拉家前院栅栏上的自行车，把车锁和钥匙放进身上的帆布包里。她站着望他。他直起身来，推着车来到她身边。嗨，他说，你还好吗？她点点头。你走得有点突然，他说，我刚才在找你。

你肯定没找多久，她说，房子那么小。

他略带疑惑地笑了。是没多久，不过你也没走多久啊，他说，你离门也就十五米的样子。

艾琳又走起来，西蒙走在她身侧，自行车在两人之间轻轻地发出咔哒声。

利安娜挺好的，之前还想介绍我们认识，他说。

是啊，所以你还抱了她。我连握手的份都没有。

他笑起来。对啊，我真的表现得很好，不是吗？他说，不过我觉得她注意到了。

艾琳用毫无起伏的声调说：是吗。

他低头看她，再次皱起眉头。好吧，我是不想让你尴尬，他说，你觉得我该怎么说？哦，你没必要介绍我和艾琳认识。我们其实是情人。

我们是吗？她问道。

嗯。如今好像没人用这个词了。

他们来到街角，左转离开住宅区，回到主路上。人行道两侧间隔种着瘦削的树，繁茂的枝叶连缀在他们头顶。艾琳的手还在兜里。她清了清喉咙，开口说：你朋友在跟我讲卡罗琳有多么好。你女朋友。他们好像都很喜欢她，很显然她给他们留下了很好的印象。

她说话时西蒙一直看着她，但她却笔直地瞪着前方的路面。他说，对。

我都不知道你跟所有人介绍了她。

不是所有人，他说，她出来跟我们喝了几次酒，仅此而已。

艾琳用几不可闻的音量喃喃道：天哪。

两人都没说话。末了，他说：我跟你说过我在和人交往。

她问：在你的朋友里就我一个还没见过她？

我知道这听起来很糟，但我真的很努力地去做对的事。只是——你知道的，情况有点复杂。

艾琳发出刺耳的笑声。是啊，肯定很棘手，她说，你不能跟谁都米一发，不是吗？或者说你可以，只是最后会变得很尴尬。

西蒙似乎在思考她的话。过了一会儿，他说：听我说，我知道你有点不开心，但我觉得你这么说不是很公平。

我没有不开心，她答道。

他将视线转向眼前的街道上。他们沉默地走着，时间一秒一秒过去，汽车在他们身畔驶过。最后他说：你知道的，二月的时候我邀你出来约会，你说你只想做朋友。你从来没——我不想指责你，我只是跟你讲我的看法——你从来没对我展示出任何兴趣，直到我跟你说我有女朋友了。我要是说得不对你尽管纠正我。

艾琳向前耷拉着头，外套衣领之上露出修长的颈线，双眼盯着人行道。她一言不发。

他继续说道：你知道我有女朋友之后，决定晚上跟我打电话和我调情，没问题，然后你在我上床睡觉之后来我家，我们亲热了一回，没事，我不介意。在我看来，我一直说得很清楚，我有女朋友，但我和她是开放关系，所以如果你想在我公寓过夜，没问题。我不是想强迫你决定我们现在是哪种关系，我也愿意和你相处，看我们接下来怎么发展。听你的意思，我以为你也是这么想的。而且我们在一起很快乐，至少对我而言。我完全理解你听我们的朋友谈论我的女朋友会感到尴尬，但你又不是不知道有这么个人。

他说话时艾琳将手举到面前，重重地把额头上的头发拨开，她的肩膀和脖子，乃至移动时突兀得像在痉挛的手指都绷得紧紧的。她又说了一遍，上帝啊。你可真是个基督徒。

你这话什么意思？他问道。

她笑了一声，笑声中几乎带着惊恐。她说：我不敢相信自己居然这么蠢。

他们停下来，站在一片公寓楼住宅区的入口处，在路灯下面。他担忧地看着她。不是的，他说，你不蠢。很抱歉我让你难过了。

我不希望这样，相信我。我这周甚至都没见卡罗琳。我要是让你以为上周之后我会和她分手，我向你道歉。

她一直遮着脸，双手揉搓着眼睛，说话时声音含糊不清。哦，上帝，她喃喃道，我只是以为——不，我甚至不知道我以为什么。

艾琳，你想要什么？如果你真的想我们在一起，我随时都可以和卡罗琳分手。我愿意，非常愿意。但如果你不想那样，如果你只想和我随便搞搞，找点乐子，那，你懂的。我没法因为你乐意这样就这么打一辈子光棍。到时候我不得不离开你。你明白我意思吗？我只是想弄清楚你想要什么。

她闭着眼，沉默了几秒。然后她用更低的声音说：我想回家。

好，他说，你是说现在吗？

她点点头，眼睛依然闭着。

最快的方法就是继续往下走，他说，可以吗？我送你到家门口。

她说好。他们在沉默中来到托马斯街，左转，向圣凯瑟琳教堂走去。红绿灯前，几辆车挂着空挡，一辆出租车亮着灯。他们默然地沿着布里吉福特街走下去，在厄舍岛过了桥。深色河面上，街灯的光裂成碎片，而后溶解。终于，他们来到艾琳住的公寓楼入口，站在向外伸出的拱门之下。他看着她，她支起头，迎上他的目光。她深吸口气，勉强地说：咱们把这事忘了吧，好不好？他顿了顿，仿佛等她的下文，但她什么也没说。他说，抱歉我问个很蠢的问题，你是指忘了什么？她继续看着他，脸瘦削苍白。她说，大概是发生的一切吧。我们还是只当朋友好了。他点起头来，她注视着他。没问题，他说，行。我很高兴咱们能聊这件事。他顿了顿，补充道：如果你觉得我在葆拉家忽略了你，我向你道歉。我本来很期待见到你，非常期待。我不想让你感到被冷落。我就此打住。我这就回家了，好吧？我这周可能见不到你了，但我们会在婚礼上见。她似乎吞咽了一下，然后迟疑地问：卡罗琳会去吗？你说过想带她去。他抬头看向艾琳，然后微笑起来。啊，不会，他说，我最后没有邀请她。但你要是想要她来，你可以直接跟我说。用不着动用这么高级的招数。她别过脸，直摇头。不，我不是那个意思，她说。他继续观察了她一会儿，然后友善地说：别担心。不久后见。他离开了，自行车轮在路面上悄无声息地碾过。

艾琳从兜里拿出钥匙，走进大楼，径直上了楼梯，穿过公寓前门。她视若无睹地推开卧室门，把它甩上，在床上躺下，然后哭了起来。她的脸很红，太阳穴上凸出一条青筋。她把双膝抱在胸前啜泣着，喉咙里发出充满痛苦的声音，令人动容。她脱下一只平底皮鞋，掷在对面墙上，鞋软趴趴地落在地毯上。她发出一声近乎尖叫的声响，将脸放入手中，摇着头。一分钟过去了。两分钟过去了。她坐起来，擦干脸，眼睛下面和手上留下黑色的眼妆污痕。三分钟，四分钟。她站起来，来到窗前，从窗帘缝隙间向外望去。汽车的前照灯一闪而过。她眼睛泛红发肿。她又搓了一下眼睛，然后从兜里拿出手机。时间是 00:41。她打开通讯软件，点击西蒙的名字。屏幕上显示着那天早些时候他们的聊天。艾琳在回复栏里慢慢地输入：老天啊西蒙，我真他妈恨你。她平静地审视着这条信息，然后仿佛经过深思熟虑一般继续输入：你真认为我们这周就是在"找点乐子"吗，与此同时你还一直在见你女朋友？那天晚上你抱着我哭，说你有多孤单，你是在开玩笑吗？你他妈脑子有病吧？她的目光再次掠过这条信息，很慢，若有所思。然后她按住倒退键，把它删了。她深吸几口气，重新开始打字。西蒙，对不起。我感觉糟透了。我不知道我在干什么。有时候我恨自己，恨不得什么重东西能砸到我头上把我杀了。你是唯一一个对我好的人，可现在你可能连话都不想跟我说了。我不知道我为什么老是在毁掉人生中所有美好的东西。对不起。她打完字时，屏幕上的时间显示 00:54。她滑到信息的开头，一径读到最后一行。然后她的大拇指再次摁住倒退键。回复栏再度回归空白，光标有节奏地闪烁着，后面跟着一条灰色的文字：输入信息。她锁上手机屏幕，重新在床上躺下。

二十

艾丽丝，我有点不明白你为什么这么快就又开始出差了。二月和你聊天时，我以为你之所以离开都柏林是因为你不想见人，需要时间休息调养。当我说我担心你总是独自一人时，你还跟我说这就是你需要的。现在你给我发邮件，开开心心讲你在巴黎参加的颁奖典礼，我觉得有点奇怪。如果你身体恢复了，想重新开始工作，那当然很好。但我猜你这些差旅都是从都柏林机场起飞的吧？你就不能让你的朋友知道你会进城吗？你显然没有告诉西蒙或我，鲁瓦森刚告诉我她两周前给你发短信，没有收到任何回复。要是你不想社交，我完全理解，但你是不是太急于强迫自己开工了。你明白我的意思吗？

这几天我一直在思考你上封信的后半部分——就是你说的，是否"我们这一整代人都是失败的"。我想我们都同意当前的文明已步入腐败的衰落期，而这种艳俗的丑陋正是现代生活最显著的视觉特征。车很丑，楼很丑，大规模生产的一次性消费品简直丑得难以言表。我们呼吸的空气有毒，我们喝的饮料里都是塑料微粒，我们的食物被致癌的聚四氟乙烯化学成分污染。我们的生活质量在下降，与此同时，我们的审美水平也在下降。当代小说（除了少数例外）已经无关紧要，主流电影就是汽车公司和美国国防部赞助的合家欢噩梦色情片。视觉艺术基本成为面向寡头富豪的期货市场。这种情况下，我们很难不觉得现代生活不如过去，过去似乎代表一种更丰厚、与人类生存处境的本质更为密切的生活方式。当然，这种怀旧冲动非常强烈，最近的反动运动和法西斯政治运动通过煽动它也颇有成效，但我不确定这是否说明这种冲动是法西斯式的。在我看来，怅惘地回望一个自然世界尚未凋零、公共文化尚未堕落为大众营销、城镇尚未成为千篇一律的就业中心的时代，再正常不过。

我知道你觉得世界自苏联解体之后便不再美丽。（说句离题的话，这个事件几乎和你的生日完全吻合，是不是很有意思？这或许能解释你为什么觉得自己和耶稣有很多共通之处，我觉得祂也认定自己是末日的先知。）但你是否有过一种稀释到个人层面的感受，即你的人生，你的世界，也在缓慢却可见地变得更加丑陋了？或者尽管你曾经和文化话语同步，如今却不再同步，觉得自己仿佛在观念世界中悬浮，被孤立，失去了智性的家园？或许这和我们特定的历史阶段有关，或许只因为我们年纪渐长，不再心存幻觉，每个人都会经历这个。当我回顾我们刚认识时的样子，我觉得我们对很多事情的看法算不上错，但对我们自己的看法是错的。我们的观点是对的，但我们错在认为自己很重要。好了，如今我们以各自的方式艰难地摆脱了这个错误的认知——我在过去十年里一事无成，而你（请原谅我这么说）取得了力所能及的最高成就，仍然没能撼动顺滑运作的资本主义体系一分一毫。年轻时，我们觉得对整个地球和上面的所有生命都有职责。如今我们能做的只有尽量不让我们爱的人失望，不要使用太多塑料，而你则要努力每隔几年出一本有意思的书。目前你在这方面干得不错。顺带一问，你开始写新书了吗？

我仍然认为自己关注美的体验，但我决不会说（除了在这封信里跟你说）自己"关注美"，因为别人会以为我在说我关心化妆品。这恐怕是"美"这个词在我们当今文化中的主流内涵了。而这里的"美"象征着丑到极致的东西——高档百货商场的塑料柜台，打折的药妆店，人造香氛，假睫毛，一罐罐"商品"——这一点在我看来真是意味深长。这是我刚才才想到的，我觉得美妆产业应该为我们周遭视野里最丑陋的事物负责，也带来了最糟糕最虚假的美学准则，它也是消费主义的至高法则。这一切纷繁的潮流和外观归根结底代表了一种原则——消费的原则。而要想真正拥抱审美体验，第一步就是彻底拒绝这种理想，甚至要反对它的一切，哪怕这么做要求你表面上变丑，也远胜过甚至在本质上"美"过花钱购买升级的个人魅力。我当然希望自己能更好看些，当然我也知道我的确长得不错，也很享受这种感觉，但在我看来，对任何一个有文化关怀的人来说，将这种本质上属于自我愉悦、追求地位的冲动当作真正的审美体验是大错特错的。历史上有哪个时代比当下更普遍或更彻底地把这二者混为一谈？

还记得我几年前发表了一篇写娜塔丽亚·金兹伯格的评论吗？我当时没跟你说，其实有个伦敦的经纪人给我写信，问我有没有在写书。我没跟你说是因为你当时很忙，我想还因为，和你当时生活中发生的一切相比，这件事太渺小了。哪怕现在我都为自己试图将这二者相提并论而难为情。但话说回来，我刚收到这封邮件时很开心，还把它拿给艾丹看，虽然他对出版既不了解也不关心，我甚至还告诉了我妈。一两天后，我开始感到焦虑和压力，因为我没在写书，也没有任何写书的想法，我觉得自己没有精力完成这么大的项目。我越想就越觉得自己试图写书是一件非常痛苦而绝望的事，因为我既没有思想深度，也没有创意，而且我这么做又是图什么呢，就为了说我写了本书吗？还是为了感觉自己和你平起平坐？这话听起来仿佛你笼罩在我的精神生活之上，我向你道歉。一般来说并非如此，即便真是如此，你带给我的也都是好的影响。最后我没有回复那封邮件。它就那样躺在收件箱里，我的心情越来越糟，最后把它删了。我本来最起码可以向那个女人道谢，然后回绝她，但我没有，或者说没法这么做，我也不知道原因。如今这也不重要了。很蠢的是我真的很享受写那篇评论的过程，也很想再写一篇，但自从收到那封邮件后我就再也没动笔了。我清楚要是我真有才华的话，肯定早就干出什么成绩了——这点上我不会自欺欺人。如果我去试了，我肯定会失败，所以我从没试过。

几个月前，你在一封邮件里指出，我和艾丹在一起时并不幸福。并非完全如此——我们刚在一起时，还是幸福过一段时间的——但我懂你意思。我也想不通自己为什么会为分手的事抑郁这么久，哪怕这段恋情本来就有问题。我想，某种层面上，可能比满三十岁更糟的是三十岁了还没经历过一段真正幸福的恋爱。我想，如果我难过只是因为某段恋情的结束，而不是因为我迄今为止没法维持一段有意义的恋情，那么我虽然表面上会更难过，实质上作为一个个体不会感到如此破碎。然而另一方面，或许还有别的原因。我想过很多次和艾丹分手，甚至跟别人说过那么多次，可我为什么没有付诸行动？我认为这不是因为我爱他，尽管我曾经爱过，也不是因为我觉得我会想念他，因为我其实从未想过我会想念他，老实说，我也并不想念他。有时我觉得我是害怕失去他后我的人生仍会一成不变，甚至变得更糟，从而不得不接受这一切都是我的错。留在一个糟糕的处境里比主动离开它要更容易也更安全。或许吧，或许如此。我不知道。我对自己说，我想要过得幸福，而幸福的情境还未出现。万一事实并非如此呢？万一是我无法让自己幸福呢？或许我很害怕，或许我宁肯活在自怜之中，或许我不相信自己值得美好的事物，或许还有别的原因。每当我遇上什么好事，我发现自己总会想：不知道它要过多久就会变坏。我几乎希望最坏的情况快点发生，宜早不宜迟，最好立刻发生，这样我至少不用再为此焦虑。

如果我这辈子都没生孩子，也没写书——这在此刻的我看来很有可能发生，那么我在地球上就没有留下任何东西让人们记住我。或许这样更好。这让我觉得，与其为了世界局势而焦虑，拿理论去分析它，而且对谁都没有帮助，倒不如专注于如何让自己活得更开心。当我勾勒自己的幸福生活时，它和我儿时的图景没有发生太大变化——一栋鲜花树木环绕的房子，旁边有条河，有一个装满书的房间，一个爱我的人，如此而已。我会在那里安家，等我父母老了，我来照料他们。我不用搬家，不用坐飞机，只是安静地活着，最后葬于泥土。活在世上，夫复何求？可哪怕这个愿望也远超出我的能力，更像一个梦，和现实里的一切都毫无关联。至于我和西蒙，对，请为我们准备两间卧室。永远爱你。E.

二十一

第二天是周三，晚上艾丽丝出门去码头附近街角边一家叫水手之友的酒吧，见费利克斯和他的朋友。她九点左右到达酒吧，穿着灰色高领和锥形裤，走得有点冒汗。酒吧里很暖和，闹哄哄的。左边一张和墙等长的深色吧台，后面立着酒瓶，上方挂着五颜六色的明信片。一只勒车犬趴在开放式工业壁炉前睡觉，脸枕在前爪上。费利克斯和朋友们坐在里面靠窗的座位上，正在友好地探讨在线赌博的营销问题。费利克斯看见艾丽丝走近后站了起来，和她打了招呼，碰了碰她的手腕，问她想喝点什么。他朝朋友们比画了一下，补充道：这群人你都认识，之前见过的。坐吧，我给你拿点喝的。他走向吧台，她在他的朋友间坐下。一个叫西沃恩的女人在讲她认识的一个男人，贷了六万欧元的款去还赌债。艾丽丝似乎觉得这个故事很有意思，问了几个很具体的问题。费利克斯端着伏特加汤力回来，在她身边坐下，手放在她的腰间，手指轻轻抚平她的毛衣。

午夜，他们从酒吧走回他家。上楼后，艾丽丝平躺在床上，费利克斯在她上面。她的眼皮微微颤抖，呼吸急促粗重。他用单肘撑起体重，把她的右腿抵在她的胸口。你不在这里的时候想我吗？他问。她用紧绷的声音答道：我每晚都在想你。他闭上双眼。她的呼吸似乎像波浪般穿过她，先挤进她的肺部，再通过她张开的嘴离开。他依然闭着双眼。他问，艾丽丝，我能射在你里面吗？她用双臂将他环绕。

次日早上，他去上班，顺便把她送回家。下车前，她问他晚上想不想一起吃饭，他说好。她问，你朋友会认为我是你女朋友吗？他听后露出微笑。的确，我们经常成双入对，他答道。不过我不觉得他们晚上会彻夜不眠地思考这个问题。好吧，他们可能会这么猜测。他顿了顿，补充道：镇上有人在传。我不在乎，我只是跟你说一声。艾丽丝问镇上的人在说什么。费利克斯皱了皱眉。啊，你知道的，他说，没什么大不了的。住教区神父房子的女作家在和布雷迪家那小子厮混。就这种话。艾丽丝说他俩的确是在"厮混"，费利克斯承认了。他补充道，或许会有人看不惯，不过我不在乎。她问为什么会有人看不惯两个单身青年厮混，他若有所思地把玩着换挡器。我的名声不太好，就这么跟你说吧，他说，我不是很靠谱。说实话，我欠了镇上一些人的钱。他清清嗓子。不管怎样，你是否喜欢我，那是你自己的事，他说，我也不会找你借钱，这点你放心。下车吧，姑娘，不然我可要迟到了。她解开安全带。我的确喜欢你，她说。我知道，他说，好了，下去吧。

那天早上，费利克斯上班期间，艾丽丝和经纪人通了电话，讨论文学节和大学向她发出的邀请。与此同时，费利克斯拿着一只手握式扫描器对各种包裹进行识别分类，把它们放入带标签的平板手推车里，等其他工人来收集箱子，把它们推走。有的工人过来时会跟他打招呼，有的则不会。他穿着一件黑色外套，拉链一路拉到顶,他时不时会把下巴缩进拉起的衣领里,显然是觉得冷。艾丽丝一面和经纪人说话,一面用笔记本电脑在一封邮件草稿里记笔记,标题是"夏季图书活动日期"。打完电话,她关掉邮件,打开文档,里面有她为一本伦敦的文学杂志撰写书评而做的笔记。仓库里,在白炽灯的照明下,费利克斯沿着一列货架,推着一辆很高的钢制平板手推车。他时不时停下来,眯起眼睛识别标签,在扫描器上核对,然后扫描某件包裹,把它放入车中。艾丽丝拿一只小盘子吃了两片抹了黄油的面包,切了一个苹果,给自己泡了杯咖啡,然后打开写给艾琳的邮件草稿。

/

晚上七点,费利克斯下班时,艾丽丝正在做饭。他在从仓库出来的路上给她发短信。

> 费利克斯:嗨抱歉今晚不能去你那儿吃饭了
>
> 费利克斯:要和同事去个地方
>
> 费利克斯:哪怕我来了你也不会觉得我好玩的,我今天心情不好
>
> 费利克斯:我要是明天不难受的话或许能见你
>
> 艾丽丝:哦
>
> 艾丽丝:不能见到你我会很遗憾
>
> 费利克斯:相信我,我现在这副样子你是不会想见的

艾丽丝：你什么样子我都喜欢

费利克斯：好吧，你可以在我喝得烂醉的时候给我写封情书

费利克斯：我到家了可以读

艾丽丝把手机放到一边，对着空无一物的厨房水槽直愣愣地盯了几秒。费利克斯跟朋友布赖恩说可以把他载到马尔里酒吧，然后把车开回家，走着过去。接下来几小时里，艾丽丝做了意面酱，烧了水，摆了桌，吃了饭。费利克斯开回家，喂了狗，冲了澡，换了衣服，查看了 Tinder，然后进村和要好的同事碰头。八点到午夜之间他喝了六杯丹麦拉格。艾丽丝晚饭后洗漱完毕，在网上读一篇关于安妮·埃尔诺①的文章。十二点左右，费利克斯和他朋友打了辆厢型车去镇外一家夜店，路上唱了好几段《滚出来，黑棕部队》②。艾丽丝坐在客厅沙发上给一个住在斯德哥尔摩的女性朋友写邮件，问候她工作如何，新谈的恋爱怎样。费利克斯在夜店吃了两片药，喝了两杯伏特加，然后去了卫生间。他再次打开 Tinder，向左滑走几组个人档案，检查了收件箱，看了看BBC 体育的主页，然后回到夜店。到了凌晨一点，艾丽丝一面喝着胡椒薄荷茶，一面写书评，而费利克斯在舞池里和两个朋友以

---

① 安妮·埃尔诺（1940— ），法国小说家，作品多带有强烈的自传色彩。
② 《滚出来，黑棕部队》是一首爱尔兰共和军歌曲，黑棕部队指皇家爱尔兰警队后备队，是皇家爱尔兰警队部署的两支准军事部队之一，用于镇压爱尔兰共和军在爱尔兰发动的革命。

及两个素昧平生的人跳舞。他跳舞的姿态非常轻松自然，仿佛毫不费力，只需顺着或迎着音乐的节拍轻轻摆动身体。他又喝了杯酒，走到外面，吐在一只垃圾箱背后。艾丽丝那会儿已经上了床，在读费利克斯之前发的消息，手机屏幕在她脸上打上灰蓝的光。同一时间，费利克斯拿出手机，打开通讯软件。

  费利克斯：嗨

  费利克斯：还醒着吗？

  艾丽丝：上床了，但还醒着

  艾丽丝：玩得怎么样？

  费利克斯：我跟你实话实说了艾丽丝

  费利克斯：我玩儿疯了

  费利克斯：后来只好吐了

  费利克斯：不过目前为止还挺开心

  艾丽丝：好啊，我替你高兴

  费利克斯：你在床上干吗

  费利克斯：穿什么没有？

  费利克斯：描述一下

  艾丽丝：我穿着一条白色睡裙

  艾丽丝：希望我们明天能见面

  费利克斯：好啊啊啊啊或者

  费利克斯：我先在就可以打车去你那儿

  费利克斯：我系说现在

费利克斯：是

艾丽丝：要是你想的话，当然可以

费利克斯：你确定吗？

艾丽丝：我反正还没睡，我不介意

费利克斯：好

费利克斯：待会儿见

她下床，穿上睡袍，打开床头灯，注视着镜中的自己。费利克斯给出租车公司打了电话，回到店内拿了外套，又点了一杯伏特加，在嘴里漱了漱，吞了下去，然后找到布赖恩，让布赖恩跟其他人说他这就走了，然后出门上了出租车。艾丽丝在认识费利克斯的约会软件上打开他的个人档案，又读了一遍他的个人简介。在去艾丽丝家的路上，费利克斯和出租车司机就目前梅奥郡盖尔运动协会①相对而言的长处和短处进行了艰深难懂的讨论。当他指出那栋房子后，司机问那里是不是他父母家。

不是，是我妹子家，费利克斯说。

司机听起来被逗乐了，答道：肯定是位很有钱的小姐。

没错，还很有名。你可以用谷歌搜一下。她写书的。

哦，是吗？那你最好把她抓紧点。

别担心，她很中意我，费利克斯说。

车在私人车道上停下来。司机转过身，说：幸亏她中意你，

---

① 盖尔运动协会是爱尔兰国际业余体育组织，旨在推广盖尔式体育运动，包括盖尔式足球、手球、板棍球等。

才会容忍你凌晨两点来敲门。而且还是这副德性。要是几分钟后，等她看到你这副样子，你又给我打电话，我一点都不会奇怪。一共十欧八十分。

费利克斯把钱递给他。

要我在这里等吗？司机问。

小伙子，别太眼红我。开你的车，继续听你的抒情调频吧。

他下了车，敲了敲门。艾丽丝下楼应门，此时出租车离开了大门。费利克斯进了屋，用脚把门踢上，双臂搂着艾丽丝，把她举了一点起来，又将她的背抵在墙上。他们亲了一会儿，然后他解开她的睡袍带子。她用手把睡袍拉上。

哦，你喝醉了，她说。

嗯，我知道。我在短信里说了。

他又想把她的睡袍拉开，她把双臂严严实实地交叉在一起，抵御他的动作。

怎么了？他问。你来例假了吗？你来了我也不在乎的，我是成年人。

艾丽丝面色严峻地系上睡袍，说：你在羞辱我。

不，不。我只是不知道哪儿出了问题。我不是想干什么，我很高兴来你这儿。出租车司机听说我女朋友住这么大的房子后非常惊讶。

艾丽丝抬头看他，最后说：你嗑药了吗？

当然咯，他说，要是不嗑的话哪有什么乐子。

她双臂交叉着站在原地。她说，我不知道。大家就任由你这样吗？你的前女友或者男友们。这是常态吗？你和朋友出去鬼混，喝得烂醉如泥然后大半夜找上门来约炮？

他将手臂撑在她头侧的墙上，似乎在思考这个问题。他说，嗯，我一般会试试。当然了，不是人人都乐意。

对。你肯定觉得我他妈是个白痴。

不，我觉得你非常聪明。这对你来说不是件好事，在很多事情上。你要是稍微笨一点可能会活得更轻松些。

他站直了，手放在她的髋上，似乎在表达爱意，甚至悔意。

出租车司机跟我说你肯定会让我滚。费利克斯说，他说，人家不可能容忍你半夜这个点过来，还是这副德性。我其实不知道我现在是什么德性，我没照镜子。不过我能想象估计不怎么样。

你就是看起来喝多了。

啊，是吗？我不知道，我大概不该给你发短信。其实挺蠢的，我今晚玩得挺好。我是说，没错，我玩儿得有点过火了，搞得自己有点不舒服，但除此之外我玩得很开心。你大概也过得不错，躺床上什么的。我或许的确不该给你发短信。

是啊，可是你想上床，她说。

好吧，我也是人嘛。不过，我要是真的只想上床，我大可以去别的地儿，不是吗？没必要光为了那个来打扰你。

她闭上双眼，用毫无波澜的声调静静答道：我敢肯定你说得没错。

艾丽丝，别这么严肃嘛，他说，我没跟别人上床。我要是想的话完全可以，你也可以。听我说，要是我惹你生气了我向你道歉，行吗？

她什么也没说。

你大概也不喜欢和醉醺醺的人在一起，他说。

没错，我不喜欢。

对啊，你怎么会喜欢呢？我敢说你从小肯定见得够多了。

她抬头瞪他，他的手还停在她的髋上，将她抵在墙上。

没错，她说。

如果你想让我回家，尽管直说。

她摇摇头。他又吻了她。他们一起上楼，艾丽丝牵着费利克斯的手，跟在他后面。进了她的房间后，他替她脱下睡袍，揭起睡裙，从她头上褪下。她在床上躺下，他伏在她身上。她的身体看上去小巧而中性。她拿手盖着嘴。他停下来，脱掉衣服，摘下手表。他低头看她一丝不挂地在床上伸展，微笑着说：你知道你现在看起来像什么吗？像我们在罗马看到的那种少女雕塑。

她笑着把脸遮住。

这不算夸奖吗？他说，我本意是好的。

她说这算夸奖。他在她身边躺下，拿枕头撑起头，手懒散地把玩着她小而软的胸。

我今天上班的时候在想你，他说，一开始它让我心情好了些，但后来我感觉更糟了，因为你成天躺在这里，我却困在仓库里卸载箱子。不是说我因此而生你的气。我没法很好地解释，但我真的没法描述我们此刻做的事和我白天干的事之间的区别。这么说好了，我很难相信自己不得不用同一具身体去做这两件事。这双此刻抚摸着你的手还会用来搬箱子？我不知道。上班时我这双手他妈的永远都是冻僵的。基本上就是麻木的。哪怕戴了手套它们最后还是会失去知觉，大家都这么说。有时候手被切或擦到我都注意不到，除非我看见它流血。它们和我用来抚摸你的是同一双手吗？我不知道，你听我这么讲肯定觉得我疯了。但你摸起来非常柔软，舒服，还很温暖。你让我射在你里面时，我感觉很好，好到难以言喻。我今天上班的时候在想这件事，我想要你，想得最后都生气了。没错，我很生气，很光火。这就是上班的另一个问题，人的感受会变得乱七八糟的。你开始产生莫名其妙的感受。我本来应该期待见你，但我却感到光火。然后我甚至都不想见你了。我没法解释这点，因为它不合情理，我只是在向你描述我的感受。抱歉。

她告诉他没关系。他亲了她一会儿，什么也没说。然后他问她可不可以在上面，因为他累了，她说可以。他进入她后，她有几秒钟一动不动，呼吸粗重。你没事吧？他问。她点点头。他看上去并不介意等待。他说，你的屁股太完美了。一阵颤抖在她身上荡开，从头一路漾至盆骨。她把手放到他肩上。他们缓慢地交合了几分钟，他一直抚摸着她。她用尖细颤抖的声音说：天哪，我爱你，我真的爱你。他抬头看她，说，是吗？很好。再说一遍。她颤抖着，喘着气，低着头说：我爱你，我爱你。他双手绕过她的腰，十指嵌进她背上的肉，重重地把她拽向自己，动作很快，一次又一次，她仿佛疼得倒吸着气。

事后，有一小会儿他们一动不动，靠在一起休息。然后她从他身上爬下来，坐在床的一侧，端起床头柜上的瓶子喝水。他躺下来，头舒服地靠在枕上，观察着她。你喝完了给我喝一口，他说。她把瓶子递给他，他头也不抬地喝起来。

他把瓶子还给她时说：听我说，我想问个事。你老说自己很有钱。你究竟多有钱，你是百万富翁吗？

她把瓶盖拧上，说，差不多。

他沉默地注视着她。真的吗，一百万，他说，很多钱啊。

的确。

都是卖书赚的？

她点点头。

是存在银行账户里，还是放在其他地方？

她揉揉眼睛，说几乎都在账户里。他继续看着她，目光迅速而审慎地扫过她的脸，手臂，肩膀。过了片刻，他说：过来，再跟我说一遍你爱我。我指不定慢慢就听上瘾了。她在他身边躺下，动作迟缓而疲惫。

我爱你，她说。

你是什么时候意识到的？是一见钟情吗？

不，我觉得不是。

那么是稍微过了段时间，他说，是在罗马吗？

她转向他，他将手臂垂在她身上。她半睁着眼睛。他的脸若有所思，神色警觉。

应该是吧，她说。

就爱上一个人来说算是挺快的。有多久，大概三周？

她任眼睛合上,说：差不多吧。

这对你来说很正常吗？

不知道。我并不经常爱上别人。

他躺着凝视了她一两秒钟,说,反过来也成立吧,我猜。

她微微一笑,说：你是说并不经常有人爱上我？的确,并不常有。

而且你似乎也没什么朋友,他说。

她不再微笑了。她转过身,默然地看了费利克斯几秒,所有表情都从脸上消失了。她只说了一句：对,的确没有。

没错。自从你搬过来之后,还没人来看过你,不是吗？你的家人没来。你经常提起的那个叫艾琳的朋友,她也懒得来。你到这里之后我应该是唯一一个来过你家的人,不是吗？你在这儿住了起码好几个月了。

艾丽丝盯着他,一言不发。他似乎认为她默许自己继续说下去,便若有所思地把手臂伸到枕头底下。

他说,在意大利的时候我就在想这件事。我看你搞朗读会,签名什么的。我不会说你的工作很辛苦,因为它和我的比起来简直是个笑话。但有很多人想从你这里得到什么。我只是在想,他们围着你团团转,但其实没一个人真的关心你。我不知道有谁关心你。

他们彼此对视,经过了漫长的几秒钟。费利克斯注视着她,他最初的泰然自若,甚至施虐者的胜利,渐渐变成别的东西,仿佛后知后觉地意识到自己的误判。

你肯定很讨厌我吧,她冷静地说道。

不,我不讨厌你,他答道。但我也不爱你。

你当然不爱我。你怎么会呢?我还不至于这么自欺欺人。

她相当平静地转过身,关掉了床头柜的灯。黑暗消融了他们的脸,床单之下只能看见他们身体的轮廓。两人一动不动,房间里的每一道线条,每一块阴影都凝滞不动。

你想走就走吧,她说,你也可以留下来过夜。你或许会沾沾自喜,以为自己狠狠伤害了我,但我向你保证我还见过更糟的。

他在沉默中躺着,没有回答。

当我说爱你时,我没有撒谎,她补充道。

他发出一个声音,仿佛喉咙被掐住一样的笑声,然后说:啊,我欣赏你的风格。这点我不得不承认。你这人不太好驾驭啊,不是吗?很显然我是驾驭不了的。真有意思,你表现得仿佛你可以任我践踏,凌晨两点回我短信,跟我说你爱我什么的。但那只是你在说,来抓我啊,你是抓不到的。我看得出来我办不到。你一分钟都不会让我得逞。你这副样子,过去十有八九把人给糊弄了。他们肯定还沾沾自喜,以为自己能掌控你。没错,没错,但我不蠢。你只是让我表现得很坏,好显得自己高人一等,你就喜欢站在上面。高处,更高处。顺带一提,我不会觉得你只对我这样。我觉得你不会让任何人靠近你。说实话,我尊重你这么做。你在关照你自己,你这么做肯定有你的原因。很抱歉跟你说那些重话,你说得对,我的确是想伤害你。我或许的确伤害到了你,这也没什么了不起的。只要足够过分,谁都可以伤害别人。但你不仅没生我气，反而说我可以留下来过夜，说你还是爱我。你非得是个完人，是吗？没错，你的确很有姿态，我不得不承认。对不起，行了吧？我再也不会戳你痛处了。我吸取教训了。但你也不用表现得好像你就在我股掌之间，因为我们都知道我根本够不着你。行吗？

又是一段漫长的沉默。黑暗中看不清他们的脸。最后，她的声音响起，尖锐又紧绷，仿佛在奋力寻求某种平稳或轻松，最终未能成功。她答道：好。

要是我真的够到你了，你也用不着告诉我，他说，我会知道的。但我不会追你追得太紧。我只会待在原地，看你会不会过来。

没错，猎人对鹿就是这么做的，她说，在他们杀它之前。

二十二

　　艾琳，很抱歉上一封邮件让你担心了。如你所知，我的确取消了好几个月的公众活动，但我一直都计划要重新开始工作的。你肯定能理解这就是我的工作吧？没人比我更对此感到厌倦和耻辱，但我从没想让你以为我就再也不抛头露面了。你自己从没休过四天以上的病假，我以为我休息四个月对你来说已经是很长的假期了。没错，我是从都柏林起飞，又在都柏林降落的，一次是早上七点，一次是凌晨一点。因为你也上班，而且据我所知，你过着作息正常的生活，我觉得把你半夜叫醒出来喝茶聊天不是很礼貌。你千万别以为我不想见你，过去几个月我一直在邀请你过来看我，我住的地方离你也就三个小时车程。至于你问我为什么没回鲁瓦森，我很困惑——你是代表你自己跟我写信，还是作为大都柏林地区的友谊大使？你说得没错，我没回她短信，因为我很忙。尽管我对你充满爱和温情，但我并不打算每次不回别人消息都跟你报备一下。

　　关于你那封邮件的其他内容：你在说"美"时具体指的是什么？你说将个人虚荣和审美体验混为一谈是一个大错。但严肃地对待审美体验这件事本身是不是就是错的，或许和前一个错误有因果关系？无疑，我们的确可能以客观的方式被艺术之美或自然之美打动。我甚至认为我们可以在欣赏他人出众的外貌，他们的脸和身体时，仅基于"纯粹的"审美，即不掺杂任何欲念。个人而言，我经常觉得有人看上去很美，但不会想和他们发生某种特殊关系——事实上，对我而言，美并不太能唤起欲望。换句话说，在感知美时，我没有动用我的意志力，因此也没有体验到有意识的意愿。这大概就是启蒙哲学家所说的审美判断，它足够准确地契合了我对某些视觉艺术作品、音乐片段、风光景点等的体验。我觉得它们很美，它们的美打动了我，给我带来愉悦。我同意，大众消费主义推销给我们的"美"实际上非常面目可怖，并且无法像树叶间洒落的阳光、《阿维尼翁的少女》①、《泛泛蓝调》②那样给我带来任何审美的愉悦。但我不禁想问：谁在乎这些呢？哪怕我们在哲学上作出很大的让步，假定《泛泛蓝调》的美在某种意义上胜过一只香奈儿手袋，这真的重要吗？你似乎认为审美体验不仅是愉悦的，也是重要的。那么我想知道的是：它为什么重要？

显而易见，我不是画家，也不是音乐家，但我是小说家，并且想严肃地对待小说——部分原因是我知道自己享有极大的特权，居然能靠艺术这种天生无用的东西来谋生。但要是让我来描述阅读伟大小说的体验，它会和我前面描述的审美体验截然不同，不会像前者那样，无需动用任何意志力，也不会搅动任何私人欲念。就我而言，我需要动用大量能动性去阅读、体会我读到的东西，并且尽可能记住它，方便我对后文的理解。它绝不是那种任由美自动传输给我的消极过程；它是主动的参与，对美的体验是其建

---

① 《阿维尼翁的少女》是毕加索代表作之一。
② 《泛泛蓝调》是迈尔斯·戴维斯的爵士名作。

构的结果。在我看来，更重要的一点是，伟大的小说调动了我的同情心，让我对某些东西产生渴求。当我凝视《阿维尼翁的少女》时，我不会渴望从它那里"得到"什么。凝视本身便足以让我愉悦。可当我读书时，我会产生欲望：我希望伊莎贝尔·阿切尔能幸福，我希望安娜能和弗龙斯基修得正果①，我希望被赦免的是耶稣而不是巴拉巴。当然了，或许我就是一个目光短浅且相当无趣的读者，多愁善感地希望人人（除了巴拉巴）都能善终；但假如我希望相反的事发生，比如希望伊莎贝尔婚姻不幸，安娜卧轨自杀，这也只是同一种阅读体验的另一个版本罢了。关键在于我产生了同情心，我不再无动于衷。

你和西蒙讨论过这些问题吗？我觉得他对此肯定能提供比我更合理的观点，因为他的世界观比我的更自洽。据我理解，在天主教的教义里，真、善、美是与上帝同在的品质。本质上上帝"等同于"美（以及真，这或许是济慈想表达的，我不太确定）。人类渴望拥有并理解这些品质，以便面朝上帝，理解他的本质；因此任何美的存在都能指引我们思考神圣。作为批评家，我们或许会吹毛求疵地问什么是美的，什么不是，因为我们只是人类，并不能完全明白上帝的旨意，但我们都会同意，美具有超越一切的重要性。这一切都非常简单自洽，不是吗？我可以借此发挥，讲讲我在阅读伟大小说时产生的同情。比如说，上帝将我们塑造成复杂的人类，拥有七情六欲，而对完全虚构的人物产生体

---

① 安娜、弗龙斯基即列夫·托尔斯泰《安娜·卡列尼娜》的主人公和她的情人。

恤之心——哪怕我们不能从他们身上获得任何物质上的满足或好处——有助于我们理解人类处境深刻的复杂性，从而理解上帝之爱的复杂性。我还可以进一步说：耶稣从生到死都在强调，毫不自私地爱他人是必要的。某种意义上来说，我们明知无法得到回馈，仍然爱着虚构人物，难道不是在缩小的维度上践行耶稣所呼吁的无私的爱吗？我是说，充满同情的阅读，是有客体而无主体的一种欲望形式，一种不带渴望的渴望，我为他人渴求的不是我想要获得的东西，而是我想要获得的方式。

我想表达的大概是，一旦你进入基督教的思维方式，你会获得无穷尽的欢乐。对你我来说要难一些，因为我们似乎无法摆脱这一牢固的观点：一切都不重要，生命是随机的，我们最真挚的感情无非是一种化学反应，宇宙中并不存在客观的道德律。当然了，我们可以怀着这样的观点生活，但我不认为我们能相信那些你我声称自己相信的东西。比如，有的美的体验是重要的，有的则无关紧要。或者有的东西是对的，有的是错的。我们在采用什么标准？我们在向谁辩论？顺带一提，我不是在批评你——我认为我们的观点是一致的。我不相信对错之分只是品味或偏好不同；但我同样无法相信绝对道德，也就是上帝。这将我置于哲学的真空之地，我没有勇气选择任何一方。我无法因为遵从上帝行善而得到满足，然而光是想象作恶就让我厌恶。更关键的是，我发现自己的作品毫无道德和政治价值，然而这是我的人生志业，是我唯一想做的事。

我更年轻时想要周游世界，过上光鲜的生活，凭借作品享有盛名，嫁给一位大知识分子，拒绝伴随我长大的一切东西，和那个狭小的世界划清界线。现在这些念头让我很难为情,那时我很孤独,很不快乐,并且不知道这些感受很普通,不知道自己的孤独和悲伤其实无甚特别。或许要是当时的我能像现在的我这样明白这点,起码一点点,我或许就不会写那些书,就不会成为现在这个自己。我不知道。我知道我再也写不出那些书了,也再也不能体会当时的感受。对那时的我来说,证明自己很特别非常重要。而我通过努力证明了这点。直到后来,当我获得了自认为应得的名利后,我才明白没有任何人有资格拥有这些东西,然而为时已晚。我已经成为自己曾经渴望成为的人,而我极其鄙视她。我这么说不是想贬低我的作品。但为什么有的人能有钱有名,而另一些人却生活在赤贫之中?

我的上一段恋爱结局很不好,你是知道的,其后我写了两本小说。恋爱时,我试着写点这个写点那个,但最后思绪总会回到爱恋的对象,情感也会无法阻挡地涌向她,所以我的作品永远无法获得任何实质的东西,我也无法在生命中找到一个有意义的地方来安置它。我们曾经很快乐,后来很不快乐,在一些痛苦和指责之后,我们分手了——直到那时,我才开始认真地将自己奉献给我的作品。就好像我在体内腾出了一个空间,不得不以某种方式将它填上,就这样,我坐下来开始写作。我必须先清空我的人生,然后从那里开始。如今回顾写书的那段时间,我觉得它是我人生中一段美好的时光,因为我有要做的事,并且完成了它。我那时一直很穷,很孤独,为钱而焦虑,但同时我还有这件事,一块私密的、被保护起来的人生,我的思绪总会回归它,我的情感围绕它旋转,它独属于我。某种程度上,这就像一桩外遇,或一段痴恋,只不过它只和我有关,因此完全在我掌控之中。(这样说来,它和外遇截然相反。)尽管写小说有挫折也很困难,我从一开始就知道,我获得了一件重要的东西,一个特别的礼物,一份赐福。仿佛上帝将手放在我头上,给我注入前所未有的强烈渴望,不是渴望他人,而是渴望创造出一件史无前例的作品。当我回顾那些年,我被当年单纯的生活所打动,几乎为之痛苦,因为我知道自己要做什么,并且做了,仅此而已。

快两年了,除了一点批评文章和一些很长的邮件,我什么都没写。我觉得在当前这个阶段,我的人生腾出了空间,它是空的,或许是时候再去爱一个人了。我需要感觉到我的人生有一个中心,一个让思绪回归和休憩的地方。顺带一提,我知道大多数人不需要这种东西,我要是不需要它的话也会健康得多。费利克斯不觉得需要围绕某种原则来组织他的人生,你似乎也不需要。西蒙需要,但他有上帝。说起把什么东西放在人生的中心,我认为上帝是个不错的选项——至少好过编造不存在的人的故事,或者爱上讨厌我的人。然而生活已经发生。去爱总比不去爱要好,去爱一个人总比什么人都不爱要好,我在这里,活在这世上,没有一刻不希望自己活着。这本身难道不就是一个特别的礼物,一份赐福,一件非常重要的事?艾琳,对不起,我真的很想你。我们写了这么多邮件,再见面时,我肯定会非常害羞,会像小鸟一样把头藏在翅膀底下。周末时替我向你姐姐和新郎问好——要是不太麻烦的话,请你来看看我吧,拜托。

二十三

婚礼当天早上，艾琳坐在新娘包间的床上，洛拉坐在梳妆桌前。洛拉用手指轻轻点着脸，说：我觉得她把眼睛画得太浓了。她穿着一条白色婚纱，没有肩带，剪裁简洁。艾琳说，你看起来很美。她们在镜中四目相对，洛拉扮了个鬼脸，走向窗边。中午刚过，窗外天空泛白，太阳洒下一层薄如水汽的光帘，洛拉背对窗户站着，面朝坐在大床上的艾琳，端详着她。她们彼此对视片刻，带着委屈、歉疚、猜疑、悔恨。末了，洛拉说：怎么样？艾琳低头扫了一眼左手腕上的细金手表。她说，才过十分钟。她穿着一条浅绿长裙，青瓷灰色，头发在脑后用发夹夹起，她此刻想着别的事，两人都是。洛拉想起自己在斯特兰德希尔那边的海里扑腾的情形，那天大概是在罗西斯角，或者恩尼斯克朗①。指甲盖底下和头皮上沾着粗糙的沙粒，还有盐的味道。她跌倒了，不小心吞了点海水，呛得鼻子和喉咙很痛，视觉和触觉也混乱一片，她记得自己哭了，最后被父亲抱着离开了沙滩。一条红橙相间的毛巾。后来，他们开车回斯莱戈镇，她绑着安全带坐在后排，收音机发出窸窸窣窣的声响，远方可见星星点点的光亮。漆黑的路边，一辆卡车在卖香肠和薯片，后门开着，醋味刺鼻。那天晚上

---

① 斯特兰德希尔、罗西斯角与恩尼斯克朗都是爱尔兰北部斯莱戈郡的沿海村镇。

她睡在一个表亲的卧室里,架子上摆着陌生的书,光线穿过陌生的窗户,给家具投出陌生的影子。午夜时教堂钟声响起。大人在楼下聊天,灯亮着,能看见啤酒瓶。艾琳也在回忆童年,洛拉发明的过家家游戏,隐秘的王国、宫殿、公爵和农民,被施咒的河流、森林、空中的灯火。现在她已不记得故事的情节,不记得她们用魔法语言编织的人名,曲折的忠诚与背叛。剩下的只有被虚构世界强加在上面的真实地点:屋后的牛棚、疯长的花园、疏漏的绿篱、流入小河的湿漉漉的页岩。还有屋里的阁楼、台阶、大衣衣柜。这些地方依然带给艾琳一种特殊的情感,起码如果她愿意,她可以接收其中蕴藏的特殊情感,一种审美频率。它们带给她愉悦,一种类似兴奋的喜悦。和优质文具、沉甸甸的钢笔、不分行的纸页一样,它们向她展现出想象的可能,一种比她能想象的一切都更为纤细、脆弱的东西。是的,她的想象力很有限。人们要么拥有想象力,要么不想拥有它。艾琳希望拥有它,却并不拥有它。就像艾丽丝在道德上进退两难一样,她在想象力的问题上陷入两难之地。或许每个人在重要的事上都是如此。这时敲门声响起,她们抬起头,母亲玛丽走了进来,穿着蓝裙子、光面皮鞋,发间竖着一根颤巍巍的羽毛。然后她们同时开始说话,语速飞快,相互指责,大笑,抱怨,整理彼此的衣服,房间里充斥着迅速而喧嚣的动作,如同鸟类。洛拉想重新夹艾琳的头发,让她后面稍微松一点,玛丽想临时试另外一双鞋,艾琳用她细如芦苇或树枝的洁白胳膊解开头发,在玛丽肩上搭上一条披肩,从洛拉扑了粉的颧骨上拈下一根脱落的睫毛,大笑着,轻快地交谈着,然后再次大笑起来。玛丽也想起她的童年，住在一座小小的联排住宅里，旁边有家商店，华夫饼里夹着冰激凌碎片，厨房餐桌上铺着花格油布，玻璃窗后陈列着带图案的陶瓷餐具。凉爽的夏日，冷水般清透的空气，黄灿灿的荆豆花。回忆童年让她觉得怪怪的、有点不舒服，因为它曾经是真实的人生，现在却已变成另外某种东西。老人们已经死了，婴儿们已经变老。艾琳也会经历这些，洛拉也是，而她们此刻年轻美丽，对彼此爱恨交织，笑时露出洁白牙齿，身上带着香水气息。敲门声再次响起，她们安静下来，转过头去。父亲帕特走进来。他问，女士们准备得怎么样了。他们该去教堂了，车在等了，帕特穿着西装。他想着玛丽，她第一次怀孕时变得那么陌生，她身上显现出某种东西，某种庄重的东西，她的言行带着某种特别的用意，这让他觉得很不自在，让他想笑，他也不知道为什么。她在发生变化，她转过脸，不再向他，而是向着某种别样的经历。后来就过去了，洛拉出生了，非常健康，谢天谢地，他对自己说他们再也不要生小孩了。一辈子经历一次这种奇怪的体验足矣。然而和以往一样，他错了。屋外，空气搅动着树木，凉爽的气息穿过树林，扑面而来。他们一起爬上车。洛拉把鼻子贴在窗上，在玻璃上留下一小圈粉底。教堂矮矮的，灰色建筑，细长的彩窗玻璃，玫瑰色、蓝色、琥珀色。进去之后，电子管风琴奏响，焚香味袭人，湿润芬芳，衣服窸窸窣窣，长凳吱吱呀呀，人们站起来，看他们一起走上光洁可鉴的走道，一身白衣的洛拉光彩照人，带着得偿所愿的容光，平静地接受人们投来的视线，上身挺立，没有鞠躬；穿着西装的帕特不太自然，但庄重温存；玛丽紧张地微笑着，汗涔涔的手钳住艾琳的手；一袭绿裙的艾琳苗条苍白，深色头发松松地绾在脑后，光着手臂，脑袋像花一般高高立在修长的颈上，静静地移动视线，寻找他，无果。马修等在圣坛前，带着不安和喜悦。而后牧师发言，新人交换誓言。我的鸽子啊，你在磐石穴中，在陡岩的隐秘处。求你容我得见你的面貌，得听你的声音。因为你的声音柔和，你的面貌秀美。①结束后，人们站在教堂外的石子路上，白色天光，凉风习习，落叶像细长的手指，大家欢笑，握手，拥抱。新人亲友站在树下合影，彼此凑近然后分开，带着摆好的微笑彼此低语。直到这时艾琳才看到他，西蒙，站在教堂门边望着她。他们对视了很久，一动不动，一言不发，在这目光里埋葬了许多年。他回忆起她刚出生那会儿，莱登家新添一员，他第一次获准见她，她的红脸蛋皱巴巴的，看上去更像老人而不是新生儿，艾琳宝宝。他父母说自那以后他老是想再要一个妹妹，弟弟不行，得是妹妹，像洛拉的妹妹那样的。她也记得他，一个年长些的男孩，在另一所学校读书，活泼，聪慧，会突发奇怪的痉挛，大人们都同情他，尽管他长得很漂亮，但却有点像怪胎。她母亲总是感叹他的举止多么可爱，像一位小绅士。而她则是他记忆中那个少女，瘦削，长着雀斑，双腿交叉着站在料理台边，十五岁，总是皱着眉头。要么一言不发，要么突然说一长串，脾气很大，没有朋友。她看他时目光坦诚，脸微红，几乎像在生气。他对她而言也是如

---

① 《圣经·旧约·雅歌》2:14，揭示爱情之美，认为它是神赠给世人的最好的恩赐之一。译文引自《圣经》和合本。

此，一个二十岁的年轻人，夏天在农场上帮忙，她曾经看到他用瓶子给一只小羊羔喂奶，带着无可比拟的温柔，她会因为他的一个眼神而痛苦一周，当她走进房间发现他也在时，会感觉无法呼吸。有一天，他们三人骑车去树林，把自行车留在空地里。黑云诡谲地远远隐在洒满阳光的树顶之后。洛拉绘声绘色地讲了一个很长的故事，在森林里发生的一起谋杀。西蒙低声说，嗯，是真的吗，以及，哦，天哪，听上去有点吓人不是吗？艾琳专注于把一颗小石子沿着小路向前踢去，时不时抬头观察西蒙的脸。她被捅了好多刀，头都要掉下来了，洛拉说。西蒙说，老天，我宁愿不去想这个。洛拉笑他是个胆小鬼。他说，好吧，真要这么说的话，我的确是。然后下起雨来，洛拉解下腰间的外套。你跟艾琳一个样，她说。西蒙扫了一眼艾琳，说：我倒想像她一样。洛拉说艾琳还是个小孩。艾琳飞快地反驳，声音激动，嗓门大得出奇：你在我这么大时要是被人这么说，你会怎么想。洛拉回头同情地看着她。不过说实话，她说，我在你这么大时比你成熟多了。西蒙说他觉得艾琳很成熟。洛拉皱起眉说：好恶心啊。西蒙的耳朵红了，声音听起来有些异样。我是说心智上成熟，他说。他再也没说什么，洛拉也没有，但两人都闷闷不乐。洛拉戴上连衣帽挡雨，向前走去。她走得快，步子大，拐弯之后便失去踪影。艾琳眺望前方的小路，干土正慢慢变成湿泥，细小的水流在石头间穿梭。雨越下越大，她的牛仔裤正面溅上了深色泥点，头发也湿了。来到下一个转弯时，还是不见洛拉的踪影。她或许在更前面，或许走了另外一条路。你知道我们在哪儿吗？艾琳问。西蒙笑着说他应该知道。我们不会走丢的,他说,别担心。不过我们有可能淹死。艾琳用袖口擦了擦额头。希望不会有人过来捅我们三十八刀,她说。西蒙笑了。他说,这些故事里的受害人似乎都是孤身一人。我觉得我们不会有事的。艾琳说,话是这么说,但万一他是杀人犯呢。他又笑了。别担心,他说,和我一起你不会有事的。她又抬头扫了他一眼,有点羞涩。我也这么觉得,她说。他回头看她,问:什么?她摇摇头,又用袖口擦了擦脸,吞咽了一下。她说,和你在一起时,我觉得很安全。西蒙没说话。最后他说:谢谢你。很高兴听你这么说。她观察着他。然后她毫无征兆地停下来,在一棵树下站住。她的脸和头发非常湿。西蒙发现她不在身侧后转过身来。嗨,他说,你在干什么?她极其专注地凝视着他。你能过来一下吗?她问。他向她走了几步。她带着些许焦躁地轻声说道:不,我是说这里。我站的地方。他停下来。他问,可以是可以,你要做什么呢?她没有回答,只是继续看着他,脸上带着乞求和忧虑。他向她走来,她把手放在他的小臂上,握住它。他的衬衫布料有点潮。她把他拉近了些,他们的身体几乎要碰上,她的嘴唇湿润,雨水顺着脸颊和鼻子流下来。他没有抽身离开,事实上他站得很近,嘴几乎就在她耳边。她什么也没说,呼吸变得急促尖锐。他柔声说:艾琳,我知道的。我明白。但是不能这样,你知道吗?她颤抖着,嘴唇苍白。对不起,她说。他没有走开,而是站在那里,任她握着他的手臂。他说,没什么好道歉的。你没做错什么。我懂的,你明白吗?没什么好道歉的。咱们继续往前走,怎么样?他们继续向前,艾琳低头盯着自己的脚。回到空地,洛拉正在前门后面等他们,笔直地推着她的自行车。一看到他们,她就不耐烦地踢了一下脚踏板,踏板飞转起来。你们去哪儿了?她冲着走近的他们喊道。你跑前面去了,艾琳说。西蒙从草堆里找出艾琳的自行车,交给她后去找自己的。洛拉说,我那根本不叫跑。她的表情有点不自然,她伸出手,揉了揉艾琳的湿头发。你看起来像只落水的老鼠,她说,快走吧。他让她俩在前面走。他静静地注视着自己的自行车轮,祈祷道:亲爱的上帝,请让她度过幸福的一生。让我做什么我都愿意,拜托,拜托。

她二十一岁时来巴黎看他,那年夏天他住在一栋带机械式电梯的旧公寓楼里。他们那会儿是朋友,互相寄风趣的明信片,正面印着著名的裸体画作。当他们一起走在香榭丽舍大道上时,女人们会转过头来看他,因为他又高又美,如此肃穆,而他从来不会回应她们的目光。她到他公寓的那晚,她跟他讲了自己几周前失贞的经历,说话时她的脸烫得让他难受,她讲的故事又是如此糟糕和尴尬,但出于某种病态的原因,她想讲给他听,她喜欢他跟她说话时怎么都吓不倒的好笑语调。他甚至把她逗笑了。他们躺得很近,肩膀几乎挨在一起。那是第一次。被他抱在怀中,感到他在自己体内移动,这个和任何人都保持距离的男人,竟然缴械投降,在她身上获得慰藉,这就是她对性的全部理解,自那以后再无人超越,直至今日。而对他来说,以那种方式拥有她,那时的她如此纯洁紧张,浑身颤抖,浑然不知她赠给了他什么,他几乎感到愧疚。但和她在一起绝不会有错,无论他们做什么,因为她的内心没有邪念,而他愿意献出生命让她幸福,他的生命,无论它是什么。后来和纳塔利在巴黎的那几年,他的青春,已经逝去了,再也收不回来。纳塔利曾对他说,和你在一起就像得了抑郁症。他想要并且也努力让她幸福,但他失败了。分手后,他一个人过,晚饭后洗自己的盘子,沥干板上摆着一只盘子和一把叉子。后来他甚至都不年轻了,真的。对艾琳来说,那些年也不知怎地就过去了,坐在地板上拆箱平装家具,和人拌嘴,用塑料杯子喝温吞吞的白葡萄酒,看着朋友们搬走,开启新的篇章,去纽约,去巴黎,而她还留在原地,在同一间办公室上班,和同一个男人为了相同的四件事一次又一次地吵架。她不再记得自己曾经以为人生会是怎样的。她不是一度感到去活着、去生活是有意义的吗?但那意义是什么?去年一个周末,他们都在家,西蒙借了他父母的车,载她去高威。她穿着一件粗花呢红外套,衣领上戴了一只胸针,柔软的深色头发散在肩头,双手放在腿上,洁白如鸽。他们谈论着两家人,她的母亲,他的母亲。她那时还和男友住在一起。晚上回来的路上,新月斜挂,金黄,酷似盛在高举的浅碟酒杯中的香槟,她衬衫领口处的纽扣没系,她伸手进去,摸到自己的胸骨,他们谈起小孩,她以前从没想过要小孩,但最近她开始好奇,而他无法抑制自己的思绪,他感到体内有一种坚硬的疼痛,他想说,让我来吧,我有钱,由我来打理一切。上帝啊。她问,你呢,你想要小孩吗?嗯,他说,非常想。她下车关门时响起死寂的声响。他再次想起那晚,想象她同意和他做爱,她想要和他做爱,结束后他感到空虚,然后感到羞惭。几周后,八月的一天,他在奥康奈尔街上看见她,和一个他不认识的朋友走在一起，在街对面，向着河边走去，那天很热，她穿着一条白裙子。她在人群中是那么优雅，他的目光追随着她，她的颈子修长美丽，双肩在阳光下闪闪发光。他觉得像在看着自己的人生离他远去。临近圣诞节的一天傍晚，她在都柏林，透过公交车窗看见他，他正在过街，大概在下班回家的路上，穿着冬天的长大衣，高高的个子，头发被街灯染成金黄。天哪，那段日子太糟糕了，艾丽丝住院了，艾丹说他需要思考一下，然而在车窗外，西蒙就在那里，过着街。光是看着他就让她感到平和，他优美俊朗的身影穿过十二月深蓝的夜色，带着安静的孤独，自给自足，而她感到如此幸福，庆幸他们住在同一个城市，甚至可以不经意地碰见他，他会在她最需要看到他的时刻这般出现，这个一直爱着她的人。她庆幸这一切。他们打的电话，互相发的短信，他们的嫉妒，旷日经年的凝视，隐藏的笑意，别有深意的小动作，互相讲述关于彼此的故事，关于自己的故事。这一切就在他们的目光中穿梭往返。摄像师说，来，请看这边。西蒙低头示意她转过去。合影结束后，人群顺着石子路散去，聊着天，挥着手，他站在楼梯上，她来到他面前。你看起来很美，他说。她的脸滚烫，手里抱着一捧花束。已经有人在叫她名字，找她要什么东西。西蒙，她说。他们带着近乎痛苦的温柔互相微笑，一言不发，他们之间依旧是那些问题：你在想我吗，我们做爱时你快乐吗，我有没有伤害到你，你爱我吗，会永远爱吗。她母亲在教堂大门边呼唤她。艾琳伸手碰了碰西蒙的手，说：我去去就回。他点点头，对着她微笑。别担心，他说，我就在这里。

二十四

最最亲爱的艾丽丝——让我简要地跟你说一声：婚礼很美，我们此刻正在开向巴利纳的火车上。我老是忘记西蒙本质上是个政客（尽管他拒绝承认），所以他认识全国上下每一个人。他此刻正和一个素昧平生的人聊天，而我坐在座位上给你写这封信。这让我想起你在邮件里谈到美，你说如果美只是随机发生，我们便很难相信它是重要的或有意义的。但它的确给人生带来了一些乐趣，不是吗？我认为，我们无须信仰宗教也能体会这一点。我在这世上只有两个挚友，而在他们身上我完全看不到自己的影子，这点很有意思。事实上和我最相似的人是我姐——她是个彻头彻尾的疯子，而我也是；她让我非常生气，我也让她生气。顺带一提，她昨天看上去很美，不过她的裙子没有肩带，我知道你不喜欢这种款式。那个和西蒙聊天的人在我们的桌边坐了下来，正在给西蒙看他手机上的什么东西。我猜可能是一只鸟的照片？大概这个男的是鸟类爱好者？我不知道，我没在听。总之，我很期待见到你。我觉得我的脑海中有一个想法，关于美，那场婚礼，或者你和西蒙，以及你们和我如何不同，但我不记得那个想法具体是什么了。将近十年前，我不是和西蒙第一次上床了吗？我有时会想，要是他当时像个基督徒一样让我嫁给他，我或许会过上挺不错的人生。我们现在可能会有好几个孩子，他们此刻或许就和我们坐在这火车上，偷听他们的父亲和鸟类爱好者的对话。我有种感觉，要是西蒙早点开始照料我的话，我或许会变成更好的样子。甚至他可能会变得更好，因为他有人来照顾和交心。遗憾的是，我认为现在再来改写我们的成长经历为时已晚。我们的成长已经抵达尾声，很大程度上我们就是现在的样子。我们的父母年纪越来越大，洛拉结婚了，而我大概会继续做糟糕的人生选择，时不时抑郁发作，而西蒙大概会继续做一个优秀善良但情感疏离的人。但或许无论怎样最后都会变成这样，我们对此无能为力。这让我想起第一次见你时，我记得当时我穿的那件绿色毛衣开衫，记得你戴的发带。我是说，我们自那以后度过的人生——无论是一起还是分开度过的——或许在那天就已经和我们同在了。事实上，我真的爱洛拉，也爱我母亲，我觉得她们也爱我，尽管我们似乎没法相处，或许永远也做不到。有意思的是，我们处不拢或许也不重要，更重要的是彼此相爱。我知道你要说什么——这个人参加了几次弥撒，于是乎突然间变博爱了。好了，我们到阿斯隆了，我差不多也该停笔了。我对《金碗》有个想法，想写篇文章，我想听听你的意见，记得提醒我讲给你听。你有读过这么诱人的小说吗？读完之后我把书直接扔到房间那头去了。迫不及待地想见你。爱你爱你。艾琳

二十五

六月初的这天，中午将近，火车站台上，两个女人在分别数月后相拥。她们身后，一个浅色头发的高个男人正在下车，提着两只行李箱。两个女人没有说话，双目紧闭，手臂环抱对方，持续了一秒，两秒，三秒。深情相拥的她们是否意识到，这幅画面有些许荒谬，几近滑稽？旁边站着一个人，正对着一张皱巴巴的纸巾猛烈地打喷嚏；一只被人丢弃的脏塑料瓶在微风吹拂下沿着站台骨碌碌地滚过；站台墙上的滚动式广告牌正从美发产品切到汽车保险；平凡甚至陋俗的生活，侵占了她们周遭的一切。还是说此刻的她们意识不到——或者说不是意识不到，而是在某种程度上不受这些庸俗和丑陋的侵扰，不被它们污染，因为她们在这一刹那窥见了某种更深刻的东西，隐藏在生活表面之下的东西，它不是非现实，而是隐秘的现实：一个存在于所有时空的美丽世界？

/

当晚，费利克斯下班后在艾丽丝家门外停好车，看见窗户亮着灯。七点已过，外面天还没暗，但气温降了，海隐于树林之后，绿中泛银。他单肩挂着背包，步履悠闲地来到前门，在黄铜片上轻快地叩了两次门环。咸咸的凉风在他周围搅动,他双手冰凉。门开了,屋里站着的不是艾丽丝,而是另一个女人,年纪相仿,更高,头发颜色更深,深色眼睛。你好,她说,你是费利克斯吧,我是艾琳。进来吧。他走进来,她在他身后把门关上。他有点恍惚地微笑着。对,我是费利克斯,他说,我听说过你,艾琳。她抬头扫了他一眼,说:希望都是好话。她说艾丽丝正在做晚饭,他跟着她穿过门厅,望着她的后脑勺和优美的窄肩,一路往前,来到厨房门口。厨房里,一个男人坐在桌边,艾丽丝站在灶前,腰间系了一条脏脏的白围裙。你好,她说,我正在沥意面。你见过艾琳了,这是西蒙。西蒙向费利克斯问好,费利克斯点点头,手指抚摸着背包带。厨房有点暗,只开了操作台的灯,桌上点了蜡烛。蒸汽让后窗起了雾,玻璃透出丝绒般的蓝色。费利克斯问,要我给你搭把手吗?艾丽丝用手腕正面碰了碰额头,似乎在给自己降温。她说,应该都弄好了。谢谢你。艾琳正在跟我们讲她姐姐的婚礼。费利克斯犹豫片刻,在桌边坐下。他问,上周末,是吧?艾琳愉快地向他投来注意,又开始讲起婚礼的事。她很风趣,手部动作很多。她时不时会让西蒙发表意见,他的声音很松弛,似乎看什么都觉得有趣。他对费利克斯也很留意,时不时会迎上他的目光,带着密谋般的微笑,仿佛很高兴还有另一个男人在场,或者很高兴女人们在场,但想和费利克斯一同分享或确认这种愉悦。他很帅,穿着棉麻衬衫,艾丽丝给他倒酒时,他会非常自然地低声道谢。桌上摆着带花纹的小碟子,银色刀具,白布餐巾,一只黄色大沙拉碗,里面拌了油的叶子闪闪发光。艾丽丝端着一盘意面来到桌边,把它放在艾琳面前。她说,费利克斯,我最后上你的面,因为这两位是我尊贵的客人。他们四目相对。他有点紧张地朝她微笑,说:没关系,我有自知之明。她摆出讽刺的表情,回到灶边。他注视着她。

/

饭后,艾丽丝起身清理桌上的餐盘。餐具咔哒作响,彼此摩擦,水龙头哗哗地流。西蒙在问费利克斯的工作。艾琳疲倦而满足地静静坐着,双眼半闭。烤箱里热着一盘水果奶酥。餐桌上只剩下食物碎屑,一条脏餐巾,沙拉碗里粘着湿哒哒的叶子,桌布上残留着柔软的蓝白蜡滴。艾丽丝问有没有人想喝咖啡。西蒙说,请给我来一杯。一大盒冰激凌在料理台上慢慢融化,沿着边细细流下来。艾丽丝拧开一只银咖啡壶的底座。费利克斯在问:那你是干什么的?艾丽丝跟我说你是从政还是什么的。水槽里有一只脏的酱料锅,一块木头菜板。灶头发出嘶鸣,散出火星,艾丽丝问:你还是喝黑咖啡吗?艾琳睁开眼,只看见西蒙半侧过身朝向灶边的艾丽丝,回头说:没错,谢谢。不用加糖,谢了。他的注意力重新回到费利克斯,再次聚焦,艾琳的眼皮颤动着,又快要闭上了。他洁白的脖颈。他在她身上颤抖,涨红着脸,低声问,那样可以吗,抱歉。烤箱门咔嗒一声打开,散发出黄油和苹果的芬芳。艾丽丝的白围裙被弃在椅背上,系带向下悬垂。西蒙在说,对,我们去年和他共事过。我和他不熟,但他的工作人员对他评价很高。在他们四周，房子安静结实，上了钉的木地板，烛光下光洁可鉴的瓷砖。昏暗宁静的花园。海平和地呼吸着，将带咸味的风送入窗内。想象艾丽丝住在这里。一个人，或许不是一个人。她站在灶边，用勺子把奶酥盛到碗里。一切各居其位。今晚，人生的一切都和这座房子系在了一起，像抽屉里一条打了结的项链。

/

晚餐后，费利克斯出去抽烟，艾琳上楼去打电话。西蒙和艾丽丝在厨房里洗碗。透过水槽上方的窗户，他们能看见费利克斯瘦小的身影，在越来越暗的花园里走动，时隐时现。香烟的一头亮着。艾丽丝一面留意他的身影，一面用方格茶巾把盘子擦干，放回碗橱。西蒙问她工作如何，她摇摇头。哦，我不能说，她答道。这是个秘密。对，我退休了。再也不写书了。他把滴着水的湿沙拉碗递给她，她用茶巾轻轻擦拭。他说，这话我很难相信。此时窗外已不见费利克斯的身影，他已经走到房子的另一侧，或者走到更远处的树林里。她说，你不信也得信，我已经筋疲力尽了。我就只有两个好的构思。不对，是写作太痛苦了。而且你知道的，我现在有钱了。我应该比你都有钱。西蒙把沙拉钳面朝下放在水槽边的网架上，说：我想也是。艾丽丝放好碗，合上碗橱门。她说，我去年帮我妈把贷款还了。我跟你说过吗？我钱太多了，我想做什么就做什么。我会做其他事，我有计划，但我非常不会规划。西蒙看向她，但她看向别处，把沙拉钳从架子上取下

226

来，包在茶巾里擦干。他说，你这么做很慷慨。她有点难为情。好吧，我告诉你就是为了让你觉得我是个好人，她答道。你知道我非常渴望获得你的认可。她把夹子放进装餐具的抽屉。他说，我非常认可你。她的肩摇摆起来，她半开玩笑地答道：哦，不，你不能毫无保留地认可我。但你可以有点认可我。他沉默片刻，用海绵擦洗着一只烤盘。她焦躁起来，又向窗外扫了一眼，但一无所获。天光开始消逝。只剩下树的轮廓。她说，反正她现在也不跟我说话了。他俩都是。西蒙顿了顿，把烤盘放在架子上。他说，你妈妈和你弟弟吗？她拿起烤盘，用毛巾去按它，又快又狠地摁上去，说：或者是我不跟他们说话了，我不记得怎么回事了。我住院的时候和他们闹掰了。你知道吗，他们现在又住在一起了。他看着海绵顺着洗碗水流到水槽底部。听你这么说我很难过，他说，听起来太惨了。她不加掩饰地笑了一声，感到笑声灼烧着喉咙，继续拿毛巾去按烤盘。可悲的是，不用去见他们反而让我心里更舒服，她说，这不符合基督教义，我知道。我希望他们幸福。但我宁愿和喜欢我的人在一起。她能感到他在注视自己，于是弯下腰，把烤盘哗啦作响地塞进碗橱深处。他说，我不觉得这违背了基督教义。她发出颤抖的笑声。哦，听你这么说太好了，她答道。谢谢你。我感觉好多了。他从水槽底部拿起海绵。她问，你呢，最近怎么样？他对着洗碗水微笑，无可奈何的样子。他说，我还行。她继续注视着他。他扫了她一眼，幽默地说：干吗？她温和地扬起眉毛。我拿不准到底是怎么回事，她说，我是说，你和艾琳之间。他将注意力重新放在水槽上。我也不知道，他说。

她用手拧着茶巾，若有所思。你们现在只是朋友，她说。他点着头，把铲子放在沥干架上，说没错。她继续说道，而你很快乐。他笑了出来。快乐谈不上，他说，还是老样子，静静地绝望罢了。后门开了，费利克斯走进来，在垫子上跺脚，关上身后的门。今晚外面很美，他说。楼上传来嘎吱的脚步声，艾琳轻轻地走下楼。艾丽丝将拧干的湿茶巾叠好。他们都是来看她的。为了她他们此刻在她家里，除此之外没有别的理由，只要他们人在，他们说什么做什么都无所谓。费利克斯问西蒙抽不抽烟。我猜你没抽过。你看起来太健康了。我敢打赌你肯定喝很多水，是不是？聊天与欢笑，这些不过是愉悦地组合在一起的声响，悬在空中。艾琳站在门边，艾丽丝起身给她续酒，问她工作的事。她来看她了，她们又在一起了，她们说什么做什么都无所谓了。

/

凌晨一点稍过，他们上楼睡觉。灯开了又关，水龙头开着，马桶水箱重新接上水，门开开合合。艾丽丝放下卧室卷帘，费利克斯在床边坐下。她走向他，他开始解她的裙子纽扣。对不起，他说。她把手放在他头上，抚摸着他的头发。你为什么这么说？她问。因为我们之前吵架了吗？他缓缓地呼气，片刻没说话。也不算吵架吧，对不对？他说，我不介意。你管它叫什么都行。不管那是什么，我保证再也不那么做了。她悲伤地继续低头看了他一会儿，然后转过身去，解开了剩下的纽扣。你放弃我了吗？她问。他看着她把裙子从肩上褪下,把它放进脏衣篮里。啊,不是,他说,我会努力对你好一阵。她解着胸罩,发出一声尖笑。万一我不喜欢你这样呢,她说。他爬上床,自顾自地微笑。嗯,我想也是,他说,但你不可能永远心想事成。她在他身旁躺下。他一面抚摸着她的胸,一面说:她在这儿你很高兴,是不是?你朋友。艾丽丝顿了顿,说是的。他说,嗯,你们这么相爱看上去怪可爱的。女孩儿就是这样。趁她在你应该多跟她单独相处,别让男的把你们团团围住。艾丽丝露出微笑。我们分开太久了,现在有点害羞,她说。他转过身躺下,看向天花板。过一会儿就好了,他说,而且我很喜欢她。艾丽丝的手顺着他的肩膀和手臂慢慢往下滑。她问,你明天能过来跟我们玩吗?他耸耸肩。行啊,没什么不好的,他说。他闭上眼,又想了想,补充道:我很乐意。

/

海慢慢吸气,将海浪从岸边吸走,只剩下平坦的沙滩在星光下闪烁。潮湿的海草纠缠在一起,昆虫在其间爬行。沙丘静谧地聚集,凉风抚平沙丘上的草。沙滩前面的人行道悄无声息,上面铺着一层白沙,房车的拱檐闪烁着微光,黑暗中车紧挨着车停在草地上。接着是游乐设施,门帘紧闭的冰激凌小亭,沿着街往镇里走去,有邮局、酒店、餐馆。水手之友关着门,窗上的贴纸难辨字迹。过去一辆车,前照灯一扫而过,尾灯红得像煤。再往上走是一座联排住宅,空白的窗反射着街灯,屋外垃圾箱排成一列。

出城的沿海公路,寂静,空荡荡的,树木在夜色中升起。西面,海如同一块深色布料。东面,往上走,穿过大门,来到教区神父的旧居,幽蓝似牛奶。里面有四个人在睡觉,醒来,再次入睡。他们侧卧,仰躺,踢被子,无声地在梦里穿行。屋后,太阳已经开始升起。晨光打在后墙上,透过树枝,斑斓的树叶,潮湿的青草,洒了下来。夏日清晨。掌心上清凉的水。

二十六

　　早上九点，他们在厨房共进早餐，壶里冒出一团团蒸汽，杯盘哐啷作响，阳光袅袅地穿过后窗。然后是饭后上下楼梯的脚步声，他们说话的声音。艾丽丝往后备厢里扔了一篮子沙滩毛巾，费利克斯倚在引擎盖上。她头上戴着墨镜，把潮湿的头发从脸上推开。他走过来，双臂从身后将她环绕，吻了吻她的颈背，对着她耳语了什么，她笑了。他们四人坐进车里，车窗全部打开，有塑料受热后的味道，难闻的香烟味，收音机里放着瘦李奇乐队[①]的歌，偶有杂音。坐在后排的西蒙对艾丽丝说：老天，我很久没听他们了。艾琳将脸对着打开的车窗，风猛烈地抽打着她的头发。他们停好车，面前的沙滩白得发光，四处散布着晒太阳浴的人，穿潜水服的人，带着阳伞和彩色塑料小桶的一家子。这是周二早上十一点。艾丽丝和艾琳在下面的沙丘边铺开毛巾，一条橙色，一条粉黄相间，印有贝壳图案。西蒙脱了鞋，说想去看看水怎么样。费利克斯摆弄着泳裤系带，自顾自地微笑。他说，我就知道你会这么说。走吧，我跟你一起去，没毛病。浪刚退，他们走上去时，沙的颜色更深了，踩着更紧实，表面结了一层彩色石子、贝壳碎片、干海藻和发白的螃蟹遗骸。面前就是海。阳光强

[①] 瘦李奇乐队（Thin Lizzy），都柏林硬摇滚乐队，成立于1969年，1983年解散。

烈照射着他们的肩颈。费利克斯在西蒙的衬托下显得矮小紧实，发色很深，动作灵敏。平整湿润的沙滩上西蒙的影子更长。费利克斯又问起西蒙的工作，问他每天具体做什么。西蒙说他大部分时间都在开会，有时和政客开，有时和活动人士或社区组织。盐水没过脚边时温热，到脚踝时变凉，到膝盖时更冰了。西蒙说过去几个月他们和一个难民组织有很多合作。帮助难民吗？费利克斯问。尽量吧，西蒙说。这里的水一直都这么冷吗？费利克斯笑了，他的牙齿在打战。他说，对，一直都这么可怕。不知道我干吗要进来，我一般不会的。你在都柏林租房住，还是买了房？他说话时双臂环抱在胸前，双肩颤抖。西蒙说，对，我买了一间公寓。我是说，我在还贷。费利克斯闲来无事地拍打水面，往西蒙的方向激起一些白色水花。他头也不抬地说：嗯，我妈去年死了，给我和我哥留了一栋房子。但我们还要还十年贷款。他用打湿的指尖揉了揉颈背。我也不住那儿，他补充道。我哥正准备把它卖掉。西蒙沉默地听着，跟上费利克斯的步伐，水已没过两人腰间。他轻声说他为费利克斯母亲的离世感到难过。费利克斯看向他，紧紧闭上一只眼，回头看向远处的海。嗯，他说。西蒙问他卖房的感受如何，他发出奇怪刺耳的笑声。好笑得很，他说，过去六周我哥一直想找我签字交房，我一直在躲他。是不是脑子有病？我不知道我干吗要躲他。我又不想住那儿。而且我真的需要钱。但我就是这样，从来都把事情整得很复杂。他又漫无目的地拍着水。他说，你说你们在做的那些事挺好的，帮助那些寻求避难的人。上帝很赞赏这种行为。西蒙似乎想了一下，然后说他对自己的工作感到越来越沮丧,因为他实际做的仅仅是去开会,然后写没人会读的报告。费利克斯说,至少你在乎。绝大多数人都不在乎。西蒙说他理论上当然在乎,但实际上他在不在乎都无所谓。大多数时间我都活得仿佛那些事没在发生一样,他补充道。我是说,我遇到的这些人,他们经历的事情是我无法想象的。哪怕原则上我站在他们这边,并且每天上班履行职责,但实际上我大部分时间想的都是——我不知道。费利克斯朝着海滩比划了一下,指着躺着的艾丽丝和艾琳。她们那样的人,他说。西蒙微笑着移开目光,说没错,她们那样的人。费利克斯仔细观察着西蒙。你信教的,对吗?西蒙顿了顿,迎上他的目光。是艾丽丝跟你说的,还是你猜的?他问。费利克斯愉快地笑了。天主教徒的罪恶感的确很好猜。不过是她告诉我的。他们沉默了几秒,继续往前走。西蒙轻声说他曾动过当神父的念头。费利克斯温和而好奇地打量着他。那你为什么没去呢?他说,希望你不介意我这么问。西蒙低头看着冰凉混沌的海水,水面东一处西一处被反射的光斑打断。他答道:我本来要说,因为我觉得从政更为实际。但事实是我不想独自一人。费利克斯自嘲地笑了笑。那是你的问题了,他说,你在苛求自己为什么不能更像耶稣。你应该像我这样活,做个混蛋,享受人生。西蒙抬头微笑。你看上去不像个混蛋,他说,不过我很高兴你在享受人生。费利克斯继续往水的深处走了一点。他头也不回地说:我干过很多不该干的事。不过现在后悔也来不及了,不是吗?我是说,或许我有时的确会后悔,但我尽量避免这样。西蒙注视了他一两秒,看着水拍打着他瘦小的白色身躯。西蒙说，好吧，我们都是罪人。费利克斯转过来看他。对哦，他笑起来。忘了你们这种人相信这个了，他说，太奇葩了，你别介意我这么说啊。来吧，要是你一直站在那儿我们就没法游泳了。他又往前走了几步，然后把整个身体浸入水中，彻底消失了。

沙滩上，艾琳双腿盘坐着翻阅一本短篇小说集。艾丽丝躺在旁边的毯子上，湿润的眼皮上阳光闪烁。一缕微风掀起艾琳的书页，她不耐烦地用手把它按住。艾丽丝闭着眼睛，问：所以是什么情况？艾琳起初没有回答，甚至没抬头。然后她说：你是说我和西蒙吗。我不知道是什么情况。你知道的，我觉得我和他很不一样。艾丽丝睁开眼睛，伸手挡着光，抬头看她。这是什么意思？她问。艾琳眉头紧锁地盯着密密麻麻印满黑字的纸页，然后把书合上。他在和别人约会，她说，即使他没有，我也不知道我们能不能在一起。你知道的，我们非常不一样。艾丽丝继续举着手，挡着眼前的光。你刚才说过了，但这话是什么意思？艾琳把书放下，喝了口瓶里的水。吞下水后，她说：你问太多了。艾丽丝垂下手，再次合上眼。抱歉，她说。艾琳把瓶盖重新盖上，说：敏感话题。一只小昆虫落在艾丽丝的毛巾上，然后再次向空中飞去。艾丽丝说，可以理解。艾琳望向海平面，有两个人影坠入水中，又再次冒出，相互交替。她说，要是最后不能在一起，我会很难受的。艾丽丝双肘撑起上身，在软沙中戳出两个小穴。她说，但倘若你们最后在一起了。艾琳说，这是赌徒心态。艾丽丝点点头，上下打量着身边的朋友，她细细的黑色泳衣肩带。艾丽丝说,你这是风险厌恶①。艾琳似笑非笑地答道,那就自我毁灭吧。艾丽丝也笑起来,头歪向一边。她说,正反两面都说得通。不过他的确很爱你就是了。艾琳回头扫了她一眼,说:怎么,他跟你说过?艾丽丝摇摇头。不,我是说这很明显。艾琳弯腰弓向盘起的双腿,两手撑在面前粉色图案的粗面毛巾上,小小的脊梁透过泳衣轻薄的人造面料凸起。她说,的确,某种意义上,他的确爱我。因为我是个小蠢货,什么都做不好,他就好这口。她直起身来,双手揉着眼睛。今年年初,一月还是二月左右,我突然开始出现剧烈头痛。一天晚上,我在网上查症状,最后越陷越深,确信自己得了脑瘤。当然,整件事简直蠢透了。我有天大概凌晨一点的时候打电话给西蒙,说我害怕自己得了脑癌,于是他打车到我公寓,让我跟他倾诉了将近一个小时。他看起来一点都不生气,只是非常冷静。倒不是说我想看他生气。但我能做到这样对待他吗?如果他半夜给我打电话说,嗨,艾琳,最近怎么样,我非常不理智地怀疑自己得了罕见的癌症,想不想过来听我讲给你听,直到我最后把自己说累到睡着了?我甚至没必要想象我会如何反应,因为他绝不会这么做。事实上,如果他真这么做了,我会觉得他的大脑的确出了什么问题。艾丽丝笑起来。她说,你经常疑心自己得病。但你在我面前从不这样。艾琳从包里取出墨镜,用脱下来的毛衣的一角擦拭镜片。她说,不,我不是这个意思。我

---

① 风险厌恶是一个经济学、金融学和心理学概念,用来解释在不确定状况下消费者和投资者的行为,指一个人面对不确定收益的交易时,更倾向于选择稳妥但也可能具有较低期望收益的交易。

给西蒙展示的都是性格中的糟粕。我不知道我为什么在批评他,我应该批评的是我自己。有哪个成年女性会像我这样做?太糟糕了。艾丽丝沉思着,把她的胳膊肘埋在毛巾里。片刻后,她开口道:你是说你不喜欢和他在一起时的自己。艾琳对着自己皱起眉,在阳光下检查墨镜。她说,不,不是这样的。我只是觉得我们的关系是单向的。他老是在帮我,我却从没帮过他。当然了,我很感谢他帮了我这么多忙。某种程度上,我需要他的帮助。但他并不需要我为他做什么。她顿了顿,补充道:算了,这不重要。他有个二十三岁的女朋友,人人都说她好。艾丽丝重新在沙滩毛巾上躺下来。从艾琳坐的位置看去,西蒙和费利克斯已经不见踪影,只剩下广阔的水光如雾,细浪碎裂如丝。他们身后,沿岸的村落反射白光,一径伸展到灯塔,左面是空旷的沙丘。艾丽丝把手背靠在额上。艾琳问,你觉得你真的能在这儿住下去吗?艾丽丝看着她,并不惊讶。我的确住这儿啊,她说。艾琳的五官皱缩了一下,随即舒展开来。我知道啊,她说,我是说长远计划。艾丽丝温和地答道:我不知道。我想住下去。她们身后,一个年轻家庭从房车停车场的方向走来,两个穿着同款牛仔背带裤的孩子蹒跚着走在前头。为什么?艾琳问。艾丽丝露出微笑。为什么不呢?她问。这里难道不美吗?艾琳低声说:的确,当然很美。她低头看着毛巾,用修长的手指抚平上面的细纹,艾丽丝注视着她。你随时都可以过来和我住,艾丽丝说。艾琳闭上眼睛,然后睁开。遗憾的是我不得不上班过活,她说。艾丽丝犹豫了一瞬,然后轻轻说:谁不是呢。这时,男人们从水里冒了出来,湿漉漉的身体反射着阳光,在交谈着什么,起初听不清内容,他们的影子落在身后的沙地上,斑驳的蓝影,女人们安静下来,望着他们。

/

下午两点,费利克斯出门上班,其他三人在村里闲逛。炎热的午后,马路上的黑沥青补丁烤软了,备考的学生穿着校服消磨时间。艾琳在教堂边的义卖商店里花六欧元五十分买了一件绿绸衬衫。与此同时,费利克斯推着一台高高的平板手推车在仓库过道间穿梭,根据推车的构造调整身体的角度,以某种精确的方式引导推车转弯,左脚放在后轮背后,双手松开把手,再将它握紧。他一次又一次地重复这个动作,似乎没有对它进行思考,除非估算失误,导致沉重的推车暂时脱离他的控制。在艾丽丝家的厨房里,西蒙正在准备晚餐,艾丽丝在鼓励艾琳写书。不知为何,艾琳腿上放着白天买的那件丝绸衬衫。艾丽丝说话时她时不时心不在焉地拍拍衬衫,仿佛它是一只动物。某种层面上,她似乎正在非常认真地和艾丽丝进行一场深刻而持久的对话,而在另一种层面上,她似乎压根没在听。她低头看着瓷砖,似乎在思考什么,她的嘴唇时而无声地嚅动着,仿佛要说什么,但什么也没说。

晚餐后,他们下山去和费利克斯喝酒。海面上清冷的天光逐渐黯淡,蓝中透着微黄。他们到水手之友时,看见费利克斯站在店门外打电话。他用没拿电话的那只手冲他们挥了挥,对着手机说:再说吧,我去问问。我不耽搁你了,好吧?他们一起进了酒吧。调酒师说，这不是了不起的费利克斯·布雷迪吗，我最好的顾客。费利克斯对其他人说：他在开玩笑。他们四人在空壁炉边的包间里坐下，一面喝酒，一面谈论他们居住过的城市。费利克斯问艾丽丝纽约如何，她说她觉得那里压力很大，让人晕头转向。她说那里的人都住在非常奇怪的大楼里，走廊和楼梯走不通，没有哪扇门能好好合上，哪怕是厕所门，哪怕地段很贵。费利克斯说他读完高中后搬去伦敦住过一段时间，在酒吧调酒，还在脱衣舞俱乐部的吧台干过一阵，他说那是他干过的最令人绝望的工作。他问西蒙：你去过脱衣舞俱乐部吗？西蒙礼貌地说他没有。费利克斯说，非常糟糕的地方。有机会应该去看看，要是你觉得这世界还行的话。西蒙说他没在伦敦住过，但读大学时在那儿待过一阵，后来在巴黎住了几年。费利克斯问他会不会说法语，西蒙说他当时的女朋友是巴黎人，他们在家说法语。费利克斯问，你们住一起的？西蒙正在用杯子喝酒。他点点头。费利克斯问，住了多久？抱歉，感觉我像在采访你。我只是好奇。西蒙说大概四五年。费利克斯扬眉说道：哦，对。你现在单身是吧？西蒙露出自嘲的微笑，费利克斯大笑起来。艾琳懒懒地拿手指编着一缕头发，注视着他们。西蒙说，对，我现在单身。艾琳放开编了一半的头发，插嘴道：你不是在约会吗？这话似乎引起了费利克斯的兴趣，他飞快地扫了一眼西蒙。西蒙答道，现在没有了。你说的是卡罗琳吧，我们已经分手了。艾琳摆出惊讶的表情，嘴张成"O"形，然后又编起头发来，或许是为了掩饰真正的惊讶。你也太神秘了，她说，你都不打算跟我说？她对费利克斯补充道：他什么都不跟我说。西蒙忍俊不禁地望着她。我本来要跟你说的，他说，我只是在找时机。她轻笑一声，脸涨成粉色。怎样算时机到了？她问。费利克斯愉快地把杯子放在桌上。这下有好戏看咯，他说。

他们喝了一杯一杯又一杯酒，最后离开酒吧，去吃冰激凌。艾琳和艾丽丝大笑着，她们在聊两人很讨厌的一个大学同学，那人最近和她们都很讨厌的另一个大学同学结婚了。费利克斯问西蒙：她俩一直都这么刻薄的吗？西蒙诙谐地答道，艾琳在遇到艾丽丝之前其实很善良，艾丽丝听后回应道：我就知道你会这么说。街角小店的门自动滑开，白色顶灯嗡嗡作响，地板瓷砖光可鉴人。装着水果和蔬菜的篮子边陈列着新鲜花卉。罐装的肉汁味汤粉，成卷的烘焙纸，一模一样的瓶装植物油。艾丽丝滑开冷柜门，三人各挑了一盒冰激凌。然后她想起还要买早餐的牛奶和苏打面包，还有厨房纸，艾琳还要买牙膏。她们抱着东西来到收银台，艾丽丝从包里取出钱包，西蒙说：别，别，我来。艾琳看着他从口袋里摸出钱夹，一只狭长的皮夹，他单手将它打开，取出银行卡。他抬头，遇上她的目光，她不好意思地笑笑，摸了摸耳朵，他以微笑回应。费利克斯静静地看着他们，艾丽丝把东西装进帆布包。他们顺着沿海公路往回走，边吃冰激凌边讨论他们在海滩上有没有晒黑。艾丽丝和艾琳落在后面，手挽着手，谈论着亨利·詹姆斯。艾丽丝说，我不跟你聊都不知道该怎么去思考。西蒙和费利克斯迈着大步向山上走，费利克斯问起西蒙的家庭，老家在哪儿，之前谈的恋爱。西蒙礼貌而友好地作答，要么微笑着说：无可奉告。费利克斯点点头，忍俊不禁的样子，双手插兜。都是和女孩吧，他问。西蒙转头看他。你说什么？他问。费利克斯平静地迎上他的目光。他说，你是只喜欢女孩吗？西蒙沉默片刻，然后自然地低声答道：目前为止是。费利克斯尖声笑了，笑声在房子表面发出回响。他们穿过正门，走向房车停车场，经过寂静泛蓝的高尔夫球场，窗明几净的酒店大厅。

回到房中，他们道完晚安后上了楼。艾丽丝在房间自带的卫生间里刷牙，费利克斯坐在床上滑动手机上的通知。你认识我朋友丹尼①吧，她明天请人去她家庆祝生日，他说，不玩野的，她外甥侄女也在的。我可能要去露个脸，成吗？艾丽丝出现在门口，在毛巾上擦手。当然了，她说。他点点头，上下打量她。你要想来的话也可以，他补充道。你那两个朋友也行。她把毛巾挂好，来到床边坐下，开始取项链。应该挺好玩的，她说，丹尼会介意吗？他坐起来，伸手帮她解开项链扣。完全不介意，他说，她让我告诉你的。艾丽丝让项链滑入手心，把它放在床头柜上。他很有魅力不是吗？费利克斯说，你那个叫西蒙的朋友。艾丽丝露出猫一般的浅笑，爬上床。我跟你说过的，她说。费利克斯把手放在脑后，抬头看她。他让我想起你，他答道。口风很紧。她提起枕头打他。很遗憾，我猜他是异性恋，她说。费利克斯把枕头塞到脑后，温和地答道：是吧？走着瞧吧。她笑了，爬到他身上。你不会为了他离开我吧？她问。他的手滑下她的臀部，来到大腿。他说：离开你？当然不会了。你不觉得我们仨可以好好玩玩吗？

---

① 丹尼（Dani）是丹妮尔（Danielle）的昵称。

她摇着头。那艾琳该怎么办？她问。在楼下织毛衣吗？费利克斯若有所思地噘起下唇，说：我也不会把她排除在外。艾丽丝用手指抚过他一边的深色眉毛。这就是有漂亮朋友的下场，她说。他微笑着说，你自己也不赖的，你知道的。过来。

与此同时，艾琳坐在床上滑动手机，翻看她母亲发给她的婚礼照片。地板上，她的开衫丢在一边，泳衣的肩带缠作一团，凉鞋松开的鞋扣悬在空中。床头柜上，一盏配有粉色带褶灯罩的灯。一声轻柔的敲门声响起，她抬起头，问：谁啊？西蒙把门打开一条缝。他的脸笼在阴影中，手放在门把手上。我把你的牙膏放浴室了，他说，晚安。她伸出手臂示意他进来。我正在看婚礼照片，她说。他把门在身后关上，在床边坐下。屏幕上的照片里，洛拉和马修站在教堂外，洛拉捧着一束粉白相间的花。挺好的，西蒙说。她滑到下一张照片，新人亲友站在一起，艾琳穿着浅绿色的裙子，半带微笑。啊，你看上去真美，西蒙说。她在床上挪了挪，拍拍床垫，让他凑近些。他在她身旁坐下，他们背靠在床头板上，她继续滑动照片。酒水接待上的照片。洛拉张着嘴大笑，手里举着一杯香槟。艾琳打了个哈欠，头靠在西蒙的肩上，他一手揽住她，沉甸甸的暖意。一两分钟后，她把手机放在腿上，眼皮慢慢垂下来。今天很好玩，她说。他的手指漫无目的地来到她的颈背，伸进她的头发里，她发出轻柔愉悦的叹息。嗯，他说。她把手放上他胸口，半闭着眼。她问，你和卡罗琳是怎么回事？他低头看着她的手，答道：我跟她说我有别的喜欢的人了。艾琳顿住，仿佛在等他说下去。然后她问：是我认识的人吗？他的手指穿过她的头发，来到她耳后。哦，就是那个我一直深爱的女孩，他说，她喜欢时不时玩弄我的感情，确保我还喜欢她。她吮住下唇，然后松开。真是个残忍的女人，她说。他自顾自地微笑着。没有，是我太宠她，他说，我一遇到她就昏了头，真的。她的手向下移动，从他的衬衣纽扣来到皮带扣。西蒙，她说，还记得我来你公寓的那天晚上吗？你已经上床睡觉了的那次。他说记得。她继续说道，那天晚上上床后，你转了过去，背对着我。你还记得吗？他有点不自在地微笑着，说他记得。她用手指勾勒着皮带扣的轮廓。你当时不想碰我吗？她问。他发出近乎笑声的声音，低头看着她小而白的手。他说，不是的，我当然想了。但你上楼时我觉得你好像在为什么事情难过。她想了一会儿。好像是的，她说，我大概以为我们睡了之后我会觉得好受些。如果你觉得这很恶劣，我向你道歉。但你转身背对我的时候，我觉得，或许你其实并不想要我。他的手拂过她的颈背。哦，他说，我没有意识到这点。我是说，我当时不知道你想通过和我睡觉来振作自己。我之前和你做爱是因为我想要这么做，而你允许了。我其实都不太清楚你为什么让我这么做，说实话。我大概以为，和一个非常想要你的人上床或许能让你更自信。我之前有过这种感受，就好像成为某种欲望对象是一种褒奖，或许它带给人的感觉太好了，以至于有点性感。但我从没意识到你会觉得我不想要你。或许和我看待这些事情的方式有关——我是说，哪怕我们做爱的时候，我有时感觉是我出于一己私利在和你做爱。或许你从中获得了某种单纯的生理愉悦，我希望你得到了，但对我来说不是这样的。我知道你肯定会说这是性别歧视。她张嘴笑着。的确是性别歧视,她说,不过我不介意。如你所说,的确是一种褒奖。你的原始欲望就是让我臣服并占有我。这很阳刚,我认为它很性感。他抬起手,用拇指碰了碰她的下唇。我的确有这种感觉,他说,但同时你也要想要才行。她抬头看他,双眼睁大,颜色很深。我想的,她说。他转过来,吻了她的唇。他们就这样躺着,双臂环绕在对方身上,他的手轻抚着她小而坚硬的髋部骨骼,她湿热的呼吸扑在他脸上。啊,你很听话,他喃喃道。她发出动物般的叫声,摇着头。哦,上帝,她说道。求求你。他再次笑起来,问:"求求你"是什么意思?她抵着枕头,继续摇头。你知道是什么意思,她答道。他把她的一缕头发挽到耳后。我没有避孕套,他说。她说没关系。然后补充道:只要你没和别人不戴套性交就行。他微笑着,双耳发红。他说,不,只有你。我能把这个脱了吗?她坐起来,他帮她把裙子从头上脱下来。她在裙底下穿着柔软洁白的胸罩,他手绕到她背后把扣子解开。她看着他把肩带从她肩上滑下来,轻轻打了个寒战。她再次平躺下来,褪下内裤。西蒙,她说。他解着衬衫纽扣,专注地看向她。你对你女朋友都这样吗?她问。我是说,你跟我说话的样子,说我很听话。你经常这么干吗?这不关我什么事,我只是好奇。他羞涩地笑了。不,从来没有,真的,他说,我在即兴发挥。你喜欢吗?她笑了,他也笑了,有点难为情。她说,我非常喜欢。只是上次之后,我有点好奇。我在想这说不定是他的惯例,或许他和其他女人都这样。他把衣服脱在地板上,说,反正也没多少女人。我倒不是在戳穿你的幻想。她遮住眼睛,微笑着。有多少，她问。他伏到她身上。咱们别说这个了，他说。她双手绕过他的颈子，问：没有二十个吧？他逗趣地皱起眉。没那么多，他说，你觉得有二十个这么多吗？她咧嘴笑起来，舔着牙齿。没有十个吗？她问。他耐心地吸了口气，答道：我以为你会很听话的。她咬了咬嘴唇。我很听话啊，她说。他进入她身体时她发出一声粗重的喘息，然后一言不发。他闭上眼睛。哦，我爱你，他喃喃道。她幼稚地细声问道：你只爱我一个吗？他吻了吻她的侧脸，说：耶稣，上帝，没错。

事后，她俯卧过来，手臂叠在枕上，转过头来看他。他给自己盖上一角被子，躺下来，手放在脑后。他闭着眼，出着汗。有时我希望我是你妻子，她说。他还在喘气，自顾自地微笑。继续，他说。她把下巴枕在手臂上。她继续说道，可是每当我想象和你结婚，我勾勒出来的图景都太像现在这样了。我们一整天都和朋友们在一起，然后晚上躺在床上做爱。而现实是你大概成天都在外面开会。和别人的秘书搞外遇。他没睁眼，答道他从来没有搞过外遇。她说，但你从来没结过婚。你看，你的女朋友永远都是一个年纪。而妻子是会变老的。他听后笑了。他说，真是个小屁孩。你要是我妻子，我肯定要好好教训教训你。她沉默地看了他一会儿。然后说：可要是我是你妻子的话，我们就没法做朋友了。他懒懒地睁开一只眼看她。这话什么意思？他问。她低头看着自己的手臂，瘦瘦的，被太阳晒出了雀斑。她说，我一直在思考和朋友谈恋爱的情况。最后往往都不得善终。当然了，大部分恋爱都不得善终。但是大部分情况下，你只需要把那个人的号码拉黑，就可以继续过下去了。可我真的不想把你拉黑，就我个人而言。她用双肘撑起上身，低头看他。你还记得吗？我大概十四五岁的时候，你跟我说我们要当一辈子的朋友。她问。我知道你大概不记得了，但我还记得。他一动不动地躺着，听她说话。他说，我当然记得。她迅速地点了几下头，从床上坐起来，把被子拢到身边。那我们该怎么办？她问。如果我们在一起，然后又分手了——光是把它说出口就已经如此痛苦，我真的，我甚至不想去想这件事。现在生活变成这样——艾丽丝在荒郊野岭住着，我们的朋友一个接一个搬走，我尿路感染的时候不得不在网上买非法抗生素，因为我连看病的钱都没有，地球上任何地方的选举都让我觉得有人在拿脚踢我的脸。要是你再离开我？老天，我不知道。我难以想象自己在这种情况下如何活下去。反过来，如果我们继续做朋友，好吧，我们没法上床，但我们有多大可能离开彼此的生活？我没法想象，你能吗？他静静地答道：我也不能。我明白你意思。她用手向下揉着脸，一边摇着头。某种意义上，或许我们的友谊其实更重要，她说，我不知道。和艾丹同居时，我有时会想，我永远不会知道，如果我和西蒙在一起会是什么样子，这还挺遗憾的。但或许在某种程度上不知道反而更好。我们永远都会在彼此的人生里，我们之间的感情永远都在，这样更好。你知道吗，有时候当我非常难过沮丧的时候，我会躺在床上想你。不是性那方面的。我只是在想你是多么好的一个人。既然你喜欢我，或者爱我，那我肯定也没问题。哪怕此刻，当我向你描述时，我都能在体内感受到它。就好像哪怕一切都糟糕透顶，我体内还是有一小块橡果大小的感受,在这里。她指着肋骨之间那块胸骨的底部。就好比,当我沮丧时,我知道我可以给你打电话,你会安慰我,她说,当我一想到这点,我大部分时候甚至不需要给你打电话,因为我可以感受到,就像我刚才描述的那样。我能感觉到你和我在一起。我知道这听起来大概挺蠢的。但如果我们在一起然后又分手了,我会不会再也没法有这种感受了?那我这里还剩下什么?她焦虑地拿手指敲了敲胸骨底部。空无一物?她问。他躺在床上注视着她,沉默了很久。然后他说:我不知道。这个问题很难。我明白你的意思。她紧盯着他,眼神绝望,几乎带着怀疑。可你对此没有任何回应,她说。他自嘲地笑了,抬头看向天花板。好吧,这很复杂,他答道。或许你是对的,最好还是划一条分界线,避免经历这些东西。听你讲这些事情,我的确觉得这很棘手。你知道的,我为卡罗琳的事感到很内疚,我真的想挽回和你的关系。但听你这么说了之后,我感觉问题其实不在于卡罗琳,而是别的东西。我的确理解你的理由,但从你的话来看,听上去你其实不想和我在一起。她定在原处盯着他,手依然压住胸口。他揉了揉下巴,从床上坐起来,脚放在地板上。他背对着她。我不打扰你睡觉了,他说。他从地板上拾起衣服,把它们重新穿上。她坐在床上,身体裹在被子里,一言不发。最后,他系好衬衫纽扣,转身看她。他说,那天晚上,我从伦敦回来,你来我家的时候,我真的很期待见到你。我不知道我有没有跟你说,或许我说了。老实讲,我很紧张,因为我非常快乐。她默然地用手指擦了擦鼻子。他对着自己点点头,许可了她的沉默。我希望你不会为此后悔,他说。她轻声答道:不会。他露出微笑。太好了,他说,我很欣慰。他顿了顿,又说:很抱歉我不是你想要的人。她坐在原处,又盯着他看了几秒钟。然后她说:可你就是我想要的。他笑了,眼睛看着地面。你也是我想要的,他说,但我理解你的选择。真的,我理解。我不耽误你了。好好睡吧。他离开了房间。艾琳一动不动地坐在床上,耸着肩,双臂交叉。她拿起手机,看也没看就将它放下,拨开额上的头发,闭上双眼。恍惚间她想起一句诗——总算完了事:完事就好①。她腋下流汗弄得她发痒,背很酸痛,肩膀被太阳晒得火辣辣的。西蒙穿过楼梯平台,进了自己的房间,把门关上。倘若他在寂静孤独之中跪在房间地板上,他是在祈祷吗?为了什么而祈祷?为了摆脱自私的欲望——或许吧。也有可能,当他双肘放在床上,两手在身前紧握时,他只在想一件事:你想让我怎么样?上帝,求求你,告诉我你的旨意吧。

---

① 这是T.S.艾略特代表作《荒原》中的诗句,引自赵萝蕤的译本。

二十七

早上六点四十五分,费利克斯的闹钟响了,是那种重复呆板的嘀声。房间里光线昏暗,西面窗户的卷帘间透进一点清冷的白光。几点了,艾丽丝喃喃问道。他转身关上闹钟,下了床。我该上班了,他说,你继续睡吧。他在房间自带的卫生间里冲了澡,肩上搭了条毛巾走出来,套上内裤。穿完衣服后,他来到床侧,俯身亲吻艾丽丝温暖湿润的额头。待会儿见,他说。她闭着眼答道:我爱你。他用手背摸了摸她的额头,仿佛要测她体温。你的确爱我,没错,他说。他走下楼,来到厨房。艾琳倚着料理台,正在拧咖啡壶的底部。她的眼睛又红又肿。早上好,她说。费利克斯站在门口看着她。你起来干吗?他问。她疲倦地笑了,说她睡不着。费利克斯打量着她的脸,答道:你看上去确实有点疲惫。他打开冰箱,拿出一罐酸奶,她把昨天的咖啡屑倒进水槽。他在桌边坐下,问:你是干什么的?艾丽丝跟我说你是记者还是什么的。艾琳摇摇头,给壶接上水。哦,没有,她说,我在杂志社工作。算是个编辑吧。费利克斯用小勺搅动酸奶。什么杂志?他问。她说是一本文学期刊。是吧,他说,我不太清楚那是什么。她点上火,说,嗯,我们的读者不多。我们发表诗歌散文什么的。他问杂志社怎么营利。哦,我们不营利,她说,我们靠政府基金运营。费利克斯表现出兴趣。你是说用纳税人的钱吗?他问。她在桌对面坐下，略带笑意。她说，没错。你有意见吗？他吞了一口酸奶，说：完全没有。你的工资也是纳税人的钱，对吗？她说没错。她补充道，不多就是了。他舔着勺子背面。你的不多是多少？他问。她从水果碗里拿出一只橘子，开始剥果皮。大概两万一年吧，她说。他扬起眉毛，放下酸奶。你在开玩笑吧，他说，税后吗？她说不是，是税前。他摇起头来。我挣得都比你多，他说。她在桌上剥下一条长长的螺旋状的果皮。为什么不呢？她问。他瞪着她。你怎么过啊？他问。她用手指将橘子掰开。我也常常很疑惑，她答道。他又开始吃起酸奶，用友善的语调低声说：他妈的。他又咽下一勺酸奶，追问道：你上大学就为了这个？她咀嚼着橘子。不，我上大学是为了学习，她说。他笑了，说，还真是。不管怎么说，你大概喜欢你的工作吧？她不太确定地将头左右摇摆，说：我不讨厌它。他点点头，低头看向酸奶碗。这就是我俩的区别了，他说。她问他在仓库工作了多久，他说八到十个月的样子。咖啡壶开始噗噗作响，她起身向壶内探看。她拉长袖子把手遮住，倒了两杯咖啡，端到桌上。他注视着她，然后说：我能问你件事吗？她坐下来，答道：当然了。他自顾自地皱着眉。你为什么直到现在才过来看她？他问。我是说，你住在都柏林，又不算远。她在这儿都住了很久了。他说话时艾琳的姿势僵住了，但她一言不发，面无表情。她默然地往咖啡里加了一勺糖。他说，听她提起你的语气，就好像你们是最好的朋友。艾琳立刻冷冷答道：我们就是最好的朋友。她身后的窗玻璃上出现斑驳的雨点。他说，好吧，那为什么你过了这么久才过来看她？我只是好奇。如果她是你最好的朋友,我以为你早就想过来了。艾琳的脸变得煞白,鼻孔也失去了血色,她深吸口气,然后呼出。你知道我要上班的,她说。他闭上一只眼睛,皱着眉。对,我也是,他说,可你周末不上的吧?艾琳双臂交叉,双手紧紧攥住睡衣袖子下面的上臂。她要是那么想见我,那她为什么不来看我?她问。她周末也不上班,不是吗?费利克斯似乎觉得这句话很奇怪,他想了一会儿,然后答道,我没有说她特别想见你。或许你们两个都不是特别想见对方,我也不知道。所以我才在问你。艾琳紧紧攥住手臂,说:对,或许的确如此。他点着头,问,你们之前吵架了吗?她烦躁地拨开脸上的一缕头发。她说,你对我一无所知。他回味着这句话,片刻后答道:你对我也一无所知。她又双臂交叉。所以我没有审问你,她说。他听后露出微笑。有道理,他答道。他吞下最后一口咖啡,站起身来,从椅背上拿起昨晚脱下的外套。他说,我的看法是,他俩和你我不一样。你要想让他们表现得如你所愿,只会把自己逼疯。艾琳注视了他几秒,说:我没有想让他们做任何事。费利克斯已经拉开背包拉链,正在往里面塞外套。他说,这你得问问你自己了,要是他们让你这么头疼,你又是何苦呢?他把包搭上肩。你肯定是有自己的理由的,他说,不然你不会这么在乎。她低头盯着自己的咖啡杯,轻声说:滚。他发出错愕的轻笑。他说,艾琳,我不是在攻击你。我喜欢你,明白吗?她不作声。他又说,你要不还是再睡一会儿吧。你看起来很累。我反正要出门了,晚上见。他走出前门,清晨薄雨如烟。他上了车,打开 CD 播放器,开出私人车道。他望着路,跟着音乐吹着口哨，时不时为旋律添加一些即兴重复的段落和改编，车开过通往村庄的岔路口，顺着沿海公路驶向工业园区。

/

当晚，费利克斯下班回家，他的狗在厨房里一跃而起，发出一连串高亢的吠叫，爪子在复合地板上哒哒作响。它跳起来够他，前爪落在他腿上，伸着舌头喘气。他双手放在它头上，揉搓着它的耳朵，它又吠了一声。嘘，他说，我也很想你。还有人在吗？他温和地把它按回地板上，它绕着他跑了一圈，打了个喷嚏。费利克斯向屋里走去，它跟在后面小跑。厨房里没人，没开灯，水槽里泡着早餐餐盘。他漫无目的地在一把椅子上坐下，拿出手机，狗在他脚边坐下，头放在他腿上。他一只手滑动着手机通知，另一只手揉搓着它的颈背。艾丽丝给他发了条短信：晚上丹妮尔家的派对还开的吧？我烤了个蛋糕。你上班上得还行吧。他点开消息，快速地输入：嗯还开的。我跟她说我们七点左右到，没问题吧？你也不要期待太高哈哈，很可能来的都是老人和小孩。不过丹尼会很高兴见到你。狗发出一声哀鸣，他把手重新放在它头上，说：我才走了两天，你知道吗？它们有好好喂你吗？它将头向后仰起去舔他的手。他说，谢了。好恶心。他的手机又震动了，他去查看消息。艾丽丝在问他想不想一起吃晚饭，他说他已经吃过了。他说：我一会儿过来接你们。她回复道：好。先跟你说一句，艾琳有点怪怪的……他扬起眉毛，回复道：啊哈哈。我其实知道的，今天早上看见她了。你朋友都跟你一个德性。他站起来，手机放回口袋，来到水槽边，拧开热水。他左手背的小指关节下面贴了一张蓝色创可贴。他开着热水，小心翼翼地撕掉创可贴，查看底下。紧挨着指关节下面有一道很深的粉色伤口，一直伸到手掌上。创可贴的白棉贴上沾了血，但伤口已经不再流血了。他卷起创可贴，把它扔进水槽下面的垃圾桶，用肥皂和水洗了手，冲洗伤口时龇牙咧嘴。他的狗还站在椅凳边，尾巴扑打着地板。他转身低头看它，小心地用干净的洗碗巾把手擦干，问：你还记得艾丽丝吗？她来过几次，你见过她。狗从地板上站起来，轻手轻脚地向他走来。他说，我不知道她允不允许狗进她家，我帮你问问。他给狗的饮水盆添上水。趁它喝着水，他上楼去换衣服，脱掉上班穿的黑跑鞋，把它们放在床底下。他穿上一条干净的黑色运动裤，一件白T恤，一件灰色的棉线套头衫。卧室门背后有一面全身镜，他打量着自己的倒影。他的目光在镜中瘦削的人影上游走，摇摇头，似乎想起什么念头，被它逗乐了。他回到大厅，坐在台阶上穿上一双白色运动鞋，系好鞋带。狗从厨房那边走过来，在他面前坐下，用精巧的长下巴戳着他的膝盖。他问，你这两天该不会一直被关在家里吧？加文昨天说他要带你出门的。它又想去舔他的手，他温和地把它的嘴推开。你在让我内疚，他说。它低低地哀鸣了一声，头垂到最下面的台阶上，抬眼看他。他站起身，说：你和她有很多地方很像，你知道吗。你们都爱上我了。狗哀鸣着跟随他来到门口，他又拍了拍它的脑袋，然后出了门，把前门在身后关上，上了车。

傍晚温暖无风，白云间隐隐透出蓝天。费利克斯敲了敲艾丽丝家前门，然后边开门边说：嗨，我来了。屋里亮着灯。艾丽丝的声音从楼上传来：我们在楼上。他关上门，小跑着上了楼梯。楼梯平台深处，西蒙站在艾琳的房间门口，门没关。他转身和费利克斯打招呼，两人看了对方一眼，西蒙脸上带着无奈而疲惫的表情。费利克斯说，帅哥你好。西蒙笑了笑，示意费利克斯进去，一面说：我也很高兴见到你。房间里，艾琳坐在梳妆台前，艾丽丝背倚着梳妆台，正在拧开一管口红。费利克斯在床尾坐下，看艾琳化妆。他的目光从她的肩膀移到后脑勺，再来到她镜中的影像，表情略微僵硬的脸，与此同时，艾丽丝和西蒙在讨论当天新闻里的某件事。艾琳挥舞着一根塑料小棒，眼睛在镜中和费利克斯的眼睛相遇，于是问：你也想来点吗？他站起身，打量这个东西。这是啥，睫毛膏吗？他说，来呀，没问题。她在小凳上挪了挪，让费利克斯在她身旁坐下。他背对镜子坐下，艾琳说：朝上看一秒。他照做了。她的手腕轻轻一抖，小刷子在他左下眼睑上面一扫而过。

西蒙，你要不要来一个？艾丽丝问。

西蒙在门口和气地答道：不了，谢谢。

他已经够漂亮了，费利克斯说。

艾丽丝打了个响舌，把口红盖上。她说，不要说这么私密的话。

西蒙将手插在兜里，说：别听她的，费利克斯。

艾琳收回睫毛刷，费利克斯睁开双眼。他转过身，面无表情地扫了一眼镜中的自己,然后站起身来。他说,顺便问一句,你们有谁会唱歌的?他们都看着他。他说,有时候这种派对上要唱点歌。当然了,你要是实在不会唱也没人强求。艾丽丝说西蒙在牛津时加入过唱诗班,西蒙说他觉得没人想在派对上听十四分钟《求主垂怜》①的中音部。费利克斯问,那你呢,艾琳?你会唱歌吗?她正把睫毛膏的盖子旋紧。他看着她,但她避开了他的目光。她答道,不,我不会唱。她站起身,用手把髋部的衣服抚平,说,你们要是好了我随时都可以出发。

上车后,艾丽丝端着盛在盘子里用保鲜膜包好的海绵蛋糕坐在前排。艾琳和西蒙坐后排,中间隔了个座位。费利克斯在后视镜里打量他们,手指欢快地敲击着方向盘。他问,你在健身房一般练什么?划船机什么的吗?西蒙在镜中迎上他的目光,艾丽丝侧过脸,微笑着,或者在忍住笑意。对,我会用划船机做一点运动,西蒙答道。费利克斯问西蒙举不举铁,西蒙说不怎么举。艾丽丝笑起来,然后假装是在咳嗽。怎么了?艾琳问。没什么,她答道。费利克斯打开转向灯,车来到岔路口,顺着沿海公路往镇上开。他问,你有多高?我很好奇。西蒙慵懒地笑着看向窗外。艾丽丝说,太厚颜无耻了。艾琳说,我不知道你们在说什么。西蒙清了清嗓子,低声答道:一米九。费利克斯咧嘴笑着。他说,看嘛,问一下又怎么了。一米九。现在我知道了。他又用手指敲起方向盘,补充道:顺便一提,我大概一米七二。我知道你没问,

---

① 《求主垂怜》是十七世纪意大利作曲家格雷戈里奥·阿雷格里根据《圣经·旧约·诗篇》第51首谱写的合唱曲。

就是跟你说一声。坐在后排的艾琳说她也有一米七二。费利克斯回头扫了她一眼，然后看回路上，说，是吧。有意思。对姑娘来说挺高的。西蒙继续看着窗外一闪而过的夏日度假屋，说：我觉得谁长这么高都挺好的。费利克斯笑了，说，谢了，高个子。这时车开下主路，经过通往游乐场所的岔路。他说，这个派对，我们不用待太久。我只告诉他们我会来露个脸。他又打开转向灯，说：要是有人跟你说我坏话，那都是假话。西蒙笑了起来。艾琳问：大家会说你坏话吗？费利克斯从镜中扫了她一眼，继续等待右转时机。他说，好吧，这世上有一些很坏的人，艾琳。老实说，不是人人都喜欢我这款。他即刻右转，开下教堂背后的主路，几分钟后在一栋平房外面停下，私人车道上已经停了好几辆车。他拧灭引擎，说：表现得正常一点，行不？不要一进去就开始聊国际政治什么的。人家会把你当怪胎。艾丽丝在座位上转过身，说：他朋友人都很好的，别担心。艾琳说她本来也不懂什么国际政治。

费利克斯按了门铃，应门的是丹妮尔。她穿着一条蓝色的夏装短裙，头发散在肩头。她身后的屋内明亮吵嚷。她邀请他们进来，费利克斯亲了亲她的脸颊，说：嗨，生日快乐。你看上去很不错。她挥手把他赶开，一脸高兴。她问，你什么时候嘴这么甜了？艾丽丝介绍了艾琳和西蒙，丹妮尔说：你们都好漂亮，我都嫉妒了。快进来吧。厨房在门厅背后，表面铺了瓷砖，顶灯下面是餐桌，后门通向外面的花园。房间里有七八个人拿着塑料杯喝酒聊天，旁边客厅里传来音乐和欢笑。桌上摆着各种瓶瓶罐罐，有的是空的，有的还没开，还有一大碗薯片，一把开瓶器。站在冰箱边的高个男人说：费利克斯·布雷迪，你这周跑哪儿去了？另一个站在后门抽烟的男人高声说道：跑去和他新搭上的马子好了。前一个男人用拇指朝艾丽丝比划，后者露出歉意，走进来说：不好意思，刚才没看见你。艾丽丝笑了笑，说没关系。费利克斯抓了把薯片正吃着，他朝肩后的人动了动头，说：这两个是她朋友。对他们友善点，他们都有点怪。丹妮尔看着艾琳，摇了摇头。你们是怎么容忍他的？她说，我来给你倒杯酒。艾丽丝已经把蛋糕放到料理台上，正在剥保鲜膜。一个女人从客厅里走出来，怀里抱着一个很小的小孩。丹妮尔，女人说，趁这家伙还没睡着，我们先走啦。丹妮尔把手放在小孩浅色的鬈毛上，亲了亲他的额头。艾琳，她说，这是我的宝贝外甥伊桑。怎么样，他是不是个天使？抱着孩子的女人用手把缠在孩子指间的一只耳环取了下来。艾琳问他多大了，女人答道：两岁零两个月。费利克斯的室友加文站在料理台边，问艾丽丝这蛋糕是不是她自己烤的。费利克斯从钱包里取出一根卷好的香烟，随意地对西蒙说：出去来一支？

后花园更凉快，也更安静。顺着草地往下走一点，一男一女和一个小女孩正就地取材地踢着足球，拿运动衫当球门柱。费利克斯靠在花园围墙上，面对草地，点上一支烟，西蒙站在他身边观看比赛。在他们身后，房子背面被车库深色的轮廓遮住了。小女孩精力充沛地在两个大人间来回奔跑，笨拙地用脚运球。费利克斯吐了一口烟，说：你觉得房东会不会让艾丽丝在家里养狗？西蒙专注地转过来。他说，她要是把那房子买下来，她想干什么都可以。怎么，你有条狗吗？费利克斯皱着眉。她打算把它买下来吗？他问。西蒙顿住了，说，哦，我不清楚。她有天在电话上跟我说的，不过我可能记错了。费利克斯露出耐人寻味的表情，低头看向香烟点燃的那头，又吸了一口烟。然后他答道：对，我有条狗。准确地说，它不算是我的。我们前面那个租客搬走的时候没带上它，我们就算是接手了。他说话时西蒙注视着他。费利克斯补充道，它当时瘦得只剩皮包骨了，一点都不健康。而且还很焦虑。不喜欢别人碰它。你去给它喂食，它会躲到别的地方去，等你走了才出来吃。其实它还有点狂躁，要是你离它太近了它不喜欢，它可能会冲你叫之类的。西蒙慢慢地点着头。他问费利克斯是否认为这条狗有过什么悲惨的经历。费利克斯说，这就不知道了。有可能上一群人对它不上心。它反正的确有些毛病，不管它们是从哪儿来的。他弹掉一些烟灰，让它慢悠悠地飘到草上。他说，不过它后来还是放松了些。它习惯有人喂它，没人虐待它，最后也不介意我们靠近它了。它还是不太喜欢陌生人摸它，但它喜欢我这么做。西蒙微笑着说，那很好啊。很高兴听你这么说。费利克斯又呼了口气，扮了个鬼脸。可是真的花了很长时间，他答道。有段时间他们都想把它扔了，因为它的问题太严重了，而且看上去没有一点平静下来的意思。我不是想充英雄啊，不过是我说我们应该把它留下来。西蒙笑了一声，说：你可以当英雄，我不介意。费利克斯若有所思地继续抽着烟。他说，我在想房东会不会让我把狗带到艾丽丝家去。有的房东不允许你这么做。但她要是准备把它买下来就另说了。我不知道她有这个打算。花园那头，小女孩成功地把球踢进了球门，男人把她举到肩上欢呼。西蒙望着他们，一言不发。费利克斯把最后一点烟刮在身旁的墙上，直到把它刮灭。然后他把烟头扔进草里。所以昨晚究竟发生了什么？他问。西蒙转过头来看他。什么意思？他问。费利克斯从胸腔里发出一声短促的咳嗽。我是说你和艾琳，他说，你没必要跟我讲，但你说了也无妨。小女孩从花园一路跑向房子，男人和女人在她后面边走边说话。经过他们时，男人点点头，说：最近怎么样，布雷迪？费利克斯答道：嗯，还行，谢了。他们走进屋，关上了门。花园里只剩下西蒙和费利克斯两人，站在车库后面的草地上。西蒙沉默了很久，然后将目光垂向脚尖，说：我不知道到底发生了什么。费利克斯听后笑了。好吧，他说，我来告诉你发生了什么。我们到家后你进了她房间，是不是？然后过了一会儿，你回了你的房间，今天你们都很消沉。我就知道这些，你告诉我究竟发生了什么。你和她上床了，是不是？西蒙拿手向下抹了把脸，满脸倦容。没错，他说。他没再说下去，费利克斯试图引导：我猜，你们这不是第一次了。西蒙有气无力地笑了。对，不算是，他说。费利克斯双手插兜，观察着西蒙的脸。然后呢？他问。你们吵架了？顺便一说，我没听见。要是你们真吵了，声音肯定也很轻。西蒙用手揉着颈背。他说，我们没吵。就是在说话。她说她还是想继续做朋友。仅此而已。我们没吵架。费利克斯扬眉盯着他。他说：我操。你们刚上完床，她就跟你这么说？这算哪门子事啊？西蒙古怪地笑了一声，垂下手，别过视线。他说，我们都会做不该做的事。我觉得她只是不太开心。费利克斯朝他皱了一两秒眉。他说：又来了。又想像耶稣一样。西蒙又发出勉强的笑声。他答道：不，耶稣会抵挡住诱惑的，据我所知。费利克斯微微笑着，拿手去碰西蒙的手，西蒙没有反抗。费利克斯的手从西蒙的手腕内侧往下滑，滑到掌心，缓缓地拂过西蒙的手指。几秒钟在沉默中过去。西蒙静静地说：她是我非常要好的朋友。艾丽丝。费利克斯笑起来，然后放开了西蒙的手。他说：你这么说好可爱。这话什么意思？西蒙站在原地，看上去平静而疲惫。他答道：我只是想说，我非常喜欢她。我很崇拜她。费利克斯又咳了一声，摇着头。他说：你是说，如果我做任何对不起她的事，你会打得我满地找牙。西蒙抚摸着手腕上被费利克斯摸过的部位，圈在手里，仿佛它受了伤。他说：不是，我其实完全不是这个意思。费利克斯打了个哈欠，伸展双臂。他说：你也可以就是了。打得我满地找牙。易如反掌。他直起身，转头看向花园。他问：你要是和她那么要好，她在这儿住这么久你怎么从来不来看她？西蒙惊讶地说他自二月以来一直想约时间过来看艾丽丝，但她一直说自己不在或者不方便。他补充道：我也邀请她到我家来，但她说她很忙。我感觉她不想见我。我不是在谴责她，我只是觉得她或许想喘口气。她离开都柏林之前，我们见得很勤。费利克斯点点头。她那会儿在住院，是不是？他问。西蒙看了他一会儿，答道：对。费利克斯双手插兜，往外走了一会儿，漫无目的地走着，最后又回到墙边，面朝西蒙。他说：所以这么久以来，你一直跟她说你想见她，她一直说，不必了，我很忙？西蒙答道：对，但我说过了，这也没关系。费利克斯咧嘴一笑。他说：

她这么做不会伤害你的感情？西蒙对他微微一笑。不，不会，他答道。我在这些事情上挺成熟的。费利克斯拿鞋尖去踢墙，问：她住院时是什么样子？很糟吗？西蒙似乎想了想这个问题，然后答道：她现在看起来好多了。费利克斯再次走开，晃到车库那边，可以看到房子。他说：好吧，如果你回去看到她了，跟她说我想跟她说句话。西蒙点点头，有几秒什么也没说，什么也没做。然后他直起身，进了屋。

艾丽丝和丹妮尔站在厨房里，拿着纸碟子吃一小块蛋糕。她用叉子把下一块蛋糕，说：没怎么发起来，不过味道还不错。西蒙把门在身后关上，说看起来很好吃。他又说：费利克斯在外面。他好像有什么话想跟你说。丹妮尔笑了，说：哦，我的天。他这就醉了？他一喝醉就变得很深刻很有哲理。西蒙给自己切了一块蛋糕，说：不，他应该没喝酒。不过他刚才确实深刻有哲理。艾丽丝把盘子放在料理台上。她说：听起来有点不妙啊。我去去就回。她走后，丹妮尔问西蒙是做什么的，他跟她讲起伦斯特府的故事，把她逗笑了。他说：你怎么想都想不到它有多糟。艾琳在客厅里翻看连着音响的 Spotify① 账号，一个男人凑过头来说：来点带旋律的，求你了。艾丽丝来到外面，关上后门，对着空荡荡的花园喊：费利克斯？他从车库背后探出头来，说：嗨，我在这儿。她环抱着手臂，走上草地。他在墙上摊开一张烟纸，正从一个小塑料口袋里取出一撮烟草。他说：你知道他们为什么不对劲

---

① Spotify：全球最大的流媒体音乐平台之一。

吗？那两个人。他们昨晚上床了，然后她转身就说只想做朋友。你家里这些好戏，太离谱了。艾丽丝倚在墙上，看着他卷烟。是西蒙告诉你的吗？她问。他用舌头舔湿烟纸，把烟卷封上，敲实。他说：对。怎么，她跟你说了什么？艾丽丝看着他点上烟，答道：她只说那是个错误。但她没讲细节。看得出她很难过，我不想逼她。艾丽丝低头看着自己的指甲，又说道：她说她简直没法和他说话。她觉得他的成长环境习惯压抑情感，他没救了。他没法开口说出自己的需求。费利克斯笑起来，一边咳嗽。老天，他说：这么说太狠了。我不觉得他没救了。我挺喜欢他。刚才他在外面的时候我试着挑逗他，结果他说起你是他好朋友，他很尊敬你。不过他有点动心，我看得出来。我差点就想说，放心啦，她不介意的。艾丽丝这时也笑起来。天哪，他怎么这么老实巴交，她说，你觉得他缺乏自尊心吗？费利克斯皱起眉，答道：不。他或许正在丧失活下去的欲望。我不觉得他缺乏自尊心。而且他也不老实。他很像你。他有自尊，他只是他妈的痛恨自己的生活。艾丽丝笑着拂去裙子下摆上沾的蛋糕屑。我不痛恨我的生活，她答道。费利克斯吐出一团烟，懒懒地用手把它挥散。你跟我说过的，他说，我们上次在外面抽烟的时候。你还记得吗？我们出发去罗马之前。你当时也在抽烟。她把头发拢到耳后，有点难为情。哦对，她答道。我当时这么说过吗？费利克斯说他很确定。好吧，或许我当时是那样的，她答道。但我现在不了。他什么也没说，一面抽烟，一面低头看着自己的手。然后他说：来，看看我今天上班发生了什么。他伸出手，给她看小指关节下面横穿而过的深深的伤口。

它的颜色变深了,正在愈合,周围的皮肤泛红,显出炎症。艾丽丝瑟缩着捂住自己的脸。费利克斯把受伤的手动来动去,仿佛在从多个角度端详伤口。他说:血开始狂流之后我才注意到。他抬头,看到她的脸,说:这种屁事在我们那儿随时都有,也不是很痛就是了。她默然地接过他的手,把它轻轻举到脸边。他不确定地笑了一声。啊,你太温柔了,他说,就是擦刮了一下,我不该给你看的。

还痛吗?她问。

不怎么痛了。就是洗手的时候有点刺痛。

太不公平了,艾丽丝说。

你看什么都不公平。

这时他们身后的后门开了,艾丽丝任费利克斯的手从颊上落下,但依然把它握在手里。过了一会儿,一个男人一路来到他们身边的草地上。他很高,偏红的浅色头发,穿着一件带图案的修身衬衫。他看到他们,笑了起来,费利克斯一言不发。

打扰到你们了?男人说。

不劳你操心,费利克斯说,我不知道你也来了。

男人从兜里取出一包烟,点上一支。这位肯定是新女友了,他说,艾丽丝,是不是?他们正在屋里谈论你。有人在网上找到一篇关于你的文章。

她看向费利克斯,但他没有回应她的目光。哦,天呐,她说。

你在网上有很多铁粉,男人补充道。

对,我知道,她答道,也有很多人讨厌我,诅咒我。

那人对此没什么反应。没看到那些,他说,不过我猜每个人都会遇到这种人。你最近过得怎么样,费利克斯?

还行。

你是怎么找到一个这么出名的女朋友的?

Tinder,费利克斯说。

男人吐出一道烟雾。是吗?我随时都在上面,怎么从没见过什么名人。你到底要不要介绍我们认识?

艾丽丝不安地扫了一眼费利克斯,他看起来非常放松。

艾丽丝,这是我哥,达米安,他说,你用不着跟他握手,远远地跟他点个头就行。

她略带惊讶地看回那个男人。哦,很高兴见到你,她说,你俩看着一点都不像。

男人对她回以微笑。就当你在夸我了,他说,听说你俩几周前一起去罗马了,是不是?艾丽丝,你肯定把他迷昏头了。他一般不会搞这种浪漫小假的。

其实他只是陪我出差罢了,她说。

达米安似乎觉得对话变得越发有趣。他去参加你的新书活动了,是吗?他问。

去了一些,艾丽丝说。

是吗?好久没见,别的先不说,他居然学会读书了。

哦,不,费利克斯说,我干吗费神,她可以亲口跟我讲精彩片段。

达米安没理他弟弟,继续好奇地上下打量艾丽丝。他又抽了口烟，问：你这几年过得很精彩吧，不是吗？

还行吧，她说。

嗯，我有个朋友是你的铁粉。她说你的电影马上就要上映了，是不是？

艾丽丝礼貌地答道：不是我的电影，只是根据我的一本书改编的。

费利克斯把手放在艾丽丝背上，说：你聊这些东西会让她不高兴的。她不喜欢聊这些。

达米安点点头，不为所动，自顾自地微笑。她不喜欢是吗？他说。他对着艾丽丝，继续说：他不是在关心你，你知道吗？他是真他妈一点都不知道你是谁。他这辈子没读过一本书。

她可没少认识爱读书的人，费利克斯说，他们从不让她清净。

达米安又抽了口烟。过了片刻，他对艾丽丝说：你知道他一直在躲着我吗？

艾丽丝看向费利克斯，费利克斯低头盯着自己的脚，摇着头。

是这样的，达米安说，我们的母亲去世之后，把房子留给了我俩，明白吗？我们共同拥有的。然后我们同意要把它卖了。懂我意思吗？你是个聪明女人，我知道你肯定懂了。总之，他要是不在文件上签名，我就没法卖。结果过去几周他失联了。不回我电话，短信，杳无音讯。你觉得是什么情况？

艾丽丝静静地说这不关她的事。

我还以为他想得点钱，达米安说，天晓得，他经常缺钱。

你还有什么关于我的坏话准备在这儿说？费利克斯问。

达米安没理他，而是若有所思地继续说道：汤姆·赫弗南之前给了他一大笔钱。一个老家伙，和老婆住镇上。也不知道为什么会给他钱。你知道是什么由头吗？

费利克斯又开始摇头，他把烟头弹到远处的草丛中，脸在东边渐暗的天光下涨得通红。

听我说，你看上去是个好姑娘，达米安说，或许好过头了？当心他玩弄你，这是我给你的建议。

艾丽丝冷冷地说：不知道你为什么会觉得我居然需要你给我人生建议。

费利克斯听后笑起来，笑声尖锐放肆。达米安沉默片刻，慢慢地抽着烟。然后他说：你知道该怎么过，是吧？

哦，要我说我过得相当不错，她答道。

费利克斯继续咧嘴笑着，息事宁人般地说：听我说，达米安。我明早上班前过来给你签字。可以了吧？然后你就别来烦我了。怎么样？

达米安仍然看着艾丽丝，答道：成。他把烟扔进草里。他又说，老天保佑你俩。然后转身进了屋。门在他身后咔哒一声关上。费利克斯从车库背后走出来，仿佛在确认他真的走了，然后他双手交叉，放到后脑勺背后。她注视着他。

对，那是达米安，他说，顺便一提，我们看彼此都不顺眼，不知道我之前有没有跟你说过。

你没有。

啊，好吧。抱歉。

费利克斯将手从头上拿下来，松松地垂在身侧，依旧看向他哥刚才出来的那扇门。那是一扇木门，嵌了黄色玻璃窗。

他又说：我们从小就不亲。我妈得了病就更那啥了。具体的我就不说了，否则要讲上一整夜。反正过去几年我们处得不怎么样。要是知道我们会遇上他的话，我会提前跟你说一声的。

她还是没说话。他转过身来看她，表情有些不安，或者说不开心。

顺带一提，我读书的，他说，我不知道他为什么要把我说得像个文盲一样。我不擅长读书，但我识字的。不过我觉得你也不在乎这个。

我当然不在乎。

嗯，上学的时候他成绩一直比我好，所以他才这么喜欢在人前提这事。他是那种必须靠贬低别人获得优越感的人。我妈以前会批评他这点，他很不喜欢。算了，不重要了。可笑的是，他真的让我火大。我现在就很火大。

对不起。

他回头看她。不是你的错，他说，你很厉害。我还可以再看你俩对峙一会儿，还挺好玩的。你虽然让人害怕，但是看你去吓别人还挺享受的。

她将目光垂到地上，轻声说：我并不享受。

你不会吗？肯定有一点点吧。

不，没有。

那你为什么要这么做呢？他问。

吓人吗？这不是我的本意。

他皱起眉毛。他说，但你知道自己是什么样子的。你很令人生畏。你知道我在说什么。我不是在批评你。

她说，你或许不相信，但我和人见面时其实会努力表现得很友善。

他尖锐地笑了一声，艾丽丝叹了口气，靠在墙上，捂住眼睛。

有这么好笑吗？她说。

你要是想表现得友善一点，那你干吗总说些伤人的话？

我没有总是。

好吧，但你想说的时候就会说。我不是在说你是个刻薄的人。只是人家会害怕招惹到你。

她冷硬地说：对，你已经表达得很清楚了。

他扬起眉，沉默了几秒。最后他温和地说：老天，我今天真是腹背受敌。她垂下头，仿佛感到低落或疲惫，没有作答。他又说道：你不太好相处，这点你是心知肚明的。

费利克斯，能不能请你不要再批评我的性格了？她问。我不是想让你说我好话。你其实什么都不用说。我只是觉得这种负面反馈没什么帮助。

他犹疑地看了她几秒。好吧，他说，我不是想惹你不高兴。

她什么也没说。她的沉默似乎让他不安，他把手插进兜里，又抽出来。

没错，达米安说得对，他说，你觉得我不够欣赏你。的确，或许真是这样。

她依然一言不发地盯着双脚。他看上去很不安，恼怒，焦虑。

你看，你习惯了别人用另一种方式对待你，他继续说道。那些人知道你是谁，认为你是个重要人物。然后我很正常地对待你，你就觉得不够好。说实话，你要是去找一个更欣赏你的人，或许会更开心一点。

她顿了很久，然后说：要是你不介意的话，我想先进去了。

他低头看向地面，眉头紧锁。我没法拦你，他说。

她转身沿着草地走回房子。她快到门口时，他清了清嗓子，大声说：你知道吗，我之前伤到手的时候，第一反应是，艾丽丝肯定会替我难过的。

她转身面向他，然后答道：我的确为你难过。

他说，对。有人关心的感觉很好。我在那儿上班三天两头被划伤，可是没什么人会跟我说，哦，肯定很痛吧，怎么回事？的确，或许我没能欣赏你的某些方面，有时我也不喜欢你跟我说话的口气，我承认。但要是你一个人在家生了病，或受了伤什么的，我是想知道的。如果你希望我来照顾你，我也会的。我相信你也会这么做。这样不就够了吗？或许对你来说不够，但对我来说足够了。

他们互相注视。艾丽丝说：让我想想。

回到屋里，一只大黄蜂飞进了客厅，丹妮尔的两个朋友又叫又笑，试图把它引出窗户。西蒙和丹妮尔的表亲杰玛坐在厨房桌边，杰玛腿上抱着刚才踢足球的小女孩。西蒙在问她，那你喜欢上学还是放假呀？艾琳坐在料理台边，往塑料杯里倒伏特加，刚才一直和她说话的男人正在说：算不上特别好看，但还行。费利克斯和艾丽丝从庭院后门进了屋，费利克斯给自己切了块蛋糕，艾丽丝穿上开衫，欢快地说：外面的大花园好漂亮。她不经意地将一只手温存地放在西蒙肩上，他抬起头好奇地看向她，脸上似笑非笑，两人都没说话。

十点时，丹妮尔拿勺子敲敲玻璃杯，说他们要来唱点歌。屋里渐渐安静下来，聊天慢慢停下来，客厅里的人也进屋来听。丹妮尔的一个表亲起了一首《她穿过集市》①。知道歌词的人跟着唱起来，其余人跟着调子哼唱。艾琳站在门口注视着西蒙，他靠着冰箱站在艾丽丝身边，手里拿着一杯红酒。丹妮尔叫费利克斯接在后面唱。加文说，来一首《卡里克弗格斯》②。费利克斯满不在乎地打了个哈欠。他说，我就唱首《奥赫里姆的少女》③好了。他放下手里拿着的纸盘，清了清嗓子，唱了起来。他的嗓音清澈悦耳，音色纯粹，先是扬起，填满寂静，又降至很低，几近沉默。艾丽丝远远地望着他。他站在料理台边的顶灯下面，头发、脸和倾斜的瘦削身体沐浴在灯光下，眼睛的颜色很深，嘴唇的颜色也很深。不知为何，或许是他低沉深邃的声音，或许是伤感的歌词，或许是旋律带给她的联想，艾丽丝注视着他，双眼噙满了泪水。他看了她一眼，然后移开视线。他的歌声和平时说话的声音出奇

---

① 《她穿过集市》，爱尔兰传统民谣，歌词以男子口吻讲述他如何失去爱人。
② 《卡里克弗格斯》，爱尔兰民谣，以北爱尔兰同名小镇得名，歌词以游子口吻倾诉对故乡和童年的乡愁。
③ 《奥赫里姆的少女》，爱尔兰民谣，曾出现在爱尔兰小说家詹姆斯·乔伊斯的名篇《死者》中。

相似,发音也没变,却突然间有了确凿的深度。泪水从艾丽丝眼里涌出,她还开始流鼻涕。她微笑起来,仿佛在笑自己荒唐的模样,但泪水依旧向外奔涌,她拿手指去擦鼻子。她的脸泛起粉色,闪烁着湿润的光芒。一曲唱毕,短暂的寂静后,欢呼和掌声涌了进来。加文把手指含在嘴里,赞许地吹了声口哨。费利克斯倚着水槽,看着艾丽丝,她迎上他的目光,轻轻耸了耸肩,有点难为情。她用手擦干脸颊。他微笑着。加文说,你把她弄哭了。人们转过头来看艾丽丝,她笑起来,有点尴尬,笑声似乎卡在喉咙里。她又擦起脸来。费利克斯说,她没事的。丹妮尔又请人来唱歌,但没人自告奋勇。有人说,唱这么好,没法接了。丹妮尔的表亲杰玛建议唱《阿森赖田野》①,人们开始交头接耳。费利克斯一路走到桌边,往塑料杯里倒红酒。他把杯子递给艾丽丝,说:你还好吧?她点点头,他安抚地揉了揉她的背。别担心,他说,一般只有老太太听了那首歌才会哭,不过咱们就不计较这个了。你不知道我会唱歌是吧?我把嗓子抽坏之前唱得还要好得多。他的声音很轻,几乎有点心不在焉,他拿手抚着她的背,仿佛没听见自己说话。他说:你看,西蒙没哭。他肯定觉得我唱得不行。西蒙微笑着低声答道:多才多艺啊。艾丽丝轻轻笑了笑,从杯里啜了一口酒。费利克斯说:调皮。艾琳站在客厅门口看着他们,费利克斯的手放在艾丽丝背上,西蒙站在她身旁,三人交谈着。窗外的天继续暗下去,黑下去,巨大的地球缓慢地绕轴旋转。

---

① 《阿森赖田野》,爱尔兰民谣,创作于1979年,讲述爱尔兰大饥荒时期人们的悲情经历,后广为流传,成为爱尔兰体育爱好者的助威歌曲。

二十八

　　他们离开丹妮尔家时外面已经漆黑，没有街灯，艾琳打开手机上的电筒，他们这才找到去私人车道的路。上了车，关上门，车内安静温暖。艾琳说：费利克斯，你唱歌太好听了。他打开前照灯，开始把车开到路上。他说：好吧，对你而言是的。对你俩都是，因为你们都是从那儿来的。奥赫里姆，是不是？说实话，我不是很清楚那首歌在唱什么。我以为是一个男的在跟一个女的唱，但到了和声，我觉得是女人在唱。说她的孩子身体冰凉地躺在她怀里。大概是那种把好几首歌的歌词混在一起的老歌。不管讲的是什么，都挺悲伤的。西蒙问费利克斯除了唱歌之外会不会乐器，费利克斯答道：会一点点。主要是弦乐器。要是情势所迫，我也能凑合弹一点吉他。我有几个朋友会一起演奏，在婚礼上表演什么的。我以前也在婚礼上表演过，但我不喜欢那种音乐。整晚就在那儿弹席琳·迪翁什么的。艾丽丝说她都不知道他居然这么有音乐才华。费利克斯说：嗯，不过这里人人都有。你只有在都柏林才会遇到五音不全的人。我这么说你别生气。他扫了艾丽丝一眼，重新把注意力放回路上，继续说：所以你打算把那房子买下来，是吗？我都不知道。后排的艾琳抬起头来。什么？她问。艾丽丝正在涂唇膏，心满意足，有点醉意。她说：我在考虑。但还没定下来。艾琳爆发出笑声，艾丽丝从座位上转过去看她。艾琳说：没什么，太好了。我替你高兴。你要搬到乡下去了。艾丽丝皱着眉困惑地看着她。她说：艾琳，我已经住在乡下了。咱们说的是我现在住的房子。艾琳微笑着摇头。对，没错，她答道。你来这里度假，然后就要留在这儿永久度假了。为什么不呢？西蒙注视着艾琳，但艾琳仍然对着艾丽丝微笑。艾琳又说：真的很棒。你的房子特别好。那么高的天花板，天哪。艾丽丝慢慢地点着头。好吧，我还没做决定就是了，她答道。她把唇膏放回包里。我不知道你为什么说我是来度假的，她补充道。我每次去上班，你就发邮件谴责我，说我应该待在家里。艾琳再度笑起来，脸上毫无血色。她说：很抱歉。我对你的情况有误解，现在我知道了。西蒙继续注视着她，她转过来，对他露出一个明亮而虚假的微笑，仿佛在说：干吗？费利克斯说买房之前艾丽丝应该找人好好检查检查，艾丽丝说的确，本来就还要花很多功夫。车开过了酒店，经过大厅点亮的窗户，顺着沿海公路开去。

　　回到家中，其他人还在走廊里，艾琳便径直上楼，回到自己的房间。她打开床头灯，嘴唇苍白，呼吸轻浅不均。变暗的卧室窗户反射出她灰暗模糊的脸，她一把将窗帘拉上，挂钩在栏杆上刮擦而过。楼下传来人声，艾丽丝在说：不，不，我不用了。西蒙低声回答了什么，听不清，其他人在笑，尖锐的笑声传上楼梯。艾琳用手指按揉紧闭的眼皮。她听到冰箱门轻轻打开，玻璃叮当作响。她解开裙子腰带，棉麻布料穿了一天之后起皱变软，闻起来有防晒霜和香体膏的味道。楼下响起开门声。她从肩上拽下裙子，用鼻子粗重地吸气，再通过嘴唇呼出，然后换上一条蓝底条纹睡裙。楼下的动静轻了些,人声混杂。她坐在床侧,取下发夹。楼下,三人中的一个在走廊里边走边吹口哨。她取下一根黑色的长发夹,咔哒一声将它轻放在床头柜上。她的下巴紧绷着,后牙互相摩擦。屋外有海的声响,很低,周而复始,空气轻柔地穿过茂盛沉重的树叶。头发放下来后,她用手指粗鲁地穿过发间,然后在床上躺下,闭上双眼。楼下响起爽脆的啪嗒声,像开酒塞的动静。她吸气将肺充满。双手紧握成拳,再松开,在被子上张开手指,两次,三次。又传来艾丽丝的声音。另外两个人在笑,男人们听了艾丽丝说的话在笑。艾琳猛地一挣,站了起来。她从椅背上拉下一条带棉芯的黄色睡袍,双臂穿入两袖。她一面下楼,一面心不在焉地将睡袍带子在腰间松松地系上。走廊尽头,厨房门关着,亮着灯,空气中一股甜腻的烟味。她将手放在门把手上。屋里传来艾丽丝的声音:哦,我不知道,要好几个月吧。艾琳打开门。屋内很温暖,灯光昏暗,艾丽丝坐在餐桌一头,费利克斯和西蒙靠墙坐在一起,合抽一支卷烟。他们抬头看向艾琳,一脸惊讶,近乎戒备,她穿着睡袍站在门口。她勇敢地冲他们微笑了一下。我能加入吗?她问。

当然,艾丽丝答道。

艾琳拉开一把椅子坐下,问:咱们在聊什么?

费利克斯把卷烟顺着桌面传给她。艾丽丝在跟我们讲她父母的事,他说。

艾琳飞快地抽了口烟,呼气,点头,神情举止间强装欢笑。

艾丽丝对艾琳说:你都知道的,你见过他们。

艾琳说：嗯。很久以前。你继续吧。

艾丽丝转向另外两人，说道：跟我妈其实没那么复杂，她和我弟好得令人窒息。而且她反正一直都不怎么喜欢我。

是吗？费利克斯说，有意思。我妈在世的时候很爱我。我是她的心肝宝贝。挺悲哀的，因为我长大后变成一个混账东西。不过她非常疼我，天晓得为什么。

艾丽丝说：你不是什么混账。

费利克斯对西蒙说：你呢？你是你妈的宝贝儿子吗？

嗯，我是独生子，西蒙答道。我妈以前的确很爱我，没错。我是说，她现在还是很爱我。他在桌面上旋转着酒杯底，又说，我和她的关系并不轻松。我觉得她有时对我感到困惑和失望。比如我的职业，我做的选择。她朋友的孩子里和我同龄的现在都是医生或律师，也有了自己的孩子。而我基本上还是议会助理，也没有女朋友。我的意思是，她感到困惑我不怪她。我自己也不知道我的人生是怎么变成这样的。

费利克斯短促地咳了一声，问：可你的工作还挺重要的，不是吗？

西蒙环顾四周，仿佛这个问题让他感到惊讶，他答道：哦，上帝，不。一点都不重要。顺带一提，我不觉得我妈执迷于地位。她肯定更想让自己的儿子当医生，但我不觉得她对我失望是因为我不想当。费利克斯把卷烟递给他，他接过来，说：我们不怎么聊严肃的话题。你知道的，她不喜欢事情变得很严肃，她只想要大家好好相处。某种程度上，我觉得她有点怕我。这让我很难过。

他抽了一小口烟，呼气之后补充道：每当我想起我的父母，我都感到愧疚。我不是他们想要的儿子，这不是他们的错。

但也不是你的错，艾丽丝说。

艾琳专注地注视着他们对话，下巴紧绷，依然似笑非笑。

那你呢，艾琳？费利克斯问。你和父母处得怎么样？

这个问题似乎让她意外。哦。她顿了顿，说：他们还行。我有个姐姐，是个神经病，他们都怕她。小时候她让我的日子非常难过。但除此之外我父母还行。

你结了婚的那个姐姐，费利克斯说。

对，就是那个，艾琳说，叫洛拉。她也算不上恶毒，就是很疯狂。有时或许也有一点恶毒。她上学的时候很受欢迎，而我很矬。我是说，我连一个朋友都没有。现在回过头看，我很庆幸我没有自杀，因为我当时经常有这个念头。那是大概十四五岁的时候。我试图向我妈倾诉，但她说我没什么毛病，就是在小题大做。这时她犹豫了一下，低头盯着空无一物的桌面。然后她继续道：要不是十五岁的时候遇到一个愿意和我做朋友的人，我可能真的就去自杀了。他救了我一命。

西蒙静静地说：要真是这样的话，我很庆幸。

费利克斯从座位上坐直，一脸惊讶。什么？他问。那个人是你？

艾琳笑得自然了些，脸色仍然有些苍白憔悴，但很享受重述这段熟悉的故事。她说：你知道吗，我们从小就是邻居。有年夏天，西蒙大学放假回来，帮我爸在农场上干活。我不知道缘由。

我以为是你父母让你来的。

西蒙风趣地低声说道：不是的，当时我应该刚读完《安娜·卡列尼娜》。我想像列文一样在农场上干活。你知道的，他用镰刀还是什么东西割草的时候获得了非常深刻的心灵体验，于是开始相信上帝。我不记得具体细节了，但大致原因就是这样。

艾琳笑着用双手拨弄头发。她说：你来帮帕特干活是因为你觉得这和《安娜·卡列尼娜》里的情节很像？我都不知道。你要是列文的话，我们就是农民了。她对其他人说：总之，我和西蒙就是这样成为朋友的。我就是他家豪宅附近农民家的姑娘。西蒙宠溺地低声说：在我看来不是这样的。艾琳手一挥，对他的话充耳不闻，说，当然了，我们的父母彼此都认识。我妈还觉得自己比不上西蒙的妈妈。每年圣诞前夜，西蒙和他父母都会到我家来喝酒，他们来之前我们要把整个房子从头到尾擦一遍。我们还在厕所里放专用毛巾。你知道是什么样子。

费利克斯又抽起烟来，他背靠在墙上，问：他们觉得艾丽丝怎么样？

艾琳看向他。谁，我父母吗？她问。他点点头。她说：嗯。他们见过几次。他们不是很熟。

艾丽丝微笑着说：他们不喜欢我。

费利克斯笑了。真的吗？他问。

艾琳摇着头。不是的，她说，他们不是不喜欢你。他们只是不了解你。

他们从来就不喜欢我们大学时住在一起，艾丽丝继续说道。

他们希望艾琳和中产家庭的乖乖女做朋友。

艾琳呼了口气,发出不加掩饰的笑声。她对费利克斯说:我觉得他们认为艾丽丝的个性有点难处。

而现在我成功了,他们恨我,艾丽丝说道。

我不知道你为什么会这么觉得,艾琳说。

这个嘛,他们不喜欢你来医院看我,不是吗?

艾琳再次摇起头来,心不在焉地拽着耳垂。那和你成功与否无关,她说。

那和什么有关?艾丽丝问。

费利克斯似乎忘了自己在抽烟,任由卷烟从指间跌落。艾琳抬头看他,说:是这样的,艾丽丝从纽约搬走时,她没告诉我她要回来了。我给她发邮件,发短信,好几周没有收到她的音讯,然后我开始担心起来,害怕她出了什么事。而实际上那段时间她就住在离我公寓五分钟路程的地方。她指着西蒙,继续说:他知道的。我是唯一一个蒙在鼓里的。而且她让他不要告诉我,于是他不得不听我跟他抱怨我没有收到艾丽丝的音讯,而其实从头到尾他都知道她就住在他妈的克兰布拉西尔街。

艾丽丝用克制的语气说:很显然我当时过得并不好。

艾琳点着头,继续强颜欢笑。她说:没错。那段时间我过得也不好,我交了三年的男朋友要和我分手,我没地方可住。我最好的朋友不理我,我另外那个最好的朋友表现得非常古怪,因为他什么都不能跟我讲。

艾丽丝平静地说:艾琳,恕我直言,我当时精神崩溃了。

对，我知道。我记得的，因为你住院之后我几乎每天都来看你。

艾丽丝一言不发。

我父母不喜欢我这么频繁地来看你，跟你成不成功没关系，艾琳继续说道。他们只是觉得你作为朋友不是很地道。还记得出院之后，你跟我说你要离开都柏林几周去休养一下？结果现在看来你不是要走几周，你是彻底离开了。除了我似乎人人都知道。当然了，你没必要告诉我。我就是个傻子，透支我的银行账户，每天赶公交去医院看你。我想我父母会说，你就是没那么在乎我。

艾琳说话时，西蒙垂着头，费利克斯继续注视着他俩。艾丽丝盯着餐桌对面，脸颊上红一阵白一阵。

你根本不知道我经历了什么，艾丽丝说。

艾琳笑了，笑声尖锐颤抖。这话我难道不可以原样奉还给你吗？她问。

艾丽丝闭上双眼，又睁开。她说：对哦。你是说和你其实根本不喜欢的男的分手了。肯定很难吧。

西蒙在桌子另一头说：艾丽丝。

艾丽丝继续说：不。你们根本就不明白。不要说教我。你们谁都不了解我的生活。

艾琳站起身，任由椅子向后仰去，倒在地板上，然后摔门而出。西蒙坐直了，望着她离开，艾丽丝面无表情地扫了他一眼。去啊，她说，她需要你，我不需要。

西蒙回头看她，温和地说：也有例外的时候，不是吗？

滚，艾丽丝说。

他继续看着她。我知道你很生气，他说，但我觉得你也知道你说的话不是真的。

你对我一无所知，她答道。

他低头凝视着桌面，似乎将要微笑。他说：好吧。他站起身，离开房间，把门在身后带上。艾丽丝把指尖短暂地放在太阳穴上，仿佛头痛，然后站起身，来到水槽边冲洗酒杯。她说：不能相信人。每次你觉得你可以相信，他们就拿以前的事来伤你。西蒙最恶劣。你知道他哪里有病吗？说真的，他有救世主情结。他从来不要任何人给他东西，以为这样就可以高人一等。而实际上他过得那么可悲无趣，一个人坐在公寓里告诉自己他是个多么好的人。我病得很严重的时候，有天晚上给他打电话，他带我去了医院。仅此而已。如今我每次见他都要听他提一次。他这辈子干了什么？一事无成。我至少还可以说我给世界带来了些什么。他就接了一次我的电话，从此就以为高我一等了。他到处和精神不稳定的人交朋友，好让自己感觉良好。尤其是女人，尤其是年轻女人。没钱的更好。你知道吗，他比我大六岁。他这辈子干了什么？

费利克斯已经很久没说话了，他还坐在凳子上，背靠着墙，慢慢地喝着啤酒。他说：他一事无成。你刚才说过了。我也一事无成，所以我不知道你为什么觉得我会在乎。艾丽丝站在料理台前，背对着他，看着他在厨房窗玻璃上映出的影子。他渐渐意识到她在看他，和她四目相对。干吗？他说，我可不怕你。她垂下目光。他若无其事地笑了一声。她一言不发。他盯着她的背影又看了几秒。她面色苍白,从沥干架上拿起一只空酒杯,举了一会儿,然后放手,任它落在瓷砖上。酒杯杯肚在地板上咔嚓一声碎了,杯梗基本完整,一路滚向冰箱。他沉默地观察着她,没有动。他说:你要是想自残的话,那还是算了。你只会演一出闹剧,事后也不会好受。她的手牢牢抵住料理台,双目紧闭。她非常安静地说:不,别担心。你们在的时候我是不会做什么的。他抬起眉毛,低头看向啤酒。他说:那我还是再待一会儿好了。她抓住料理台,手指关节凸起发白。她说:我真不觉得你在乎我的死活。费利克斯啜了口酒,吞了下去。他说:你这么跟我说话我该生气的。但生气有什么用呢?你甚至都不是在跟我讲话。在你心里你还是在和她说话。艾丽丝在水槽边俯下身,脸埋在手里,他从座位上起身向她走去。她身都没转就说:你要是过来我他妈会打你的,费利克斯。我会的。他在桌边停下,她将头埋在手臂里站着。时间就这样在沉默中流逝。最后,他从餐桌后面站起来,拉出一把椅子,凳腿将瓷砖上的大块的玻璃碎片推到一边。过了几秒钟,她继续站在水槽边,仿佛没听见他靠近的声音,接着,她看也没看他就坐了下来。她在颤抖,牙齿打着战。她低声呻吟道:哦,上帝。我感觉我差点要杀了自己。他倚在餐桌上注视着她。他说:嗯,我也有过这种感觉。但我没有这么做。你也不会的。她抬头看他,脸上带着惊恐、后悔、羞惭的神情。她说:对。你说得没错。对不起。他对她微微一笑,垂下目光。他说:你不会有事的。顺带一提,我真的在乎你的死活。你非常清楚我在乎。她继续看了他几秒,目光漫无目的地在他的身上、手上、脸上移动。抱歉,她说，我太羞愧了。我以为——我不知道，我以为我开始康复了。很抱歉。他坐在餐桌上，直起身来。他说：没错，你的确在康复。这就是一个小小的——他们管这个叫什么来着——一个小小的发作。你在吃什么药吗？抗抑郁药什么的。她点点头。对，百忧解，她说。他同情地低头看向坐在椅上的她。真的吗？那你吃它效果还挺不错的。我吃那玩意儿的时候一点性欲都没有。她笑了，她的手在颤抖，仿佛庆幸自己幸免于难。她说：费利克斯，我真不敢相信刚才我跟你说要打你。我简直像个怪物。我不知道该说什么。真的很对不起。他平静地迎上她的目光。你不想让我靠近你，仅此而已，他说，你不知道自己在说什么。你是精神病患，别忘了。她困惑地低头看着自己颤抖的双手，说：我以为我已经好了。他耸耸肩，从兜里拿出打火机。他说：其实你还没好。没关系，这个需要时间。她摸着嘴唇，望着他。你什么时候吃的百忧解？她问。他没抬头看她，答道：去年，我吃了一两个月就停了。我干的事儿可比摔几只红酒杯要坏多了，相信我。我经常跟人打架。干了不少蠢事。他用拇指刮动着打火机的点火轮。你和你朋友没事的，他说。艾丽丝低头看着大腿，说：我不知道。我觉得我们之间的友谊属于其中一个远比另一个在乎对方的情况。他拨下按钮，点上火苗，然后松手。你觉得她不在乎你？他问。艾丽丝低头看着大腿，用手抚平裙子。她在乎的，她说，但跟我不一样。他从桌上下来，穿过房间来到后门，一路避开大块的玻璃碎片。他把门敞开，倚在门框上，望向潮湿的花园，呼吸着夜间清凉的空气。有一阵他们谁也没说话。艾丽丝站起来，从水槽底下拿出簸箕和刷子,开始清扫玻璃。最小的碎片撒得最远,它们落在暖气片底下、冰箱和料理台间的缝隙里,在灯光下银光闪闪。打扫干净后,她把簸箕里的碎渣倒进一张报纸里,然后包起来扔进了垃圾桶。费利克斯倚在门框上,看着外面。他说:你对我也是同样的看法。这点很有意思,居然是一样的。她在屋里听见后直起身来看向他。什么?她问。他深吸口气,将它呼出后才开口作答。你觉得艾琳没有你在乎她那么在乎你,他说,对我你也这么觉得,觉得你更在乎。或许这也是为什么你会喜欢我,我猜。我有时候觉得你讨厌你自己。你做的所有事情——没车却搬到这儿来住,和网上随便遇到的人发生情感纠葛,就好像你想折磨自己。或许你想要谁来折磨你、伤害你。至少这可以解释你为什么会选中我,因为你觉得我是会做这种事的人。或者会动这种念头。她站在水槽边,没有作声。他缓缓地点点头。好吧,我不会这么做的,他说,如果这是你想要的,那我很抱歉。他清清嗓子,补充道:我不认为你喜欢我比我喜欢你更多。我觉得我们喜欢对方的程度是均等的。我知道我不是经常在行为举止上表现出来,但我可以改进。我会努力。我爱你,你知道吗?她听着他说话,脸上露出怔怔的异样神情,手捧着脸颊。她说:哪怕我是个神经病。他笑了,身体站直,把门在身后关上。没错,他答道。哪怕我们两个都是。

西蒙离开厨房后,上楼来到楼梯平台,在艾琳的房门前站了片刻。门后传来刺耳粗重的抽泣声,时不时被喘气声打断。他轻轻用手背敲门,里面的动静戛然而止。嗨,他大声说,是我。我能进来吗?哭泣声再次响起。他打开门走进房间。艾琳侧躺在床上,双膝弓起抵在胸口,一只手插在发间,另一只手遮住双眼。西蒙关上门,来到床侧的枕边坐下。她说:我不敢相信这就是我的人生。他带着友善的神情低头看着她。过来,他说。她再次啜泣起来,用手攥住头发。她粗声说:你不爱我。她不爱我。我谁都没有。一个也没有。我简直不敢相信我得这样活下去。我不明白。他将宽阔结实的手放在她头上。他说:你在说什么呢?我当然爱你。过来。过了一会儿,她恼怒地用手搓了搓脸,一声不吭,然后带着同样的怒气,挪到西蒙身边,把头放在他腿上,脸颊抵着他的膝盖。他说:很好。她皱着眉,手指揉搓着双眼。我毁掉了生命中一切美好的东西,她说,一切。他的手继续在她发间移动,将她脸上湿漉漉的乱发拨走。她继续说:我毁掉了和艾丽丝的关系。我毁掉了和你的关系。说到这里,她再次抽泣起来,拿手遮住眼睛。他的手缓缓地在她的额头和头发上移动。你什么都没毁掉,他说。她没有回应,而是停下来喘了口气,继续说道:昨晚,我们在城里喝酒——她又顿了顿,长吸口气,然后费力地说下去:我生平第一次感到幸福。当时我甚至是这么想的,生平第一次,我感到幸福。有时我觉得活着像在受罚,好像上帝在惩罚我。或者我在惩罚自己,我不知道。因为每当我感到幸福,哪怕只有五分钟,就会有坏事发生。就像那周我们在你家看电视时那样。我本该知道之后肯定会有坏事发生,因为当我坐在你家沙发上时,我心里想着,我都记不得上次这么开心是什么时候了。每当一件特别好的事情发生,我的人生就会分崩离析。或许是我的错,或许是我一手造成的。我不知道。艾丹没法忍受我。现在艾丽丝也不能了,你也不能了。西蒙平和地低语道:我可以。艾琳不耐烦地抹去继续泉涌而出的泪水。她说:我不知道,或许我不是个好人。或许我不怎么为他人着想,我只想着自己。比方说,和你在一起的时候。我知道你比我痛苦,但你从来都不说。你对我总是这么好。一直如此。哪怕现在,也是我在你腿上哭泣。你什么时候在我腿上哭过?不,你从来没有过。他温存地低头看着她,她颧骨上的雀斑,涨得粉红的滚烫耳朵。他说:对,可我们是不一样的人。你也别担心,我并不痛苦。有时候我有些悲伤,但这没关系。她轻轻摇摇头,但并没有把头从他腿上抬起。但我从没像你照顾我那样照顾过你,她说。他的拇指慢慢滑过她的颧骨。他答道:这个嘛,或许我不是很擅长让别人照顾我。她的泪已经止住了,她躺在他腿上,沉默了片刻。然后她问道:为什么?他不自在地笑了。我不知道,他说,别管我了,我们在谈你的事,对吧。她转头抬眼看他。我真希望我们能谈谈你的事,她说。他低头看着她,沉默了片刻。很抱歉你觉得上帝在惩罚你,他说,我不认为他会这么做。她又看了他几秒,然后说:那天在火车上,我给艾丽丝发了条信息,说我希望西蒙十年前向我求婚。他没说话,若有所思的样子。他说:那时你十九岁。你会接受我的求婚吗?她轻轻笑了,耸了耸肩。她的眼睛又烫又肿。她答道:如果我头脑清醒的话我会接受的。但我不记得我当时清不清醒了。我认为我会觉得这非常浪漫,所以可能会同意。我的人生或许会比现在好,你知道吗?至少比我实际得到的好。他点着头,带着自嘲的微笑,有点哀伤的样子。他说:对我来说也会更好。对不起。她握住他的手,两人沉默了一会儿。他说:我知道艾丽丝让你很难过。她用拇指摩挲着他的指节。她说:今天早上,在厨房里,费利克斯问我为什么没早点来看她。我一开始说,那艾丽丝为什么不来看我?她去哪里了?她又不忙。她要是想,完全可以跳上火车来找我。要是她真的这么爱我,她为什么会搬过来?又没人逼她这么做。她好像是故意想让我们很难见到彼此,而现在她又觉得受伤了,说我不在乎她。事实上她才是抛下我的那个。我不想让她走。话音刚落,艾琳又哭起来,脸埋进手中。我不想让她走,她重复道。西蒙抚摸着她的头发,什么也没说。她没有抬头,痛苦地说:求求你别离开我。他将她的一缕头发理到耳后,喃喃道:不会的,永远不会。当然不会了。她又哭了一两分钟,他安静地在腿上托着她的头。终于,她在床上坐起来,用袖子把脸擦干。他说:我一直不擅长让别人照顾我。她虚弱地轻笑一声,说:跟着我学好了。我可是专家。他走神地笑了笑,低头看着大腿。他继续说道:我觉得我是担心绑架别人。我是说,我不想觉得别人做某事,是因为他们以为我想让他们这么做,或者他们觉得自己有义务这么做。可能我这么说不是很准确。我并不是从不渴望获得任何东西。我的确有想要得到的东西,非常想。他打断自己,摇着头。啊,我说不好,他说。她的目光在他脸上移动。她说:西蒙,可是你从来不让我接近你。你懂我意思吗?每当我要靠近你,你就会把我推开。他清了清嗓咙,低头看着自己的手。这个我们可以下次再聊,他说,我知道你在为艾丽丝的事生气,我们不需要现在讨论这个。她皱起眉,眉间耸起细细的褶皱。你又在把我推开了，她说。他露出近乎痛苦的微笑。他说：我才刚刚接受我们之间不可能再发生什么。这并不容易。但某种程度上，这比心里总惦记着好。他心不在焉地用大拇指关节按摩着手掌。他继续说：如果我曾经为你做过什么，其实是为了我自己，因为我想和你亲近。坦白讲，我想要感觉你需要我，你离开我就不行。你明白我的意思吗？我觉得我好像什么也没说明白。我是说，你为我做的远比我为你做的多，真的。我更需要你。远比你需要我更需要你。他呼出一口气。她沉默地注视着他。他继续失神地说下去，仿佛是在和自己说：或许我不该说这些。这样沟通对我来说很难。他又呼出一口气，几乎像一声叹息，然后用手摸了摸眉毛。她继续看着他，只是聆听，没有开口。他终于抬头看她，说：我知道你很害怕。或许你对我们的友谊说的那些话都是认真的，你只想和我做朋友，你要是真这么想，我会接受的。但我觉得有可能你这么说，至少在某种程度上，是因为你想让我反驳你的话。就好像我会站出来说，艾琳，求求你，不要这样对我，我一直都爱着你，我不知道没有你我该怎么活，诸如此类。倒不是说这不是真的，这当然是真的。甚至有可能当你跟艾丽丝发火，说她不在乎你的时候——我不知道，或许这两件事在本质上是一样的。某种层面上，你希望她说，哦，艾琳，可是我非常爱你，你是我最好的朋友。问题是你似乎喜欢上的都是不擅长给你这样答复的人。我是说，任何人都会告诉你——至少费利克斯和我都知道——艾丽丝绝不会做出那样的反应。某种程度上，或许我也一样。如果你说你不想和我在一起，我可能会觉得很受伤，很羞辱,但我不会乞求你。某种意义上,我其实认为你知道我不会这么做。但这似乎又带给你一种印象,认为我不爱你,或者我不需要你,就因为我没有给你想要的回应——你其实知道你不会得到这种回应,因为我不是那种会给你这种回应的人。我不知道。我不是在开脱自己,我也不是在开脱艾丽丝。我知道你觉得我老是在为她说话,老实说,我这么做可能是在为自己说话。因为我在她身上看到了我自己,我替她难过。我能看出她是在将你推开,尽管她其实不想这么做,而且也为此难过。我知道这是什么滋味。听我说,如果你是真心只想和我做朋友,我理解的,真的。我知道和我相处并不容易。但如果你觉得我可以让你幸福,我希望你能让我试一试。因为这是我人生中唯一想做的事。这时她将双臂环住他的脖子,转向他,脸贴在他喉咙上,低声说了一句只有他听得见的话。

几分钟后,艾丽丝来到楼梯底部,艾琳从屋里出来,来到平台。在门厅昏暗的灯光下,她们看见彼此,停了下来,艾琳站在楼梯最高处往下看,艾丽丝仰视着她,两人的脸上带着焦虑、戒备、委屈,彼此像对方在一面昏暗镜子中的影子,苍白地悬挂在空中,时间分秒流逝。然后她们向对方走去,在楼梯中间相遇,相拥在一起,紧紧抱住彼此,双臂牢牢拥住对方的身体,然后艾丽丝说:对不起,对不起,而艾琳说:别道歉,对不起,我不知道我们为什么要吵架。她们同时笑起来,发出打嗝般的奇特笑声,用手擦干脸上的泪水,说着:我甚至不知道我们在吵什么。对不起。她们在楼梯上坐下来,筋疲力尽。艾丽丝坐在艾琳底下那阶楼梯上，两人背抵着墙。你记得上大学时我们吵了一架，你给我写了一封很刻薄的信吗？艾琳说，你写在散装纸页上的。我不记得写了什么，但我知道它不是很友好。艾丽丝又发出打嗝般的微弱笑声。她说：你是我唯一的朋友。你有其他朋友，但我只有你。艾琳拿起她的手，两人十指相扣。她们在楼梯上坐了一会儿，没说话，有时心不在焉地讲起很久以前发生的事，她们为傻事吵的架，曾经认识的人，一起笑过的事。久远的对话，上演过好多次。然后她们又沉默了一小会儿。艾琳说：我只是希望一切都能像从前一样。希望我们还是那么年轻，住得很近，一切都没有变。艾丽丝悲哀地微笑着。她问：要是发生了变化，我们还能继续做朋友吗？艾琳用手臂揽过艾丽丝的肩膀。她说：你如果不是我的朋友，我都不知道我是谁了。艾丽丝把脸放在艾琳的手臂上，闭上双眼。的确，她说：我也会不知道我是谁。其实有段时间我真的不知道。艾琳低头看着艾丽丝小小的披着金发的脑袋，栖在她睡袍的袖口上。她说：我也是。现在是凌晨两点半。外面是无尽的夜色。一轮新月低悬在漆黑的海水之上。海浪重复地拍打着岸边，轻轻盖过沙滩。另一个地方，另一个时间。

二十九

你好啊——我随信附上有反馈意见的随笔草稿。现在读起来已经很不错了，不过我在想可以把中间两大块调换位置，你觉得呢？这样的话人物生平就在后面介绍。你读一读，看看怎么样。JP后来给你发他的意见了吗？我估计他会比我有帮助得多！

我已经彻底失去对线性时间的把握。昨晚我躺在床上想：距离艾琳和西蒙第一次来看我已经快一年了。我随后意识到我正躺在温暖的棉被而不是夏天的薄毯下面，这才逐渐记起来，现在都快十二月了，距离你们上次夏天来已经过去十八个月。十八个月！我们余生都会是这样吗？时间消融成昏暗的浓雾，上周发生的事已恍若多年以前，而去年发生的事却如同昨日。我希望这是封城带来的副作用，不是因为我变老了。说起来：为你送上迟到的祝福。我是按时寄出礼物的，但不知道它什么时候能到，或者能不能寄到……

我们这边没什么新闻。费利克斯状态还行，意料之内。他还是会时不时陷入对疫情的绝望，阴郁地暗示说再这么下去，他就要失控了。但事后他通常会振作起来。他现在在为村里几个老人采买蔬果，于是经常借机说他们坏话，他还花不少时间在社区花园里干活，制肥，对制肥发牢骚，诸如此类。对我而言，封城和正常生活之间（令人绝望地）没什么差别。我八到九成的日常生活都按部就班——在家上班，阅读，避开社交聚会。但事实证明，哪怕只有一点社交都和完全没有社交截然不同——两周一次聚餐和完全不聚餐是截然不同的。当然我依然非常想念你，也想念你的男朋友。顺便一提，那天晚上在新闻上看见他让我们大为兴奋。费利克斯坚信我们的狗认出他了，因为它对着屏幕狂吠，但你我都知道它随时都在对着电视乱叫。

我不知道你有没有看到这个新闻，大概一个月前，我接受了一个邮件采访，记者问我的伴侣怎么看我的书。我没多想就回复说他从没读过我的作品。于是乎采访标题当然就变成——《艾丽丝·凯莱赫：我男友从没读过我的书》——之后费利克斯看到一条很热门的推特，说什么"太可悲了……她值得更好的人"。一天晚上他一言不发地用他的手机给我看了那条推特，我问他作何感想，他只是耸耸肩。一开始我心想：这再次完美证明我们的"图书文化"是多么肤浅而自鸣得意，不读书的人被贬低为道德败坏，一个人书读得越多，就越高人一等。但后来我又想：不，这个例子真正说明的是，名人概念是如何扭曲了一个大概率上理性正常人的思维方式。这个人真的认为，就因为她看过我的照片、读过我的小说，她就了解我这个人——事实上比我自己更了解什么对我而言是最好的选择。而这是正常的！她不仅可以私下想这些古怪的念头，还可以将它们公开发表，从而获得正面的反馈和关注。她完全不知道，在这一点上，她挺疯狂的，而她周围的人也和她一样疯狂。他们无法区分自己听说过的人和实际认识的人。他们相信，他们对想象中的我所拥有的感情——亲密、厌恶、仇恨、怜悯——和他们对自己的朋友怀揣的感情一样真挚。这让我思考,名人文化是否是一种癌细胞转移,填补宗教留下的空洞。好比在宗教的空位上长出的恶性肿瘤。

另一条算不上新闻的新闻,我绵延的病症一如既往。出于这样那样的原因,我几乎每天都不舒服。心情好一点的时候,我对自己说这只是过去几年累积的压力和疲倦的结果。心情差的时候我就想:完了,这就是我的人生了。我最近读了很多关于"压力"的医学文献。大家似乎都认为它对健康的破坏力和香烟不相上下,积累到一定程度后势必会带来严重后果。然而专家对此的唯一建议就是不要感到有压力。如果你感到焦虑或抑郁,你可以去看医生,接受治疗,运气好的话你的症状会有所减轻。压力和服用非法药物很像——你不该服用,而如果你服用了,你应该尽可能减量。目前没有对症药物,也没有任何临床支持的治疗体系。不要感到有压力就好了!这很重要,不然的话你会让自己很难受!总之,从病因上来讲,我感觉,过去几年我就像被锁在一个香烟缭绕的房间里,几千个人日日夜夜对着我口齿不清地嚷嚷。而我不知道这什么时候会结束,要等多久我才能好受一点,我能不能恢复。一方面,我知道人的身体拥有惊人的韧性。另一方面,我祖上都是结实茁壮的农民,我不是当万人唾弃的明星小说家的料。你会怎么选?你是情愿逐渐恢复到中等偏上的健康状态,还是逐渐接受慢性疾病,借此机会获得精神上的成长?

说起来,费利克斯看到我在跟你写信时说:"你应该跟她讲你现在信天主教了。"起因是最近他问我信不信上帝,我说我不知道。他之后一整天都在摇头,然后跟我说要是我去了修道院,他是不可能来探望我的。我当然不打算进修道院,在我看来,我甚至都算不上天主教徒。我只是觉得万物之下还有某种存在,无论这种感觉是否正确。当一个人杀人或者伤人时,他的行为背后有某种东西——难道不是吗?它不仅仅是原子以不同的结构在空白空间里到处乱飞。我不知道该如何解释我的想法,真的。但我觉得这其实很重要——即使为了一己私利,也不去伤害他人。费利克斯自然是有所保留地同意我这种情绪,他也(相当合理地)指出,没人仅仅因为不信上帝就到处杀戮。但我越来越认为,在某种程度上,他们是相信上帝的——他们相信上帝是万物之下深藏的善与爱的原则。这种善与奖赏无关,与我们自身的欲望无关,与是否有人在看,是否有人会知道无关。费利克斯说,如果这就是上帝的话,也行,那它就是个词,它没有意义。当然它也不意味着天堂、天使、耶稣的复活——但或许这些东西在某种程度上能有助于我们和其代表的意义产生联结。贯穿人类历史,我们对对与错的描述大多是孱弱、残酷、不公的,然而对错之分仍然存在——它存在于我们之上,存在于不同的文化之上,存在于每个活着或死去的个体之上。我们毕生努力辨别,并以此为原则生活,试着去爱而不是去恨,这便是地球上头等重要的事。

新书我之前写得非常快,现在速度慢下来了,断断续续能写一点。当然了,我天性乐观,不会从中读出任何不祥之兆。哈哈!不过说真的,这次我努力不走进那条死胡同里,不去担心我的大脑已经停止运转,我再也不会写小说了。总有一天,我的担心会成真,而我觉得我不会庆幸自己为此提前焦虑了这么久。我知道我在很多事情上都很幸运。当我忘记这点时,我会提醒自己,费利克斯还活着,你还活着,西蒙还活着,于是我就感到无比幸运,幸运得让我害怕,于是我会祈祷你们不会遭遇任何不幸。快回信告诉我你的近况。

三十

艾丽丝——非常感谢你发来的反馈——还有你送的生日礼物，它到得很准时，也一如既往的慷慨！——很抱歉我回得晚了些。我知道你会原谅我的，因为我要告诉你一个秘密的重大新闻。当然了，只是暂时保密，因为你很快就会发现了，用不了多久。那就是：我怀孕了。我是几天前确定的，那天我用一把厨房剪刀剪开验孕棒的塑料包装，在卫生间里往上面尿了一点。当时西蒙出门去参加一场必须亲自到场的委员会听证会了，还没回家。发现测试结果呈阳性之后，我在餐桌边坐下，开始大哭。我也不知道为什么。我没法说我很震惊，因为我的医生几个月前就停了我的避孕药，而我的月经已经推迟了三周。至于我是怎么怀上的，我就不赘述了，免得你觉得无聊或者尴尬——我们做了这么久朋友，相信你对我的任何不负责任的行为已经见怪不怪，就这么说吧，哪怕西蒙也是凡人。总之，我不知道他什么时候才能从听证会上回来——一个钟头，两个钟头，或许要很晚才回来——就当我这么想着时，我听到他的钥匙插进了锁孔。他走进来，看见我坐在餐桌边，什么也没做，我让他过来坐下。我感觉他站在原地看了我很久，然后一言不发地过来坐下。我还没开口，就知道他知道了。我告诉他我怀孕了，他问我想怎么办。尽管这听起来很奇怪，但在他问我之前我没有想过这个问题。不过我也刚知道几分钟，期间我想的都是他在哪里——他是不是还在上班,是不是正在回家的路上,是不是顺路去了药店或者超市——以及他还要多久才能到家。当他问我时,我发现答案非常简单,想都不用想。我告诉他我想生下这个孩子。他听后哭了,说他很高兴。我相信他,因为我也很高兴。

艾丽丝,这是不是我做过的最糟的决定?某种意义上,或许是的。如果一切顺利,这个孩子大概会在明年七月出生,那时我们可能还在封城,而我或许要在全球疫情期间在医院独自分娩。哪怕抛开最迫在眉睫的顾虑,你我都对我们所处的人类文明感到悲观,认为它在我们有生之年就可能覆灭。但话说回来,无论我怎么做,成千上万的婴儿都将和我这个尚未成真的孩子在同一天出生。他们的未来和我腹中孩子的未来同样重要,我的孩子的独特之处仅在于它是我和我爱的男人的结晶。我的意思是,孩子们总会诞生,宏观地来看,他们是不是我俩的或许没什么关系。我们必须努力去构建一个他们能生活的世界。我有一种奇特的感觉,我想要站在孩子这边,站在孩子母亲这边;和他们站在一起,不是作为一个观察者,远远地欣赏他们,揣摩他们的利益,而是作为他们的一员。顺带一提,我不是在说,这对所有人来说都很重要。我只是觉得这对我很重要,我也没法解释原因。同时,我做不到因为害怕气候变化而去堕胎。对我来说(或许仅限于我自己)这样做很疯狂,令我感到恶心,它是在残害我的生命,让我臣服于一个想象出来的未来。这种政治运动让我怀疑甚至畏惧自己的身体,我不想参与其中。无论我们怎么看待文明的未来,怎么为之担忧,全世界的女人们都会继续生孩子,而我是她们中的一员,我的孩子也将是她们孩子中的一员。从弱理性主义者①的角度来说,我知道我说的话没什么道理。但我能感觉到它,我能,我知道它是真的。

我还有一个疑问,你或许会认为它更为紧迫——我好想知道你是怎么想的!请速速回信告诉我!——我不知道自己是否适合抚育小孩。一方面,我很健康,我的伴侣很爱我,也很支持我,我们收入稳定,我有很好的朋友和家人,我才三十几岁。眼下或许是最好的状态。另一方面,西蒙和我才交往了十八个月(!),我们的公寓只有一间卧室,我们没车,而我是个大白痴,最近还大哭一场,就因为我答不上"大学挑战赛"②里任何一个热身问题。对孩子来说,我会是个合适的行为楷模吗?我白天把逗号移来移去,做饭洗碗,完成这套简单任务之后已经累到能顺着地板缝沉下去,与大地合为一体——这样的人在心理上准备好要小孩了吗?我和西蒙聊过这些,他说吃完晚饭后觉得累对三十多岁的人来说很正常,不用担心,"所有女人"都会因为鸡毛蒜皮的事无端哭泣,尽管我知道事实并非如此,我还是觉得他父权式的观点很可爱。有时我觉得他天生就适合做父母,他是如此放松、可靠、幽默,不管我多么糟糕,小孩最后估计都没问题。生一个我们的孩子让他非常快乐——我已经能看出他有多么开心骄傲,多么兴

---

① 弱理性是微观经济学的基本假设之一,它认为一个理性的人在采取行动时,总会用最有效的方法将自身效用最大化。
② "大学挑战赛"是英国老牌电视智力竞赛,1962年开播,由高校学生参加。

奋——让他如此快乐也让我感到兴奋。只要一想到他有多爱我，我就很难认为自己很糟糕。我也会努力提醒自己，男人对女人可能是盲目的。但或许他是对的——或许我没那么糟，或许我甚至是个好人，我们在一起能组建一个幸福的家庭。有的人能做到的，不是吗？我是说，拥有幸福的家庭。我知道你没有，我也没有。但艾丽丝，我依然庆幸我们出生了。至于公寓，西蒙说不用担心，我们可以在一个不那么贵的地方买栋房子。当然了，他再次提议我们可以考虑结婚，要是我愿意的话……

你能想象我成为一个母亲，一个已婚女人，在自由区某处拥有一栋小小的联排住宅吗？壁纸上涂着蜡笔画，地板上满是乐高积木。打出上面这排字都让我发笑——你不得不承认，这听起来太不像我了。但去年那会儿，我甚至无法想象自己是西蒙的女朋友。我的意思不仅仅是我很难想象我们的家人会怎么说，我们的朋友会怎么想。我的意思是，我无法想象我们在一起能幸福。我以为它会和我生命中其他一切人事一样艰难而可悲，因为我是一个艰难而可悲的人。但哪怕我曾经真的如此，我现在也不是了。人生比我想的要容易改变。我的意思是，人生可以在痛苦很久之后变得快乐。它不是非此即彼的事——它不会被固定在一条名为"性格"的沟槽里，然后一路开到底。但我过去真的这么认为。如今每天晚上工作结束后，西蒙都会打开新闻，我做饭，或者我打开新闻，他做饭，然后我们讨论最新的公共卫生方针，新闻报道中内阁成员的发言，西蒙私下听到的内阁成员的发言，然后我们吃饭，洗漱，躺在沙发上，我给他读一章《大卫·考坡菲》，然后一起浏览各种在线视频网站上的预告片,一小时后他或我或者我们两个都睡着了,于是我们上床睡觉。早上我醒过来,感到近乎痛苦的快乐。和一个我真心爱着并且尊敬的人一起生活,而他也爱并尊敬着我——这给我的人生带来了多么大的变化。当然,眼下一切都很糟糕,我热切地想念着你,想念我的家人,怀念派对、新书发布会、去影院看电影,而这其实意味着我热爱我的生活,我急切地渴望重新拥有它,渴望感到它会继续下去,感到新的事情会不断发生,一切还没有终结。

我真想知道你对我写的这一切作何感想。我还不知道未来会怎样——我会有什么感觉,日子会如何流逝,我还想不想或者能不能写作,我的人生会变成什么模样。我大概觉得孕育一个小孩是我能想象自己做的最平凡的事了。我想要完成这件事——来证明人类最平凡的品质不是暴力或贪婪,而是爱与关怀。证明给谁看呢,我不知道。或许向我自己吧。总之,现在没人知道这件事,我们准备过几周再跟你和费利克斯之外的人讲。你要是想的话当然可以告诉他,西蒙也可以打电话跟他说。艾丽丝,我知道这不是你想象中我会过的人生——买房子,和青梅竹马的男孩生儿育女。这也不是我为自己想象的人生。但这就是我的人生,仅此一次。在给你写这封信时我非常幸福。爱你。

致　谢

本书题目直译自弗里德里希·席勒的诗作《希腊众神》(*Die Götter Griechenlandes*)中的一句话，作品首发于一七八八年。德语原文是："Schöne Welt, wo bist du？"弗朗茨·舒伯特于一八一九年为这首诗的一个片段谱了曲。《美丽的世界，你在哪里》也是二〇一八年利物浦当代艺术双年展的主题，我于同年十月利物浦文学节期间有幸观展。

我想在此鸣谢完成这部作品期间获得的支持。首先，我想感谢我的丈夫，他让我得以按照现在的方式生活和工作。约翰，你给我的人生带来了太多的爱和快乐，我的作品只能表达很小的一部分。感谢我的朋友奥菲·科米和凯特·奥利弗：我每天都庆幸拥有你们这样的朋友，并对你们感激不尽。

非常感谢约翰·帕特里克·麦克休，他在创作初期给我提供的出色反馈为我指出一个非常重要的新方向。同样感谢我的编辑米策·安杰尔，她从一开始就看到我这本书的优点，并告诉我如何把它变得更好。我还要感谢亚历克斯·鲍勒详尽睿智的意见。感谢托马斯·莫里斯在个人和职业方面给我的帮助，感谢我的文学经纪人及挚友特蕾西·博安。还要感谢希拉、艾米莉、扎迪、森尼瓦、威廉、凯蒂、玛丽，以及前面提到的所有人和我聊天，帮助我梳理作品的问题，有时还帮助我解答有关事实和操作方面的疑问。

  创作这本小说期间，我在托斯卡纳的圣玛达莱纳度过了一段美妙的时光。感谢比阿特丽斯·蒙蒂·德拉·科特·冯·雷佐利①以及圣玛达莱纳基金会慷慨邀请我参加他们的驻地项目。拉西卡、肖恩、尼科、凯特、弗雷德里克，和你们共度的那几周太过美好，我该如何感谢你们？

  还要感谢纽约公共图书馆卡尔曼中心的支持，我曾在二〇一九年至二〇二〇年期间获得中心的奖金支持。我不仅要感谢卡尔曼中心出色的工作人员，还要谢谢我的同届奖金得主，尤其是肯·陈、贾斯廷·E.H.史密斯，以及约瑟芬·奎因。约瑟芬于二〇一六年发表过一篇关于青铜时代的崩塌的文章（《是你们自己的船搞的！》，刊于《伦敦书评》），本书第十六章里艾琳的思考显然来自这篇文章（当然，如有谬误，责任都在艾琳和我）。

  最后，请让我对参与本书出版、发行、销售的所有工作人员，致以最热烈的感谢。

---

① 比阿特丽斯·蒙蒂·德拉·科特是电影导演，同时也是圣玛达莱纳基金会的创始人，她的丈夫是作家、演员格里戈尔·冯·雷佐利。

Sally Rooney
Beautiful World, Where Are You
Copyright © 2021, Sally Rooney
Simplified Chinese edition Copyright © 2022, Archipel Press
All rights reserved.

图字:09-2021-804 号

图书在版编目(CIP)数据

美丽的世界,你在哪里/(爱尔兰)萨莉·鲁尼(Sally Rooney)著;钟娜译.—上海:上海译文出版社,2022.5(2022.9 重印)

书名原文:Beautiful World, Where Are You
ISBN 978-7-5327-9022-7

Ⅰ.①美… Ⅱ.①萨…②钟… Ⅲ.①长篇小说-爱尔兰-现代 Ⅳ.①I562.45

中国版本图书馆 CIP 数据核字(2022)第 037559 号

美丽的世界,你在哪里

[爱尔兰]萨莉·鲁尼 著 钟娜 译
特约策划/彭伦 郭歌 责任编辑/徐珏 装帧设计/一亩幻想

上海译文出版社有限公司出版、发行
网址:www.yiwen.com.cn
201101 上海市闵行区号景路 159 弄 B 座
苏州市越洋印刷有限公司印刷

开本 889×1194 1/32 印张 9.5 插页 2 字数 154,000
2022 年 6 月第 1 版 2022 年 9 月第 2 次印刷
印数:30,001—40,000 册

ISBN 978-7-5327-9022-7/ Ⅰ·5608
定价:68.00 元

本书中文简体字专有出版权归本社独家所有,非经本社同意不得转载、摘编或复制
如有质量问题,请与承印厂质量科联系. T:0512-68180628